Carolin Oelschlegel | Italienisches Blut

AF239350

Über die Autorin

Carolin Oelschlegel ist Lehrerin für Deutsch und Geschichte. Das Studium führte sie nach Leipzig, das in ihren Büchern auch des Öfteren als Schauplatz auftaucht.

Geboren wurde sie 1998 in Thüringen und hofft, sich ihre Begeisterungsfähigkeit für die kleinen Dinge im Leben sowie eine lebendige Einbildungskraft bewahren zu könne.

Ihr Notizbuch ist ihr ständiger Begleiter, ganz gleich ob auf Wandertouren quer durch Europa, in Zügen, in Cafés oder am Strand. Bislang hat es drei Kontinente kennengelernt. Jedes scheinbar banale oder auch skurrile Erlebnis und jede Begegnung bieten potenziell Stoff für neue Erzählungen.

Seit sie alle Buchstaben kennt, schreibt Carolin Oelschlegel Geschichten. Den Anfang bildete noch in der Grundschulzeit eine Ski fahrende Schwalbe mit Flugangst.

Inzwischen fühlt sich die Autorin neben dem Schreiben von Jugendbüchern auch in den Genres *New adult diction*, *Fantasy* und *Romance* heimisch.

Carolin Oelschlegel

Italienisches Blut

Roman

Die Bibliografische Information der Deutschen Nationalbibliothek

Die Deutsche Nationalbibliothek verzeichnet diese Publikation in der Deutschen Nationalbibliografie; detaillierte bibliografische Daten sind im Internet über www.d-nb.de abrufbar.

Einbandabbildung: © Tatjana Prez, Rödental
Verlag: BoD • Books on Demand GmbH, In de Tarpen 42, 22848 Norderstedt
Druck: Libri Plureos GmbH, Friedensallee 273, 22763 Hamburg
ISBN: 978-3-7597-7669-3

Prolog

Kopfschüttelnd klappte Emanuel Herzog den Reisebericht zu. Hin und wieder ließ er sich gern in fremde Kulturen, ferne Länder und andere Weltsichten entführen. Jetzt jedoch verspürte er dieses Fernweh nicht. Mittlerweile hatte er denselben Abschnitt zum fünften Mal gelesen, ohne es überhaupt zu bemerken.

Unruhig sah der Bildhauer auf seine Armbanduhr. Es kam ihm wie Stunden vor. In Wahrheit waren aber erst siebenundfünfzig Minuten vergangen, seit er sich ins Wartezimmer gesetzt und das erstbeste Buch geschnappt hatte. Ein früherer Besucher hatte es wohl dort vergessen. ›Vielleicht war er genauso nervös wie ich‹, überlegte er. Seinem Ziel, sich abzulenken und seine Nervosität in den Griff zu bekommen, war Emanuel allerdings keinen Schritt nähergekommen. Er konnte selbst nicht fassen, dass ihn diese Sache so aus der Bahn warf.

›Emilia und ich sind doch bestens vorbereitet. Wir haben bereits jetzt Kleidung in vier verschiedenen Größen und ein ganzes Zimmer voller Windeln.‹ Ein weiterer Blick auf die Uhr verriet ihm: Eine verdammte Minute war vergangen. ›Werde ich ab jetzt immer so nervös sein?‹, fragte er sich verwundert. Und würde diese beklemmende Besorgnis jemals verschwinden?

»Herr Herzog?«, erkundigte sich eine Stimme. Erschrocken fuhr Emanuel auf und richtete seinen Blick auf die eben in den Wartebereich getretene Krankenschwester.

»Ja, das bin ich«, brachte er mühsam hervor. Sein Mund war staubtrocken.

»Es ist so weit. Sie können jetzt zu ihnen gehen.«

Einen Moment lang war er wie gelähmt, bevor er mit wild klopfendem Herzen aufsprang und der Schwester folgte. Ein Wort wiederholte sich dabei in Endlosschleife in seinem Kopf: ›Endlich.‹

Das Erste, was Emanuel nach Betreten des Zimmers ins Auge fiel, war seine zufrieden lächelnde Ehefrau, die ein winziges Bündel in den Armen hielt. ›Es geht ihnen gut‹, dachte er erleichtert und konnte zum ersten Mal seit einer gefühlten Ewigkeit wieder befreit atmen.

Bei seinem Anblick wurde Emilias Lächeln noch breiter. »Komm und lerne deine Tochter Sienna kennen.«

Kapitel 1

»Wie schade«, seufzte Sienna Herzog betrübt, während sie die letzte Kiste in die Werkstatt ihres Vaters trug. Seine Skulpturenausstellung mitzuverfolgen, hatte ihr großen Spaß gemacht. ›Dass mir Paps erlaubt hat, die Einladungen und Werbeflyer zu gestalten, war super. Gut, dass ich nicht aufgegeben hab, bis er zugestimmt hat.‹ Nachdem sie ihm einen ersten Entwurf gezeigt hatte, war Emanuel Feuer und Flamme gewesen. ›Das mache ich nächstes Mal gleich so. Wenn er was vor sich sieht, stimmt er schneller zu.‹ Daran, dass es eine weitere Ausstellung geben würde, zweifelte Sienna keine Sekunde. ›Paps ist zu gut in dem, was er tut. Das müssen auch die Kunstkritiker einsehen. Ich bin gespannt, was sie schreiben werden.‹ Einer der Besucher hatte Emanuels Fragezeichen-Skulptur gekauft und direkt mitgenommen – auch wenn sie zwei Meter hoch war. ›Schon lustig. Vielleicht ist er ja ein genauso großer *Die Drei???*-Fan wie ich‹, dachte die Vierzehnjährige. ›Eigentlich sollte mir Paps danken, denn nur meinetwegen hat er die Skulptur entworfen und bekommt jetzt einen ganzen Batzen Geld. Als Belohnung könnte er mir doch eine neue Staffelei kaufen. Oh ja, das werde ich ihm sagen.‹

Vorfreude erfüllte Sienna bei diesem Gedanken. Schon vor einiger Zeit hatte sie in ihrem Lieblingsbastelladen eine Staffelei erspäht, die perfekt wäre. Bis auf den Preis, der sprengte ihr Taschengeld noch immer. ›Dabei hab ich schon so viel dafür gespart‹, dachte sie genervt. Woran Sienna gerade lieber nicht denken wollte, war der Grund, weswegen der Kauf der Staffelei verschoben werden musste, obwohl sie das Geld schon mal beisammengehabt hatte. Zwei ihrer Klassenkameraden, die Zwillinge Björn und Ben Birke, hatten es sich ab dem Moment ihres Kennenlernens vor über drei Jahren zur Aufgabe gemacht, Siennas Leben zu ruinieren. Wodurch sie ihren Zorn auf sich gezogen hatte, wusste die Vierzehnjährige bis heute nicht.

»Die sind einfach böse«, meinte Mourice Naumann, Siennas bester Freund. »Und voll eifersüchtig auf dich, weil du so kreativ bist. Was können die schon, außer auf anderen rumhacken und sie in Schwierigkeiten bringen?«

Mit Letzterem hatte Mo den Nagel auf den Kopf getroffen. Und daraus entstand das aktuelle Dilemma: Sienna musste die Reparatur eines der Fenster ihrer Schule bezahlen. Getan hatte sie nichts weiter, als im falschen Moment daran vorbeizulaufen. Die kaputte Scheibe hatten Ben und Björn zu verantworten, doch glaubte das dem Mädchen niemand. Zumindest niemand außer Mo. Nur hatte der keinen Einfluss auf die Untersuchung des Geschehens. Die Zwillinge galten als vertrauenswürdiger.

›Die sind einfach die größten Schleimer der Welt. Ein Wunder, dass die auf ihrer eigenen Schleimspur nicht ausrutschen‹, dachte Sienna schnaubend. ›Ich wünschte, die Birkenzwillinge wären nicht in meiner Klasse. Am besten gar nicht an meiner Schule. Dann hätte ich bestimmt mehr Freunde.‹

Es schmerzte Sienna selbst nach drei Jahren noch, dass Björn und Ben ihr quasi vom ersten Moment an jede Chance verbaut hatten, sozialen Anschluss zu finden. Und das nur, weil sie eine Lüge über Sienna in die Welt gesetzt hatten. ›Ich hatte nie Läuse. Und selbst wenn, wären die doch auch irgendwann wieder weg.‹ Aber die ersten Wochen, in denen sich ihre Mitschüler von ihr fernhielten, waren entscheidend gewesen. Die Birkenzwillinge hatten die Zeit effektiv genutzt, die Klasse gegen Sienna einzuschwören. Dagegen kam sie einfach nicht an. Und sie hatte sich wirklich darum bemüht, Freundschaften aufzubauen. Aber entweder ignorierten die anderen Sienna oder beschimpften sie. Viele der gemeinen Worte hatten sich tief in ihr Gedächtnis eingebrannt, wohl auch, weil sie diese über die Jahre immer wieder gehört hatte. Ihre Haut war dadurch nicht dicker geworden, eher im Gegenteil. Vor dem Eintritt in die weiterführende Schule hatte sie sich mit sich selbst wohl gefühlt. Mittlerweile gab es aber häufig Tage, an denen Sienna ihr Bett am liebsten gar nicht verlassen hätte. Spaß am Unterricht hatte sie längst keinen mehr. Ein weiterer deutlicher Unterschied zur Grundschulzeit. ›Warum kann ich mich nicht unsichtbar machen?‹, dachte Sienna traurig. ›Das würde so vieles vereinfachen. Und wenn ich die Zeit manipulieren könnte, würde ich verändern, dass die Zwillinge im selben Jahr wie ich eingeschult werden. Außerdem würde ich die Sommerferien eher anfangen und länger dauern lassen. Die sind noch so ewig hin.‹

Der einzige Lichtblick am Schulbesuch war Mourice, der die Pausen mit Sienna verbrachte. Auf diese Weise hatte sie zumindest kurze friedliche Momente. Das fühlte sich immer wie eine Auszeit vom Schulalltag an. ›Doof, dass Mo ein Jahr älter ist. Sonst könnten wir Banknachbarn sein. Das wäre lustig. Und dann würden mich die anderen bestimmt auch eher in Ruhe lassen‹, dachte Sienna manchmal wehmütig. Seine bloße Anwesenheit hielt die Mobber von ihr ab. Breite Schultern und ein schlechter Ruf waren manchmal echt von Vorteil. Ohne Mourice hätte Sienna wohl längst das Handtuch geworfen.

Angefreundet hatten sich die beiden aber nicht erst am Gymnasium, sondern schon vor der Schuleinführung beim Kinderfußball. Die Liebe zum Sport verband Sienna und Mo. Es gab keine Sportart, auf die Mourice nicht neugierig gewesen wäre. Nur seine Fechterfahrungen würde er gern aus dem Gedächtnis löschen. Auch Sienna war das Gegenteil eines Sportmuffels. Manchmal war allerdings mehr nötig, um sie von ihrem neuesten Zeichenprojekt oder einem spannenden Buch wegzuholen. Ein Blaubeermuffin beispielsweise. Wie gut, dass Mo immer vorbereitet vorbeikam. In der fünften Klasse entdeckte er das Joggen für sich. »Das musst du auch ausprobieren, ist super«, versicherte er seiner besten Freundin. Die sträubte sich zunächst dagegen – bis er den mitgebrachten Blaubeermuffin herausrückte. Mittlerweile machte es ihr aber großen Spaß. Zudem war ihr bewusst geworden, welch guten Ausgleich Joggen zu stundenlangem Sitzen in der Schule bildete. Zugegebenermaßen hatte Mourice ihr einen Gefallen getan, was Sienna ihm aber natürlich nicht sagte. Sein Selbstbewusstsein war auch so schon groß genug.

»Rrrr«, »Rrrr« und ein drittes Mal »Rrrr«, dann setzte lautstark *At the library* von Green Day ein, wodurch Sienna unsanft aus dem Schlaf gerissen wurde. Verwirrt setzte sie sich auf und tastete nach ihrem Handy.

»Ja?«

Vom anderen Ende der Leitung kam entnervtes Aufstöhnen. Dann rief Mourice: »Du hast verschlafen!«

»Hä? Das kann nicht sein. Es ist doch erst … Oh Shit, du hast recht«, erwiderte Sienna, jetzt hellwach.

»Was du nicht sagst«, entgegnete er sarkastisch. Statt zu antworten, legte Sienna auf, sprang aus dem Bett und zog die Klamotten an, die ihr aus dem Kleiderschrank entgegengeflogen kamen. »Shit, ich will nicht schon wieder nachsitzen«, fluchte sie.

Im Vorbeigehen ihren Rucksack ergreifend, verließ Sienna überstürzt die Wohnung. Dank ihrer guten Kondition holte sie zumindest ein wenig verlorene Zeit wieder auf. Am vereinbarten Treffpunkt wartete ihr bester Freund schon ungeduldig auf sie.

»Nett, dass du auch mal vorbeischaust«, lautete seine Begrüßung, direkt wie immer. Ihm zufolge sollte man sich nicht mit unnötigem Geplänkel aufhalten. Die so gewonnene Zeit konnte man dann wichtigeren Themen und Aktivitäten widmen – wie beispielsweise seiner absoluten Lieblingsbeschäftigung: Skateboarden.

»Versuchst du einen neuen Look?«, fragte Mo mit schief gelegtem Kopf.

Verwirrt erwiderte Sienna: »Nein, wieso?« Ein Blick an sich herunter zeigte ihr dann, was ihn stutzig machte. Weil ihr die Zeit gefehlt hatte, sich zusammenpassende Kleidung zu suchen, geschweige denn ihr Aussehen noch einmal im Spiegel zu überprüfen, war ihr entgangen, dass sie eine blaue Leggins mit weißen Punkten, dazu ein gelbes Top und unterschiedliche Turnschuhe trug. Diese Kombination an sich ging schon mal gar nicht. Was jedoch seine volle Aufmerksamkeit auf sich gezogen hatte, war ihr BH, den Sienna über ihrem Top trug. Jetzt endlich verstand sie die merkwürdigen Blicke der Passanten, an denen sie zuvor vorbeigerannt war. ›Heute ist echt nicht mein Tag‹, dachte sie und wäre am liebsten direkt wieder zurück ins Bett gekrochen. Dann erinnerte sich Sienna aber an den Motivationsspruch ihres besten Freundes, mit dem er sie ständig konfrontierte: »Scheiß drauf, was die anderen von dir denken. Deren Meinung kannst du eh nicht beeinflussen. Mach dein Ding.« Entschlossen straffte sie die Schultern und knurrte mit brennenden Wangen: »Halt jetzt bloß die Klappe.«

›Damit wird er mich ab jetzt ständig aufziehen‹, fügte sie in Gedanken hinzu.

›Sie lässt sich nicht unterkriegen‹, dachte Mo und war stolz auf seine beste Freundin. ›Natürlich werde ich sie das nicht vergessen lassen. Ist doch echt lustig. Aber Sienna soll sich auch daran erinnern, dass sie nicht beschämt nach Hause gegangen ist.‹

Für den Moment befolgte er ihren Rat und bot ihr freundlicherweise seine Jacke an. Ein belustigtes Grinsen konnte sich Mo dennoch nicht verkneifen.

Kapitel 2

Schlecht gelaunt kam Sienna am Nachmittag desselben Tages nach Hause. Ihr »modischer Fehltritt« war nicht unbemerkt geblieben. Wobei sie diesen natürlich zu korrigieren versucht hatte. Zumindest ihren BH hatte niemand mehr zu Gesicht bekommen. Doch es gab noch einen weiteren Grund für ihre negative Stimmung: Sie war zum Nachsitzen verdonnert worden. ›Und ich kann noch nicht mal was dafür. Das ist alles so unfair!‹ Ben und Björn hatten sich einen Spaß daraus gemacht, Sienna mit kleinen Papierkügelchen zu beschießen. Seltsamerweise hatte Frau Zanger nichts davon mitbekommen. Als Sienna jedoch eine der kleinen Kugeln aus ihren Haaren fischte, war die Geografielehrerin sofort zur Stelle gewesen und hatte das Mädchen aufgefordert, ihr die Kugel auszuhändigen. Nichtsahnend tat Sienna wie geheißen. Ein großer Fehler. Auf dem Zettel befand sich nämlich eine scheußliche Zeichnung ihrer Lehrerin mit einem gemeinen Spruch. Beides empfand Frau Zanger als persönlichen Angriff. Es war kein Geheimnis, dass Sienna leidenschaftlich gern zeichnete. Deswegen bestand für die Geolehrerin kein Zweifel an der Schuld des Mädchens. Sie kassierte den Papierfetzen ein und machte Sienna klar, dass sie sich deren Frechheiten nicht länger gefallen lassen würde.

»Aber das war ich nicht! Ich hab nichts gemacht!«, verteidigte sich Sienna.

»Natürlich nicht, du bist es doch nie«, erwiderte Frau Zanger mit vor Ironie triefender Stimme.

»Warum sehen Sie nicht, was hier gespielt wird? Ben und Björn versuchen mich mal wieder in Schwierigkeiten zu bringen!«, schrie Sienna wütend.

Die Lehrerin riss erstaunt die Augen auf. »Diesen Tonfall verbitte ich mir. Dafür wirst du nachsitzen. Und morgen früh gehst du direkt zum Schulleiter.«

»Aber«, setzte Sienna ein weiteres Mal an.

»Genug«, donnerte Frau Zanger so laut, dass die Tafelkreide erzitterte. Wie geschlagen wich Sienna zurück. Ihr Blick huschte zu Björn und Ben, die sie triumphierend angrinsten. Wie üblich schwieg der Rest der Klasse zu diesem Vorfall. Kameradschaft war für sie ein Fremdwort, hier zählte nur das Überleben des Stärkeren. Leider stand Sienna in der Nahrungskette ganz unten.

Verletzt wandte sich Sienna ab und rannte aus dem Zimmer. Frau Zangers Ruf ignorierte sie. ›So eine Bitch! Hat mir keine Chance gegeben. Nächstes Mal esse ich den dummen Zettel. Wie kann man nur so blind sein? Die ganze Schule hat sich gegen mich verschworen. Was hab ich ihnen denn getan? Ich hab nie jemanden beleidigt, mich mit keinem geprügelt, nichts geklaut oder kaputt gemacht. Und trotzdem hassen mich alle. Keiner glaubt oder hilft mir. Feige, alle miteinander. Und ich bin die Allerfeigste, denn ich hab's mir viel zu lange gefallen lassen. Aber ich wollte immer noch Freunde finden. Warum gelingt das jedem anderen, nur mir nicht? Bin ich denn wirklich so eine schreckliche Person? Muss wohl so sein, sonst hätte mich Mum nicht verlassen.‹

Beim Gedanken an ihre Mutter Emilia brach auch noch das letzte bisschen Selbstkontrolle, das Sienna aufgebracht hatte. Dicke Tränen liefen über ihr Gesicht und laute Schluchzer entrannen ihrer Kehle. ›Warum bist du gegangen? Ich hätte dich gebraucht. Und das tue ich noch immer. Nicht mal deine Handynummer oder E-Mail hab ich. Ich will doch nur mit dir reden. Du fehlst mir so.‹

Trauer und Tränen überwältigten sie.

Irgendwann nahm Sienna ihre Umgebung dann aber doch wieder wahr und fand sich erstaunlicherweise in Mos fester Umarmung wieder. Gemeinsam saßen sie auf dem Sofa im Kreativraum. Das war Siennas Lieblingsplatz in der Schule und der einzige Ort, an dem sie sich halbwegs sicher fühlte.

Mourice kannte seine beste Freundin gut genug, um zu wissen, dass sie nach dem Debakel im Geo-Unterricht hierherkommen würde. Erfahren hatte er davon, als Ben und Björn im Waschraum über ihren neuesten gelungenen Streich quatschten. Die beiden freuten sich diebisch darüber, Sienna angeschwärzt zu haben. Mourice hingegen war fuchsteufelswild. ›Diese Arschgeigen! Am liebsten würde ich ihnen den Hals rumdrehen. Wenn sie auch nur die Hälfte von dem aushalten müssten, was Sienna täglich mitmachen muss, wären sie längst zusammengebrochen.‹ Er bewunderte seine beste Freundin für ihr Durchhaltevermögen. Im Gegensatz zu gefühlt allen anderen an der Schule begriff Mo, dass Sienna seit Jahren gemobbt wurde. Sie mochte sich nach wie vor einreden, dass es vorbeigehen würde, aber er sah das anders. Leute wie die Birkenzwillinge hörten nicht einfach auf, dafür hatten sie viel zu viel Spaß an der Sache. ›Man muss sie dazu zwingen, aufzuhören!‹ Längst hatte Mourice den Überblick verloren, wie oft er schon auf dem Weg zu den Lehrern oder zum Direktor gewesen war, um sich offiziell zu beschweren. Aber jedes Mal hatte ihn Sienna gestoppt. Sie vertraute nicht auf die Hilfe der Erwachsenen. Das wunderte ihn wenig, da jeder Einzelne von denen sie bislang grandios im Stich gelassen, ihre Situation sogar verschlimmert hatte. ›Die sind doch alle blind für die Wahrheit‹, dachte er bitter. Er wusste, dass Sienna nichts mehr hasste, als im Mittelpunkt zu stehen. Dass sie sich deswegen aber herumschubsen ließ, gefiel ihm kein bisschen. ›Wenn ich ihr schon nicht helfen kann, indem ich es anderen erzähle, kann ich ihr wenigstens beibringen, für sich selbst einzutreten!‹ Das hatte sich Mo schon vor Jahren zur Aufgabe gemacht und daran arbeitete er seitdem kontinuierlich.

Zu gern hätte er den Zwillingen eine Abreibung verpasst. Aber sein Bedürfnis, nach Sienna zu sehen, war stärker. Zum Glück brauchte er nicht lange nach ihr zu suchen. ›Hier fühlt sie sich geborgen‹, dachte Mourice, als er seine beste Freundin zusammengerollt auf der Couch des Kreativraums entdeckte. Sie schien ihn zunächst gar nicht zu bemerken. Als er ihre Tränen sah und die herzzerreißenden Schluchzer hörte, wäre Mo am liebsten umgedreht und hätte Ben und Björn ordentlich verprügelt. ›Die wissen gar nicht, was sie mit ihrem Scheiß in Sienna auslösen. Und falls sie es doch wissen, gehören sie eingesperrt. Weit weg, damit die niemanden mehr verletzen können.‹ Wichtiger war jetzt allerdings, für Sienna da zu sein und sie aus ihren negativen Gedanken zurückzuholen. Niemand wusste besser als Mourice, wie sehr solche Episoden die Vierzehnjährige emotional aufwühlten und welche Zweifel sie in ihr auslösten. In solchen Momenten wünschte er sich Tanja zurück – sie war Siennas beste Freundin, lebte allerdings weit entfernt. Vom täglichen Wahnsinn bekam sie nichts direkt mit und Mo bezweifelte, dass Sienna ihr alles erzählte. Er murmelte beruhigende Worte in Siennas Ohr, während er sie an sich drückte und ihr über den Rücken strich. Binnen kürzester Zeit war die Vorderseite seines Shirts durchweicht.

Endlich beruhigte sich Sienna etwas. »Na, wieder zurück?«, versuchte er die Stimmung aufzulockern. Sienna nickte nur und schluchzte trocken. Mourice erkannte ihr

Problem und reichte ihr rasch seine Wasserflasche aus dem mitgebrachten Rucksack. Dankbar nahm sie einige Schlucke.

»Bist du nicht eigentlich schon fertig für heute?«, erkundigte sie sich anschließend verwundert.

»Bin ich. Aber ich hab gehört, was passiert ist, und wollte nach dir sehen.«

›Shit, er ist meinetwegen noch hier‹, begriff Sienna und spürte schon das schlechte Gewissen.

»Lass das!«, rief Mo sogleich. Sie brauchte gar nicht nachzufragen, was er meinte. Er wusste immer, was in ihr vorging. So ging es ihr allerdings auch mit ihm. Das brachte ihre Begeisterung fürs Zeichnen und für Details mit sich: Sie war eine gute Beobachterin. Bei Mourice lagen die Dinge etwas anders: Er war einfach nur gut darin, Sienna zu lesen. »Jahrelange Erfahrung«, behauptete er immer.

»Ich versuch's«, murmelte sie, als er nicht aufhörte, sie erwartungsvoll anzusehen.

»Gut. Und weißt du, was du noch versuchen wirst?« Fragend schaute sie ihm ins Gesicht. »Du wirst morgen Herrn Scott genau erzählen, was passiert ist. Nicht nur heute, sondern auch schon in den letzten Jahren. Er muss endlich alles erfahren und etwas dagegen unternehmen.« Entschlossenheit sprach aus seiner Stimme.

›Diesmal wird er mich nicht damit durchkommen lassen. Wenn ich es dem Direktor nicht sage, wird Mo es tun‹, erkannte Sienna und spürte, wie sich ein Klumpen in ihrem Hals formte.

Sanfter fuhr ihr bester Freund fort: »Ich möchte doch nur, dass es dir besser geht. Die Zwillinge müssen endlich checken, dass du nicht ihr *punching bag*[1] bist!«

»Ich weiß. Wenn ich mich nicht endlich wehre, wer-

1 Boxsack (Jugendsprache)

19

den sie immer so weiter machen«, erwiderte Sienna und schockte Mourice damit in die Sprachlosigkeit. Es war das erste Mal, dass sie ihm zustimmte. »Das kommt jetzt überraschend, ich sehe es dir an. Aber ich kann nicht mehr schweigen. Du hättest mich vorhin mit Frau Zanger hören müssen. Ich hab sie angeschrien.«

Mo kam aus dem Staunen gar nicht mehr heraus. »Das hätte ich zu gern gesehen«, murmelte er.

»Nein, hättest du nicht. Es war nicht schön«, entgegnete Sienna kopfschüttelnd.

»Vielleicht nicht. Aber dafür wichtig. Du bist für dich selbst eingetreten und das ist niemals falsch. Ich bin stolz auf dich.«

Sienna blinzelte hektisch, um die wieder aufsteigenden Tränen zurückzudrängen.

»Komm, ich bring dich zum Nachsitzen«, sagte Mo. Sie durchschaute sein Manöver, war ihm aber dankbar dafür.

»Sorry, dass ich dein Shirt durchnässt hab. Mal wieder«, meinte sie entschuldigend.

Er winkte ab. »So kann ich mir wenigstens die Dusche sparen. Und außerdem bist du nicht geschminkt, das ist definitiv ein Pluspunkt.«

Seine Worte entlockten ihr ein belustigtes Schnauben, was ihm zehnmal lieber war als ihre Tränen.

Am Nachsitzerzimmer angekommen, erwartete der eingeteilte Lehrer Sienna bereits ungeduldig. »Da bist du ja endlich!«

Sie straffte die Schultern und entgegnete mit Blick auf die Schuluhr an der Wand: »Ich habe noch zwei Minuten.« Das ließ ihn irritiert dorthin blicken, bevor er nickte und sie dann zu einem der freien Plätze winkte.

Mo drückte Siennas Schulter und grinste sie anerkennend an. Mit den Lippen formte er ein »Bis später« und verschwand.

Seufzend setzte sich Sienna, während sie zugleich darüber nachgrübelte, dass sie sich gerade verteidigt hatte und nichts Schlimmes passiert war. Der Lehrer hatte sie nicht bestraft, sondern lediglich hingenommen, dass sie im Recht war. ›Das fühlt sich gut an‹, gestand sich Sienna ein und verspürte denselben Stolz auf sich selbst, den sie sonst nur vom erfolgreichen Abschluss einer Zeichnung kannte. Dies würde sich lohnen, weiter zu erforschen.

Das Nachsitzen dauerte endlos. ›Im Leben war ich nicht nur eine Stunde da. Die Uhr hat gelogen‹, dachte Sienna überzeugt. Die zusätzlichen Aufgaben waren nach kurzer Zeit erledigt, auch wenn Frau Zanger behauptet hatte, es seien extra schwere. Nach Hause gehen durfte Sienna trotzdem nicht. Ihrer Stimmung entsprechend zeichnete sie einen verregneten Spätherbsttag. Als die Zeit endlich doch abgelaufen war, entschied sie sich spontan, nach Hause zu joggen, Dampf abzulassen. Tatsächlich ebbte ihre Wut dadurch ein wenig ab. Der Eindruck, ungerecht behandelt zu werden, hielt jedoch weiter an, was Sienna in ihrem Entschluss bestärkte, eben dies dem Direktor am darauffolgenden Morgen zu sagen. ›Bringt ja nichts, es weiter in mich reinzufressen. Die hören nie auf, wenn ich sie nicht dazu bringe!‹

Um in ihr Zimmer zu gelangen, musste Sienna das Wohnzimmer durchqueren. Normalerweise störte sie das nicht, doch heute war kein normaler und ganz bestimmt kein guter Tag. Das hatte sie schon beim Aufstehen zu spüren bekommen und erhielt nun eine weitere Bestätigung dafür durch ihren Vater. Auf der schwarzen Ledercouch sitzend, erwartete er sie. Mit den übereinandergeschlagenen Beinen und dem ernsten Gesichtsausdruck wirkte er angespannt.

Das überraschte Sienna. ›Er war so gut drauf in den letzten Tagen. Die Ausstellung lief zu glatt für schlechte Laune.‹ Dennoch versuchte es Sienna mit einem halbherzigen: »Hallo Paps«. Er überging allerdings ihre Begrüßung und kam gleich zur Sache: »Warum kommst du so spät?« Bevor sie reagieren konnte, fügte er ungehalten hinzu: »Wir waren zum Mittagessen verabredet.«

Mist, das hatte sie total vergessen. Ausweichend antwortete sie: »Na ja, ich musste noch was erledigen.«

»Und was war so wichtig, dass du nicht einmal anrufen und Bescheid sagen konntest?«, wollte ihr Vater wissen und musterte sie aufmerksam. Zu aufmerksam. ›Er weiß schon, warum‹, begriff Sienna. ›Paps testet, ob ich ehrlich zu ihm bin.‹ Dass er sich dessen überhaupt versichern musste, versetzte ihr einen Stich. ›Er weiß doch, dass ich nicht lüge. Oder zumindest wusste er das früher. Bevor alles schiefging zwischen uns.‹ Schnell schob sie den Gedanken an früher beiseite. Das brachte doch nichts außer Traurigkeit und Bedauern mit sich. Schicksalsergeben erwiderte sie: »Ich war noch in der Schule, weil ich nachsitzen musste.«

»Warum denn jetzt schon wieder?«, fragte ihr Vater, wobei seine Enttäuschung nicht zu überhören war.

»Ich konnte nichts dafür! Echt. Die Birkenzwillinge sind schuld. Die haben mir das eingebrockt«, antwortete Sienna, wobei sie einen rechtfertigenden Unterton nicht verhindern konnte.

»Du kannst die Schuld nicht immer auf andere schieben. Wenn du schon einen Fehler machst, solltest du wenigstens dazu stehen!«, konterte ihr Vater unwirsch.

»Aber ich habe nichts getan«, protestierte Sienna und war stolz darauf, sich nicht einschüchtern zu lassen. Dieses Hochgefühl hielt jedoch nicht lange an. Ihr Vater schüttelte nämlich resigniert den Kopf und erwiderte: »Ich habe heute für die zweite Fragezeichenskulptur einen tollen Preis gemacht. Herr Rheinhardt, der Sammler, der letzte Woche hier war und die andere gekauft hat, wollte diese jetzt auch noch. Außerdem habe ich einen größeren Auftrag bekommen. Mein Tag verlief also ziemlich gut und das wollte ich mit dir beim Essen feiern. Aber als ich nach Hause kam, rief deine Schule an. Die sagten, du müsstest nachsitzen und dich morgen beim Direktor melden. Das ist echt ein Scheißgefühl!«

›Oha‹, dachte Sienna alarmiert. ›Wenn Paps Schimpfwörter benutzt, ist er wirklich wütend.‹

»Ich habe nicht …«, setzte sie an, wurde aber sogleich anklagend unterbrochen. »Du hast versprochen, dich besser zu benehmen!«

»Und das habe ich! Was über mich erzählt wird, sind Lügen. Du kennst mich und weißt, dass ich so nicht bin! Paps, bitte«, flehte Sienna, den Tränen nahe.

Unbeeindruckt fuhr er fort mit seiner Tirade, ging gar nicht auf ihre Worte ein: »Wieso zeichnest du überhaupt so was? Wolltest du beweisen, wie vielfältig deine Kunst ist? Das hast du doch gar nicht nötig. So solltest du dein Talent jedenfalls nicht verwenden.«

Es dauerte einige Sekunden, bis Sienna ihre Stimme wiedergefunden hatte. Diese war jetzt wuterfüllt und damit ganz und gar untypisch für sie: »Warum glaubst du mir nicht? Ich hab dich noch nie angelogen! Ich wurde gelinkt. Das ist die Wahrheit.«

Erneut schüttelte Emanuel den Kopf. ›Sie gibt es immer noch nicht zu. Unfassbar dreist! Was ist nur aus meinem lieben kleinen Mädchen geworden? Diese blöde Pubertät. Hoffentlich geht die bald vorbei!‹ Das hoffte er jetzt schon eine ganze Weile. Eigentlich schon, seit Sienna an die neue Schule gekommen war. Dort fingen ihre Probleme nämlich an. Eine Zeit lang hatte er noch geglaubt, ihre Klassenkameraden hätten einen schlechten Einfluss auf Sienna. Als sie sich dann allerdings auch gegenüber seiner neuen Freundin Natalie daneben benahm, konnte er nicht mehr umhin, der Wahrheit ins Auge zu sehen. Auch wenn es eine unangenehme war: Sienna mochte darauf beharren, aufrichtig zu sein, doch sie hatte eine boshafte Ader, die es ihm deutlich erschwerte, ihr noch irgendetwas zu glauben.

Mit angestrengt ruhiger Stimme sagte er: »Es hat keinen Sinn, mich länger mit dir herumzustreiten, solange du nicht bereit bist, ehrlich zu sein. Warten wir das Gespräch mit Herrn Scott ab und sehen dann weiter. Bis dahin solltest du darüber nachdenken, ob du dir deine Zukunft wirklich durch kindische Streiche verbauen willst.«

»Darüber muss ich nicht nachdenken, denn ich hab nichts getan«, fauchte sie unnachgiebig zurück.

Kopfschüttelnd wandte sich Emanuel ab. Als er das Wohnzimmer verlassen hatte, hörte er hinter sich einen Schrei, der ihn zusammenzucken ließ. Daraus sprach gleißende Wut, vermengt mit einem Schmerz, den er nie zuvor von seiner Tochter gehört hatte.

›Tue ich ihr unrecht?‹, fragte sich Emanuel unwillkürlich. Dann erinnerte er sich jedoch an Natalies Worte: »Sie will nur Aufmerksamkeit. Lass dich nicht von ihr manipulieren.«

Der Gedanke an seine Verlobte gab ihm Kraft. Er atmete tief durch und machte sich dann auf den Weg zu seinem Refugium.

Kapitel 3

Um einem weiteren unangenehmen Zusammentreffen mit ihrem Vater zu entgehen, verließ Sienna am nächsten Morgen schon vor dem Frühstück die Wohnung. Der andere Grund für ihr frühes Aufstehen war der Wunsch, noch ein wenig frische Luft zu schnappen und gewissermaßen die letzten Momente der Freiheit, die ihr blieben, zu genießen. Daran, dass ihr ein Vortrag des Schuldirektors über Moral- und Wertvorstellungen bevorstand, zweifelte sie nicht. Wie das Gespräch ausgehen würde, konnte sie hingegen nicht sagen. Allzu viele Hoffnungen auf ein glimpfliches Ende machte sie sich jedoch nicht. Die Wahrscheinlichkeit, weitere Strafarbeiten und zusätzliches Nachsitzen aufgebrummt zu bekommen, war einfach zu hoch. ›Wenn mir nicht mal Paps glaubt, wieso sollte es dann Herr Scott tun? Er kennt mich nicht halb so gut.‹ Rasch rief sie sich alle deutschen Barockmaler ins Gedächtnis, um nicht mehr über ihren Vater und den Verrat, den sie jedes Mal fühlte, wenn er ihr nicht glaubte, nachzudenken.

Eine Dreiviertelstunde vor Unterrichtsbeginn erreichte Sienna die Schule und wurde von einem erstaunten Herrn Knauer eingelassen. Der Hausmeister des Gymnasiums freute sich, die Vierzehnjährige zu sehen. Sie war ihm gegenüber immer freundlich. Kurz unterhielt er sich mit ihr und erfuhr von ihrem derzeitigen Dilemma. Dass an den Anschuldigungen irgendetwas dran war, konnte er sich beim besten Willen nicht vorstellen. ›Bestimmt wird sie missverstanden und bekommt keine Gelegenheit, sich zu erklären. Wie bei der Sache mit dem Fenster. Das hat sie auch nicht eingeworfen. Warum auch – damit würde sie mir nur Scherereien machen und dafür mag sie mich zu gern.‹ Unglücklicherweise achtete hier niemand auf seine Meinung. Nachdem Herr Knauer Sienna Glück gewünscht hatte, machte er sich wieder an die Arbeit und ließ sie, vor dem Direktorat sitzend, zurück.

Mit einem mulmigen Gefühl betrat Walther Scott an diesem Morgen das Schulgebäude. Der momentane Gemütszustand des Schulleiters rührte daher, dass ihn die Geografielehrerin der achten Klasse, Frau Zanger, am vergangenen Nachmittag über Sienna Herzogs erneutes Fehlverhalten informiert hatte. Respektlosigkeit und mutwilliges Stören des Unterrichts waren die entscheidenden Vorwürfe. Tatsächlich schien Sienna Probleme damit zu haben, dem Unterrichtsstoff zu folgen. Dies äußerte sich in ihren Noten, die in einigen Fächern zu wünschen übrig ließen. Ausnahmen bildeten hierbei aber der Sport-, Sprachen- und Kunstunterricht. Insbesondere für Italienisch schien sie eine natürliche Begabung zu haben und wurde von ihrer Lehrerin in den höchsten Tönen gelobt. Auch ihr Kunstlehrer wusste nur Positives über Sienna zu berichten und hatte ihre Bilder bereits mehrfach für Ausstellungen ausgewählt. Die einzig mögliche Erklärung für ihr unterschiedliches Verhalten sah er in Siennas Wunsch nach Aufmerksamkeit. Er kannte die Familienverhältnisse der Herzogs nicht genau, wusste jedoch, dass Siennas Eltern geschieden waren und sie bei ihrem Vater aufgewachsen war. Offenbar bestand kein Kontakt zur Mutter. Der Vater war freischaffender Künstler. Gewiss musste er viel arbeiten, um beiden ein angenehmes Leben zu ermöglichen. Da fehlte ihm bestimmt Zeit für seine Tochter. Vielleicht langweilte sich Sienna deswegen oft und kam dann auf dumme Ideen, wie die Verwendung ihres künstlerischen Talents für unangebrachte Zeichnungen. Zumindest schien das gestern der Fall gewesen zu sein.

›Einen großen Freundeskreis hat sie auch nicht‹, fuhr Herr Scott in seinen Überlegungen fort. Von seinem Arbeitszimmer aus hatte er eine gute Sicht auf den Schulhof. Deshalb wusste er, dass Sienna nie bei ihren Klassenkameraden, sondern immer bei Mourice Naumann stand. Womöglich hatte der ihr die Flausen in den Kopf gesetzt. Obwohl seine Eltern beide als Ärzte in eigener Praxis arbeiteten und er durchaus eine gute Erziehung genossen hatte, war Mourice ein Unruhestifter. Er trug nie etwas anderes als Sportkleidung. Wohl um der Welt zu zeigen, wie wenig ihm die Anerkennung anderer bedeutete und wie egal ihm die gesellschaftliche Stellung und das Vermögen seiner Eltern waren. Auch seine schulischen Leistungen waren nicht gerade das Gelbe vom Ei, ignorierte man Sport, wo er ohne große Anstrengung Spitzenergebnisse erzielte. Mourice schien immer zu viel Energie zu haben, sodass er den überschüssigen Teil irgendwie loswerden musste. Zu diesem Zweck war er einmal auf das Flachdach des Speisesaals geklettert und hatte sich mit einem Salto wieder zur Erde befördert. Ihm war zwar nichts passiert, doch er hatte dennoch eine Verwarnung für sein unmögliches Benehmen erhalten. Und dann das eine Mal, als er sich mit Ben und Björn Birke geprügelt hatte. Angeblich hatten sie Sienna geärgert. Aber das war ja noch lange kein Grund, gewalttätig zu werden. Außerdem waren die beiden noch nie negativ aufgefallen und hatten auch alles abgestritten. Andere Zeugen gab es damals nicht. Einzig Sienna bestätigte Mourice´ Geschichte, aber das war ja nicht weiter verwunderlich.

Im Endeffekt entschied er, die Jungen nur zu verwarnen. Damit gab sich Mo jedoch nicht zufrieden und machte deutlich, dass er kein Lügner war und sich ungerecht behandelt fühlte. Den Direktor nannte er einen »Allmachtsdackel« und »Honk«. Zwar kannte dieser keine der Bezeichnungen, begriff aber auch so, dass es sich hierbei nicht gerade um Komplimente handelte. Als Dankeschön dafür erhielten Mos Eltern einen Brief von der Schule und der Junge seinen ersten Verweis. Seit diesem Ereignis warf Mourice dem Schulleiter jedes Mal, wenn sie sich begegneten, finstere Blicke zu.

Beim Einbiegen in den Korridor zu seinem Büro überlegte Herr Scott, ob er Siennas Akte vor ihrem Gespräch noch einmal durchlesen sollte. Aber zu seinem großen Erstaunen wartete das Mädchen bereits auf ihn. ›Ein guter Anfang‹, dachte er, wohl wissend, dass Pünktlichkeit nicht unbedingt zu Siennas Stärken gehörte. Dass sie diese Angewohnheit heute abgelegt hatte, ließ ihn hoffen, durch ein Gespräch vielleicht doch etwas erreichen zu können.

Gemeinsam gingen sie in sein Büro und setzten sich, nachdem Sienna sein Angebot, etwas zu trinken, abgelehnt hatte. Ihm fiel auf, wie angespannt und müde die Vierzehnjährige aussah und er fühlte sich etwas schuldig deswegen. Um das Gespräch einigermaßen zwanglos zu beginnen, erkundigte er sich nach ihrem Vater. Offenbar der falsche Einstieg, wie ihm anhand ihres verkniffenen Gesichtsausdrucks sofort klar wurde. Knapp antwortete sie: »Gut.« Da sich das Unumgängliche nicht länger hinauszögern ließ, sprach er die Ereignisse des vergangenen Tages an.

Sienna schilderte ihm ihre Sicht der Dinge und sagte überraschend direkt, was sie von der ihr entgegengebrachten Behandlung hielt. Es kostete sie Einiges an Überwindung, doch Mos gestriger *pep talk*[1] saß ihr noch im Ohr. ›Das klingt ganz anders als das, was mir Frau Zanger er-

1 *Zuspruch, Motivationsgespräch*

zählt hat‹, dachte Herr Scott verwundert.

Sienna nahm all ihren Mut zusammen und erzählte, dass sie bereits seit über drei Jahren gemobbt wurde, vordergründig von den Zwillingen.

»Aber Björn und Ben sind nicht die Einzigen. Die anderen aus meiner Klasse machen mit. Sie folgen den beiden.«

Der Direktor erstarrte. Davon hörte er zum ersten Mal. Seine erste innere Reaktion war Verleugnung: Unmöglich, das hätte doch jemand bemerkt. Ehrlicherweise war sein Gymnasium jedoch eines der größten in Leipzig. Folglich konnte er sich nicht detailliert um jeden Schüler kümmern. ›Und wenn es stimmt, dass Sienna sich bisher niemandem anvertraut hat, weil sie dachte, es dadurch nur zu verschlimmern …‹ Den Gedanken führte er lieber nicht zu Ende, denn das hieße, er und sein gesamtes Kollegium hätten in ihrer Fürsorgepflicht versagt. Und zwar jahrelang.

Herr Scott konnte nicht umhin, festzustellen, dass sie ihm aufrichtig erschien. Im Laufe seiner über dreißigjährigen Arbeit im Schuldienst hatte er sich unzählige Ausreden und Entschuldigungen von Schülern angehört und wusste mittlerweile ziemlich genau, wann er jemanden vor sich hatte, der die Wahrheit sagte und wann nicht. Lügner hatten zumeist nervöse Ticks wie Nägelkauen, Herumspielen an den Haaren und Zupfen an der eigenen Kleidung. Oder die Stimme: Lügner sprachen oft betont langsam und deutlich, um sich Bedenkzeit zu verschaffen und ihre Nervosität zu kontrollieren. Zu viele Details oder wortwörtliches Wiederholen, als hätte man das Gesagte einstudiert, waren ebenfalls verdächtige Anzeichen. Sienna zeigte jedoch keine dieser verräterischen Verhaltensweisen. Deswegen beschloss der Schulleiter, seine Entscheidung aufzuschieben und stattdessen mit den beiden Jungen zu sprechen, die Sienna als eigentliche Übeltäter benannt hatte. ›Sie versucht nicht, es mir auszureden. Hätte ein Lügner nicht alles darangesetzt, das Auffliegen seiner Unaufrichtigkeit zu verhindern?‹, wunderte er sich.

Während der Mittagspause wurde Sienna zum zweiten Mal an diesem Tag ins Direktorat beordert. ›Hoffentlich wird das jetzt nicht zur Gewohnheit‹, dachte sie brummig. ›Wenn ich das Zimmer nie wieder von innen sehen muss, kann ich beruhigt sterben.‹ Ja, so gut gelaunt war sie momentan. Beide schwiegen sich über den Direktorentisch hinweg an. Herr Scott nutzte die Stille zum Nachdenken über das, was er inzwischen durch Gespräche mit den Birkenzwillingen und Siennas Geografielehrerin herausgefunden hatte. Diese räumte ein, nicht genau zu wissen, ob der berüchtigte Zettel tatsächlich von dem Mädchen stammte. Deswegen nahm sich Herr Scott das Beweismittel vor.

Schnell fand er heraus, dass Sienna eine völlig andere Handschrift hatte. Ein einfacher Vergleich mit der Strafarbeit vom vergangenen Nachmittag beförderte diese Erkenntnis. Um ganz sicherzugehen, ließ er die Jungen ihre Aussagen unterschreiben. Dabei wurde deutlich, dass die Schrift auf dem Zettel identisch mit Bens war. Somit waren die wirklichen Täter überführt und Sienna entlastet. ›Wenn sie diesbezüglich die Wahrheit gesagt hat, bei was dann womöglich noch?‹

Zugegebenermaßen hatte ihn die Erkenntnis mehr verunsichert als alles andere.

›Haben wir tatsächlich mehrere Jahre übersehen, dass eine unserer Schülerinnen vor unseren Augen leidet? Ich werde dem Ganzen auf den Grund gehen‹, entschied Herr Scott. Die nicht minder erschütterte Frau Zanger versprach, sich bei Sienna zu entschuldigen und, sollte es eine derartige Situation erneut geben, genauer aufzupassen.

Björn und Ben hingegen kamen nicht so einfach davon. Ihre Strafe würde aus Nachsitzen und Hausmeisterarbeiten bestehen. Zufällig wusste der Direktor, dass Herr Knauer Sienna wohlgesonnen war und den Jungs gewiss etwas Passendes zuteilen würde. Außerdem wollte Frau Zanger die beiden einen Aufsatz über Pflasterritzenvegetation schreiben sowie einen Vortrag zu dem Thema *Südamerikanischer Brandrodungswanderfeldbau* halten lassen. Dadurch konnten die Brüder ihre ungenutzten Energieressourcen umwandeln und ihre Sprachkenntnisse auf sinnvolle Art einsetzen.

Herr Scott war ziemlich zufrieden mit sich und konnte es kaum erwarten, Siennas Gesichtsausdruck zu sehen, wenn sie die gute Neuigkeit erfuhr. Zugegebenermaßen war der sich ihm bietende Anblick überaus sehenswert. Erstaunen, Freude und Erleichterung lieferten sich eine wahre Gefühlsschlacht auf ihrem Gesicht. Sie schien nicht begreifen zu können, dass ihr soeben ein Lehrer geholfen hatte und einen Fehler zugab. Das machte ihm nur noch mehr bewusst, wie groß ihr Misstrauen gegenüber Lehrern war, und hatte einen unangenehmen Beigeschmack.

»Versprich mir bitte, dass wir uns nicht allzu bald zu einem solchen Gespräch wiedertreffen«, bat der Schulleiter abschließend.

Sienna überlegte kurz und erwiderte dann: »Ich verspreche nichts. Besonders nicht, nachdem ich bereits dieses Mal unschuldig hier gelandet bin. Aber mutwillig dazu beitragen werde ich bestimmt nicht.«

Verblüffte Stille folgte, dann lachte Herr Scott laut auf und meinte: »Gute Antwort. Sehr diplomatisch.«

Verschmitzt lächelte die Vierzehnjährige.

»Jetzt solltest du aber nach Hause gehen und deine Freizeit genießen«, fügte er noch hinzu.

»Danke«, sagte Sienna aufrichtig und verließ erleichtert das Büro.

Kapitel 4

›Niemand da. Ein Glück‹, dachte Sienna erleichtert nach Betreten der Wohnung. Obwohl das Gespräch mit dem Schulleiter überraschend gut verlaufen war, wollte sie ihrem Paps nicht jetzt davon erzählen. ›Er sagt bestimmt nur, dass ich diesmal Glück hatte, es aber nicht immer so laufen wird. Pah, das ist alles so ungerecht! Wenn er doch nur meine Gedanken und Erinnerungen lesen könnte, wüsste er gleich, dass ich nichts falsch gemacht hab.‹

Um sich abzulenken, setzte sie sich an ihre Hausaufgaben. Die Gedichtinterpretation in Deutsch war rasch geschrieben. Bei der Physikhausaufgabe versagte ihre Konzentration hingegen. ›Warum sollte es wichtiger sein, das Induktionsgesetz zu kennen, wenn ich stattdessen über die echten Gesetze und meine Rechte Bescheid wissen könnte?‹, fragte sie sich verständnislos. ›Vielleicht sollte ich das mal in der Schule vorschlagen. Ich wüsste so gern, wie ich Paps rechtlich dazu bringen könnte, mir Infos über Mum zu geben.‹ Das war ein Gedanke, der Sienna nie ganz losließ. Dafür war der Wunsch, ihre entfremdete Mutter kennenzulernen, zu stark.

Nachdem Sienna den Kampf aufgegeben hatte, machte sie sich in der Küche ein Sandwich mit Gürkchen und extra viel Käse. Letzteres war unangefochten ihr Hauptnahrungsmittel. Gerade schmeckte sie davon allerdings nichts. Denn während sie darauf herumkaute, dachte Sienna über die Worte ihres Vaters und das Gespräch mit Herrn Scott nach. Bei der Erinnerung an Emanuels enttäuschten Gesichtsausdruck wurde sie traurig. Dieses Bild ging ihr einfach nicht aus dem Kopf und hatte sie während der vergangenen Nacht vom Schlafen abgehalten. Einzig Herr Scott ließ sich nicht blenden. ›Und das, obwohl er mich nicht annähernd so gut kennt wie Paps. Das sollte ich Paps sagen, damit er mal merkt, wie komisch er sich benimmt und dass es auch ganz anders geht. Wie dumm ist es auch, dass die Erwachsenen uns schon als Kind eintrichtern, immer ehrlich zu sein. Aber wenn man es dann ist, sind sie verärgert und bestrafen einen. Versteh ich nicht.‹

»Wie auch, das ist doch bekloppt!« Den letzten Gedanken sprach sie laut aus und warf dabei aufgebracht die Hände in die Luft. Ihr Vater meinte, man müsse das Gleichgewicht zwischen Höflichkeit und Ehrlichkeit finden. Häufig sei es besser, den Menschen zu sagen, was sie hören wollten, und die eigene Meinung für sich zu behalten. Er nannte dieses Vorgehen »Abwägen der Situation«, doch Sienna hielt es für Heucheln. James M. Barries Geschichte *Peter Pan* kam ihr in den Sinn. Darin ging es um Peter, einen Jungen, der nicht erwachsen und vernünftig werden wollte. »So wie sich die Erwachsenen benehmen, will ich lieber auch nicht erwachsen werden«, brummte sie vor sich hin. »Wer will schon verlogen und berechnend sein?«

Die Uhr über der Spüle zeigte dreiviertel vier an, was bedeutete, dass Sienna die Wohnung noch etwa zwei Stunden für sich hatte. Bis dahin arbeitete ihr Vater in seiner Werkstatt, die er auch als sein »persönliches Refugium« bezeichnete. Da Ordnung für ihn als Bildhauer ein Fremdwort war, war dies der ideale Aufenthaltsort für ihn. Dort kam ihm niemand in die Quere. Nirgendwo sonst konnte er seine Kreativität so gut ausleben. Früher war es Sienna genauso gegangen, weswegen sie ihn täglich, bewaffnet mit Zeichenblock und Stiften, besucht hatte. Alles um sich herum ausblenden? Nichts einfacher als das. Mittlerweile hielt sie sich allerdings vom Refugium fern, denn nur dort hatte ihr Vater wirklich seine Ruhe. Ruhe, die er auch dringend brauchte, wie sie heute verstand. ›Ich würde ihn nur stören und vermutlich wütend machen. Das passiert auch so schon oft genug. Dabei mache ich es nicht mal mit Absicht. Keine Ahnung, wie mir das immer gelingt. Vielleicht bin ich ein Streit-Magnet oder so‹, sinnierte sie betrübt.

Einen kurzen Moment überlegte Sienna, eine der Skulpturen ihres Vaters, die im Wohnzimmer stand, verschwinden zu lassen und es seiner Verlobten Natalie in die Schuhe zu schieben. ›Dann würden sich ausnahmsweise mal die beiden streiten. Und Natalie hätte es verdient.‹ Diesen Gedanken verwarf Sienna jedoch rasch wieder. ›Da wäre ich ja so wie Paps sagt: verlogen. Wobei – was macht es für einen Unterschied, wenn er doch eh schon so schlecht von mir denkt?‹ Innerlich hin und her gerissen kamen ihr Mos Worte in den Sinn. »Du kannst ohnehin nicht beeinflussen, was andere von dir denken. Was du von dir selbst hältst, ist eh wichtiger.«

Wie immer, wenn sie an Natalie dachte, bekam Sienna schlechte Laune. Seit einem Jahr drängte sich Natalie Foster nun schon in Emanuels und Siennas Leben. Ursprünglich begutachtete die Frau einige von seinen Skulpturen im Auftrag ihrer Firma. Doch mittlerweile hatte sie dort gekündigt und arbeitete als Emanuels Managerin. Ganz nebenbei hatte sie sich in ihn verliebt, sozusagen als netten Nebeneffekt, und es auch hingekriegt, ihn in sich verliebt zu machen. Sienna glaubte ihrem Vater, dass er Natalie liebte, doch an den Gefühlen der deutlich jüngeren Frau zweifelte sie. Zwar hatte Natalie nie etwas getan, um diesen Verdacht zu bestätigen, doch Sienna konnte ihn dennoch nicht abschütteln. ›Nur weil es keine Beweise gibt, muss ich ja nicht falsch liegen. Und die beiden passen eh nicht zusammen.‹ Emanuel machte es beispielsweise nichts aus, in Jogginghose und Shirt herumzulaufen. Das war seine übliche Arbeitskleidung. Entsprechend in Mitleidenschaft gezogen sah diese manchmal aus, wenn er direkt aus seinem Refugium kam. Es wäre ihm aber im Leben nicht eingefallen, sich für den Heimweg etwas anderes anzuziehen, nur weil ihn Passanten seltsam anschauen könnten. ›Aber inzwischen macht er das – nur wegen Natalie‹, dachte Sienna kopfschüttelnd. Die hatte wiederholt bemängelt, dass er nicht auf sein Aussehen achte und sie sich so mit ihm nicht zeigen könne.

›Wenn sie ihn wirklich lieben würde, wäre es ihr egal, was er für Klamotten trägt‹, dachte Sienna jedes Mal, wenn das Thema zur Sprache kam. ›Kann ja auch nicht jeder aussehen, als wäre er gerade einem Modekatalog entstiegen.‹ Wie Natalie. Immer in schicken Kleidern oder Röcken, gestylte Haare und aufwendig geschminkt. Sie hatte zweifellos Stil, das musste Sienna der anderen lassen, aber optisch unterschied sich Natalie schon deutlich von Emanuel. Zumindest zu Beginn ihrer Beziehung. Mittlerweile hingen in seinem Kleiderschrank mehrere neue Hosen, Hemden und sogar ein Anzug. Letzterer war erst vor kurzem bei der Ausstellungseröffnung zum Einsatz gekommen. Dabei hatte Natalie mehrfach betont, wie gut es doch war, dass Emanuel jetzt über einen solchen verfügte. Sienna hatte nur die Augen verdreht. ›Das sagt sie doch nur, weil sie ihm den ausgesucht hat.‹ Sie konnte Leute nicht leiden, die die eigenen Erfolge so hervorhoben. ›Ab und zu ist ein bisschen Selbstlob ja gut.‹ Das hatte ihr Mo mittlerweile erfolgreich eingeschärft. Wenn es aber wie bei Natalie zur Gewohnheit wurde und quasi in jedem Gespräch mehrmals geschah, war das schon nicht mehr gesund.

Im Gegensatz zu seiner Verlobten machte es Emanuel

auch nichts aus, einen gemütlichen Abend zuhause zu verbringen, nebenbei ein gutes Buch zu lesen, einen Becher seiner allseits bekannten heißen Schokolade mit Marshmallows zu schlürfen und sich Musik seiner Lieblingsband *Led Zeppelin* anzuhören. Über Musik konnten sich die beiden stundenlang streiten. Während Natalie Pop- und Elektrosongs liebte, konnte Emanuel mit allem, was nach der Jahrtausendwende erschienen war, nichts anfangen. Seine Lieblinge waren die Bands der 60er, 70er und 80er Jahre. Seine Meinung dazu: »Das waren noch Songs, die eine Geschichte erzählten und zum Nachdenken anregten. Die Musik von heute ist doch nur noch oberflächlicher Mist. Wenn dem Texter nichts mehr einfällt, lässt er den Sänger einfach das vorangegangene Wort wiederholen und dann noch einmal, damit es wie ein toller, langer Song wirkt.« Ein weiterer Unterschied zwischen ihnen bestand darin, dass Emanuel nicht völlig aus dem Häuschen geriet, wenn eine bekannte Modemarke eine neue Kollektion herausbrachte. Mode, Accessoires, Make-up, Schuhe – für etwas anderes interessierte sich Natalie nicht. Oh, und für Geld natürlich. Eben deswegen hielt Sienna sie für oberflächlich. Es war ein Wunder, dass ihre Beinahe-Stiefmutter nicht im Modebereich arbeitete, so oft, wie sie davon sprach. Das ging so weit, dass sie auch versucht hatte, Siennas Kleiderschrank auszumisten und neu auszustatten, allerdings erfolglos.

»Das sind meine Sachen. Die gehen dich nichts an!«, hatte Sienna empört gerufen, als sie vom gemeinsamen Joggen mit Mo nach Hause gekommen war und die Frau in ihrem Zimmer vorgefunden hatte. An sich schon ein komplettes No-Go. Ihre Klamotten hatten bereits überall verteilt gelegen.

»Ah, da bist du ja. Lass uns gleich über neue Farben für

dich sprechen. Ganz ehrlich, du hast nicht den richtigen Teint für Olivgrün. Und diese dunkelblauen Klamotten sind einfach nur langweilig. Die spenden wir. Dann hast du Platz für was Besseres. Und warum trägst du eigentlich so viele weite Oberteile? Deine Figur lässt doch auch betontere Stücke zu. Das werden wir bei unserem Shoppingtrip definitiv ändern. Du bist ein hübsches Mädchen, das sich auch der Welt zeigen sollte. Wie willst du denn sonst einen Freund finden?«, fragte Natalie kopfschüttelnd.

Bei diesen Worten explodierte Sienna: »Du hast kein Recht, meine Klamotten wegzuwerfen und meinen Stil zu ändern!«

»Aber dein Vater und ich würden dir die neuen Sachen doch bezahlen«, wandte Natalie ein und klang dabei, als erwartete sie Dankbarkeit.

»Darum geht es nicht! Ich lasse mich von dir nicht bestechen, damit du aus mir einen Menschen machst, der ich nicht bin! Ich mag meine Klamotten!«

»Komm schon, das kannst du nicht ernst meinen. Du musst immer seltsame Blicke dafür kriegen.«

»Ist das alles, was dir wichtig ist? Was die Leute über mich denken könnten und damit auch über dich, wenn wir zusammen unterwegs sind? Bin ich dir peinlich? Dann sag es doch einfach! Aber hör auf, so zu tun, als wäre ich dir wichtig. Und keine Sorge: wir müssen nichts gemeinsam unternehmen. Dann brauchst du dich auch nicht für mich zu schämen!«

»Aber …«, setzte Natalie an. Sienna ließ sie nicht zu Wort kommen.

»Zwar geht es dich nichts an, aber ich bin nicht auf der Suche nach einem Freund. Und vielleicht hätte ich eh lieber eine Freundin!«

»Was ist denn hier los?«, mischte sich Emanuel ein, der

unbemerkt in Siennas Zimmer getreten war. Natalie und Sienna unterbrachen erschrocken ihr Blickduell.

›Shit, hat er das gehört?‹, dachte Sienna panisch. Die Klamotten waren ihr plötzlich ganz egal. Wichtiger erschien ihr, was sie gerade quasi zugegeben hatte. Um Schadensbegrenzung zu betreiben, warf sie rasch ein: »Natalie ist ohne Erlaubnis an meinen Kleiderschrank gegangen. Sie will meine Sachen wegwerfen.«

»Sienna, jetzt hör mal …«, setzte er an.

»Dein Vater hat es mir erlaubt«, unterbrach die Beschuldigte. Es dauerte einen Moment, bis ihre Worte durch Siennas wutgetränkte Gedanken drangen.

»Was? Nein, das würde er nicht tun«, stotterte sie dann und schaute ungläubig zwischen Emanuel und Natalie hin und her.

Emanuel schluckte sichtbar, erwiderte dann aber: »Es stimmt. Sie hat mich gefragt und ich habe es ihr erlaubt.« Wie geschlagen wich seine Tochter vor ihm zurück, zutiefst verletzt von diesem Vertrauensbruch. Schnell erklärte er sein Handeln: »Du musst zugeben, dass wir beide keine Ahnung von Mode haben. Natalie wollte dir nur helfen.«

»Mir helfen«, wiederholte Sienna aufgebracht. Für sie klang das nach einer billigen Ausrede. »Natalie will mich verändern, so wie sie dich verändert. Merkst du das nicht? Es war dir immer egal, dass wir keine Markenklamotten tragen. Sie brauchten nur praktisch zu sein.«

»Aber du musst doch zugeben, dass andere Menschen uns anders anschauen, wenn wir schicker aussehen. So bekomme ich auch mehr Aufträge, was im Endeffekt jedem von uns nutzt.«

»Toll, wie du ihre Worte nachquatschst. Du kannst das noch so viel vor dir rechtfertigen, aber ihr hattet trotzdem beide kein Recht, an meine Sachen zu gehen. Und überhaupt: Warum fragst du Paps statt mich? Und Paps, warum erlaubst du es ihr, statt mich einzubeziehen? Ich bin alt genug, selbst zu entscheiden, was ich anziehe und ob ich was Neues brauche!«, fauchte Sienna.

»Jetzt mach aber mal halblang. Du bist erst dreizehn, hattest noch nicht mal Jugendweihe. Danach können wir vielleicht darüber reden, aber bis dahin entscheiden die Erwachsenen«, entgegnete Emanuel mit Nachdruck.

Sienna riss Natalie den mitternachtsblauen Pulli aus der Hand, den sie ihrem besten Freund gemopst hatte und der gerade auf den Weg zum Spendenhaufen gewesen war. »Der gehört nicht mal mir, sondern Mo. Wollt ihr seine Sachen auch wegbringen?«

»Du trägst seine Kleidung?«, fragte ihr Vater entrüstet.

»Und wenn schon«, erwiderte Sienna patzig.

»Nicht in diesem Ton, junge Dame!«

Sienna verdrehte genervt die Augen. »Dann geht doch. Ich hab euch nicht in mein Zimmer eingeladen.«

»Solange du unter meinem Dach wohnst, mache ich die Regeln!«, schrie ihr Vater.

Sienna lief es bei seinen Worten kalt den Rücken hinunter. »Es sind aber nicht deine Regeln, sondern die von Natalie. Sie macht aus dir jemand anderen.«

»Du weißt doch gar nicht, wovon du redest. Und im Übrigen geht dich unsere Beziehung auch nichts an«, versuchte Emanuel die Diskussion zu beenden.

»Ja, ist scheiße, wenn sich jemand in euren Kram einmischt, richtig?«, gab Sienna mit blitzenden Augen zurück.

Sprachlos betrachteten die Erwachsenen sie. »Ich muss dieses Chaos beseitigen. Also geht raus!«, verlangte das Mädchen jetzt.

Die Verblüffung der beiden ausnutzend, schob Sienna Emanuel und Natalie zur Tür. Draußen wandte sich ihr

Vater noch einmal um und meinte: »Darüber reden wir noch.«

»Nein, tun wir nicht«, entgegnete sie und knallte ihm die Tür vor der Nase zu. Das Drehen des Schlüssels im Schloss besiegelte das Ende der Auseinandersetzung.

Doch Sienna beschäftigte die Sache gedanklich noch weiter. Wütend war sie nicht nur auf ihren Vater und dessen Verlobte, sondern auch auf ihre Mutter. ›Wenn Mum noch bei uns wäre, könnte sie mir Modetipps geben und Paps würde nicht auf Natalie reinfallen. Außerdem liebte Mum ihn ja so, wie er war. Sie hätte ihn nicht erst verändert.‹

Aber Emanuel wollte die Veränderungen nicht als etwas Negatives ansehen. Und Natalie hatte ihm eine plausible Erklärung für Siennas Abneigung geliefert: Sie meinte, Sienna verkrafte es nicht, ihren Vater plötzlich mit jemandem teilen zu müssen. Hinzu kämen noch die Hormone und pubertären Gefühle, erläuterte sie und hielt es aus diesem Grund für notwendig, dass das Mädchen eine Frau zum Reden hatte. Er war froh über die verständnisvolle Reaktion seiner Verlobten.

Da Sienna merkte, dass ihr Vater uneinsichtig blieb, sie Natalie gleichzeitig aber unerträglich fand, entschied sie sich für die altbekannte Ausweichtaktik. Diese wendete sie immerhin auch gegenüber ihren Klassenkameraden an. Im familiären Umfeld hieß das nun, sich in ihrem Zimmer zu verkriechen und in der eigenen Kunst zu verlieren, oder Mo zu besuchen. Letzteres war ihr natürlich das Liebste.

Einer plötzlichen Eingebung folgend, verließ Sienna die Küche. Im Flur klappte sie die Dachbodenleiter herunter und stieg hinauf. Seit sie den Boden zuletzt betreten hatte, waren einige Jahre vergangen. Eine dicke Staubschicht bedeckte alte Möbel, unzählige Bücherstapel und Kisten voller Spielsachen. Als sie sich durch dieses Labyrinth ehemals geliebter Besitztümer in Richtung Dachfenster vorankämpfte, verhedderte sie sich in einem alten Springseil und fiel hin. Dabei riss sie ein Laken mit sich, das bisher einen Schaukelstuhl bedeckt hatte. Fluchend richtete sie sich wieder auf und klopfte sich den Staub von der Kleidung.

Beunruhigt betrachtete Sienna den Schreibtisch mit der scharfen Kante, der nur wenige Zentimeter von der Stelle entfernt stand, an der sie gestolpert war. ›Ein Glück hab ich mich nicht daran verletzt‹, dachte sie erleichtert. Aus irgendeinem Grund glaubte sie plötzlich, schon einmal mit dem Kopf gegen eine ähnliche Kante gefallen zu sein. Diese Empfindung konnte sich Sienna zwar nicht erklären, wurde den Gedanken jedoch auch nicht wieder los. Er nagte an ihr, als wollte er eine Erinnerung freisetzen, die eigentlich da sein müsste, aber nicht auffindbar war. Nachdenklich hob sie das Laken auf und wollte es schon wieder über den Schaukelstuhl hängen, als ihr darauf eine kleine verzierte Holztruhe auffiel. Neugierig geworden, sah sie sich den Fund genauer an. Muscheln und glatt geschliffene Steine bedeckten das Holz. In geschwungenen Buchstaben stand ein Name auf dem Deckel: *Emilia.*

Kapitel 5

Das Abendessen versäumte Sienna, und auch die Bitte ihres Vaters, ihre Zimmertür aufzuschließen und mit ihm zu reden, ignorierte sie. Die gefundene Truhe forderte ihre volle Aufmerksamkeit, sodass es ihr unmöglich war, sich mit etwas anderem zu beschäftigen. Es handelte sich hierbei nämlich nicht um irgendeine alte Holztruhe, die höchstens auf dem Flohmarkt noch ein paar Pfennige einbrachte. Im Gegenteil – Sienna war fest davon überzeugt, einen Schatz entdeckt zu haben. Schließlich fand sie nicht jeden Tag etwas aus dem Besitz ihrer Mutter.

Emilia Herzog hatte ihren Mann und ihre Tochter verlassen, als Sienna drei Jahre alt gewesen war. Seitdem hatte sie sich nie mehr gemeldet. Sienna erinnerte sich nicht an ihre Mutter. Man könnte meinen, dass sie sie deswegen weniger vermisste, aber das war nicht so. An jedem einzelnen Tag dachte sie an ihre Mutter und fragte sich, was sie wohl gerade tat.

›Ob ich ihr ähnlich bin?‹, fragte sie sich oft. Dort, wo die Erinnerungen an gemeinsame Erlebnisse sein sollten, klaffte nur eine große Lücke. Aber die Gefühle waren noch da. Das machte es so verwirrend. Sienna wusste nämlich genau, dass sie ihre Mum innig geliebt und sich sehr geborgen bei ihr gefühlt hatte. Manchmal überlegte sie, dass ihre Empfindungen beinahe zu stark waren, um nur einer einzigen Person zu gelten.

Wieso hatte sie alles andere vergessen? Kein Lachen, keinen charakteristischen Duft und auch keine Stimme konnte Sienna aufrufen, wenn sie an Emilia dachte. Mo dagegen hatte so viele Erinnerungen an die ersten Jahre seines Lebens. Davon erzählte er manchmal sehr lebhaft. Warum nicht sie?

In ihren düsteren Momenten überlegte Sienna, ob ihre Mutter sie überhaupt geliebt hatte. Wäre sie zumindest mit ihr in Kontakt geblieben, müsste sich Sienna diese Frage nicht stellen. Aber so … ›Wenn ich ihr wichtig gewesen wäre, hätte sie ein Teil meines Lebens bleiben wollen.‹ Und das war der zentrale Auslöser von Siennas Verlassensängsten, die ihren Alltag manchmal spürbar beeinflussten. Sie hatte nur zwei Freunde: Mo und Tanja. Das lag nicht nur an Björns und Bens Bemühungen, sondern unter anderem auch daran, dass Sienna sich neuen Menschen gar nicht erst öffnete. Sie befürchtete nämlich schon im Vorfeld, abgewiesen zu werden. Dass sie Konfrontationen mit ihrem Vater mitunter auswich, beruhte zum Teil darauf, dass sie nicht noch das zweite Elternteil verlieren wollte. Wenn er sie auch noch zurückließe, hätte sie niemanden mehr. Keine Geschwister, Cousins, Großeltern. Niemanden. ›Ich wäre ganz auf mich allein gestellt.‹

Dieser Gedanke beunruhigte sie zutiefst. Um sich abzulenken, rief sie sich die schönen Momente ihrer Kindheit ins Gedächtnis. Die meisten der Möbel in ihrer Wohnung zeugten von gemeinsamen Erlebnissen. Sie stammten von Flohmärkten und waren von Sienna und Emanuel durch Farbe und Pinsel zu etwas ganz Besonderem gemacht worden. Sienna liebte es, dass alles bunt zusammengewürfelt war und die Farben solche Fröhlichkeit ausstrahlten. Zumindest war das der Stand der Dinge gewesen, bevor Natalie aufgetaucht war und alles verändert hatte.

»Warum geht sie nicht auf?«, fragte Sienna frustriert, während sie im Schneidersitz vor der Muschelkiste saß. Die einzigen »Erfolge«, die sie bisher verbuchen konnte, waren ein zerbrochenes Lineal und zwei eingerissene Fingernägel. Sienna war drauf und dran, das Ding einfach aus dem Fenster zu werfen. Aber das wäre wohl dumm. Zwar klang es beim Schütteln der Truhe nicht, als wäre etwas Zerbrechliches darin, aber sie wollte kein Risiko eingehen. Missmutig und erschöpft gab Sienna schließlich auf, legte sich ins Bett und fiel in einen unruhigen Schlaf.

Der Traum begann so schön: Emilia hielt Sienna fest umschlungen. Sienna fühlte sich geborgen und hätte ihre Mutter am liebsten nie mehr losgelassen. Dann jedoch löste sich diese aus der Umarmung und ging wortlos zur Tür. »Mama«, rief die dreijährige Sienna verwirrt. Mit tränenüberströmtem Gesicht wandte sich ihre Mutter ein letztes Mal zu ihr um und flüsterte: »Es tut mir leid.« Dann war sie verschwunden – nicht nur aus dem Zimmer, sondern auch aus dem Leben ihrer Tochter. Keuchend erwachte die vierzehnjährige Sienna und sah sich hektisch im dunklen Zimmer um. Sie war allein – keine Mama zu sehen. Wie bereits in den vergangenen zehn Jahren.

»Was zum Teufel war das?«, entfuhr es Sienna, nachdem sie das Wort »Mama« noch immer so präsent auf den Lippen hatte. ›Hab ich sie früher so genannt?‹ Noch ein anderer Gedanke ließ sie nicht los: ›War das ein Albtraum oder eine Erinnerung? Es fühlte sich wie beides zugleich an. Nur Paps kann es mir beantworten.‹

»Aber das wird er nicht. Das tut er ja nie«, schluchzte sie. In der Tat vermied es ihr Vater wie die Pest, über die Mutter zu sprechen. Damit verletzte er Sienna jedes Mal von Neuem, da er sie mit ihren Fragen und Zweifeln allein ließ. ›Bringt es überhaupt was, die Kiste zu öffnen? Mum hat sie bestimmt nur deswegen hier gelassen, weil sie ihr egal ist. So wie ich‹, dachte Sienna düster. ›Warum konnte sie mir nicht wenigstens eine Schwester oder einen Bruder lassen, mit dem ich alles teilen kann? Dann wäre Paps auch nicht meine einzige Familie. Und meine Schwester könnte sich besser an Mum erinnern als ich. Sie wüsste, ob ich nur geträumt oder mich erinnert habe.‹

Ein Geschwisterchen hatte sie sich immer schon gewünscht. Wobei sie wirklich eher zu einer Schwester tendierte. ›Wir wären uns ähnlicher und sie würde mich besser verstehen als ein Bruder.‹ Siennas Hoffnung hierauf war jedoch abrupt verpufft, als sich Emanuel für Natalie entschieden hatte. Die wollte keine Kinder.

»Ich werde immer allein bleiben«, schluchzte Sienna und konnte selbst nicht begreifen, warum dieses Wissen sie plötzlich so aufwühlte und es sich anfühlte, als fehlte ein entscheidender Teil in ihrem Leben.

Nach einer gefühlten Ewigkeit schlief sie wieder ein, die Wangen noch immer tränenfeucht.

Kapitel 6

›Endlich ist sie weg‹, dachte Sienna erleichtert, sobald sie die Wohnungstür ins Schloss fallen hörte. Natalie würde die nächste Woche geschäftlich in Berlin verbringen. Sie wollte einen neuen Ausstellungsdeal für Emanuel einfädeln. Sienna zweifelte nicht daran, dass die Frau siegreich zurückkehren und sich fortan damit brüsten würde. So lief es jedes Mal.

Wie immer wirkte sich Natalies Abwesenheit positiv auf Emanuels und Siennas Vater-Tochter-Verhältnis aus. So viel Zeit wie in dieser Woche hatten die beiden schon ewig nicht mehr miteinander verbracht. Sie kochten zusammen ihr Lieblingsessen, ein Gemüse-Curry, und backten passend dazu Naan-Brot. Zudem schauten sie sich ein Fußballspiel der deutschen Frauennationalmannschaft im Fernsehen an und hörten stundenlang gemeinsam Musik, während Sienna für Emanuel eine neue Skulptur skizzierte. ›Es fühlt sich ein bisschen wie früher an‹, dachte sie glücklich. Das hatte ihr wirklich gefehlt in den vergangenen Monaten. Aus Angst, den Frieden zu zerstören, sprach sie den Vorfall im Geo-Unterricht und die anschließende Klärung durch Herrn Scott nicht erneut an.

Aber offenbar schien jemand der Ansicht zu sein, es liefe etwas zu gut für Sienna. Am Freitag dieser Woche wurden nämlich die Birkenzwillinge wieder aktiv. Wütend darüber, dass Sienna dem Schulleiter den entscheidenden Hinweis gegeben hatte, um die Jungen zu überführen, waren die beiden auf Rache aus. Es war nicht gerade ein Geheimnis, dass Sienna eine Schwäche für Blaubeermuffins hatte. Dieses Wissen nutzten Ben und Björn, um selbst einen zu backen. Allerdings mischten sie unter die herkömmlichen Zutaten noch ein Abführmittel. Diesen präparierten Muffin legten sie vor Unterrichtsbeginn auf Siennas Tisch.

›Nanu, wer hat mir den denn mitgebracht?‹, dachte Sienna überrascht. ›Bestimmt wollte mir Mo eine Freude machen‹, schlussfolgerte sie schließlich. ›Ich werde ihn mit ihm teilen.‹

Als sie ihren besten Freund zwei Stunden später in der Hofpause darauf ansprach, behauptete er jedoch, nicht zu wissen, wovon Sienna redete.

»Warte, du hast ihn wirklich nicht gebacken? Aber wer hat ihn dann auf meinen Platz gelegt?«

»Auf jeden Fall stimmt da was nicht.« Misstrauisch schnupperte Mo am Gebäckstück. Anschließend hielt er es Sienna mit angewidertem Blick unter die Nase. »Rizinusöl. Das hatten wir in Chemie. Ein Abführmittel.«

Sienna blickte drein wie ein Schaf. Der schwache Geruch war ihr bislang entgangen. Wobei sie ihn ohne Mos Wissen auch nicht hätte zuordnen können. Verständnislos fragte sie: »Warum sollte jemand so was backen?«

»Die Frage ist eher, wer ihn gebacken hat«, erwiderte er und schaute sich verstohlen um. Sein Blick blieb an zwei Jungen hängen, die lässig an den Fahrradständern lehnten und auffällig unauffällig wirkten. Sie schauten betont in die entgegengesetzte Richtung und schienen reges Interesse an einer am Rollator gehenden Greisin zu haben.

»Ich glaube, ich weiß, wer es war«, platzte Mo heraus. Sienna starrte ihn verblüfft an.

»Was, woher willst du das wissen? Wer ist es?«

»Die Birkenzwillinge ignorieren uns völlig. Sonst können sie es gar nicht erwarten, dich dumm zu machen, aber heute bist du für sie uninteressant. Komisch, was?«, gab Mourice zurück.

›Verdammt, er hat recht‹, musste Sienna zugeben. Innerlich fluchte sie: ›Diese Arschlöcher. Das ist ein neuer Tiefpunkt.‹ Laut fragte sie: »Was machen wir jetzt?« Es war nicht nötig zu diskutieren, warum Björn und Ben zu solchen Methoden griffen.

Mourice zuckte mit den Schultern. »Du könntest ihnen den Muffin zurückschenken. Mach es so, dass es Frau Zanger mitbekommt. Die ist doch gerade eh nicht gut auf die beiden zu sprechen. Gib jedem eine Hälfte und sorg dafür, dass sie sie essen. Das wird ein Spaß«, freute er sich mit diabolischem Grinsen.

Seine beste Freundin war einen Moment lang fassungslos. Dann schüttelte sie langsam den Kopf und entgegnete: »Das können wir nicht machen. Sie würden mir das Leben noch mehr zur Hölle machen.«

»Als ob das möglich wäre! Seit über drei Jahren tyrannisieren dich die beiden nun schon und der Rest deiner Klasse macht begeistert mit. Wir haben schon öfter darüber geredet, aber du scheinst es noch immer nicht zu raffen. Du musst dich aktiv dagegen wehren. Nicht immer den Schwanz einziehen und weiter auf dich einprügeln lassen!«

»Ähm … Ich hab keinen Schwanz«, murmelte Sienna.

Schnaubend entgegnete er: »Genau genommen hast du lange Haare und einen Pferdeschwanz. Aber darum geht es auch nicht. Lass dich nicht mehr zu ihrem Opfer machen. Steh endlich zu dir!«

»Ich bin kein Opfer«, zischte Sienna. Sie hasste es, wenn er dieses Wort auf sie anwandte.

»Und ob du das bist. Die machen das alles gegen deinen Willen, mobben dich und du bietest dich ihnen auf dem Präsentierteller an. Das ist die sprichwörtliche Definition eines Opfers«, hielt Mo eisern dagegen.

Sienna war hin- und hergerissen. Einerseits wollte sie so

wenig wie möglich auffallen und es war so leicht, wieder in das antrainierte Verhaltensmuster des stummen Erduldens zurückzufallen. Andererseits begriff sie die Wahrheit, die Mos Worte in sich trugen, und verspürte den innigen Wunsch, endlich nicht mehr gemobbt zu werden.

Überfordert von diesen gegensätzlichen Möglichkeiten, wandte sie sich ab und floh zum Kreativraum. Dort konnte sie alle Sorgen aussperren. Wenn auch womöglich nur vorübergehend.

Jetzt war es an Mourice, ihr wie ein Schaf hinterherzuschauen.

Kapitel 7

Am Samstag erwachte Sienna ungewöhnlich früh. Schuld daran war ihr Handy, das lautstark *Guten Morgen Sonnenschein* spielte. Erschrocken fuhr sie auf und nahm instinktiv den Anruf entgegen. Die Musik verstummte und stattdessen ertönte Mourice' Stimme.

»Du gehst ernsthaft erst nach dem achten Klingeln ran?!«, begrüßte er sie.

»Dir auch einen guten Morgen«, brummte Sienna. ›Mo muss mal wieder meinen Klingelton verstellt haben. Ich darf mein Handy nicht mehr liegen lassen, wenn ich aufs Klo gehe‹, überlegte sie augenverdrehend.

»Ich gehe jetzt joggen. Kommst du mit?«, fragte er.

»Klar«, antwortete sie aus Gewohnheit. Einen Augenblick lang überlegte sie, ihre Antwort zurückzunehmen, da sie echt müde war. Aber das Laufen würde ihr neue Energie geben, das wusste Sienna genau. Deswegen erwiderte sie nur noch: »Bis gleich.«

Kurze Zeit später traf sie sich mit Mourice, der richtig gut gelaunt war.

»Was hast du denn genommen?«, erkundigte sich Sienna misstrauisch.

Grinsend erwiderte er: »Kannst du dir das nicht denken?« Sienna verdrehte die Augen. »Hätte ich sonst gefragt?«

»Tja, nachdem du gestern so dramatisch verschwunden bist …« Das betonte er besonders. »… hab ich den Zwillingen ihren Muffin zurückgegeben. Ganz zufällig kam genau in dem Moment Frau Zanger vorbei.« Um die Ironie in seiner Stimme zu überhören, müsste man schon taub sein. »Die fand es gar nicht lustig, wie blöd die beiden zu mir waren. Also hat sie aufgepasst, dass sie den Muffin teilen und aufessen«, erklärte der Junge zufrieden. Für die besonders Begriffsstutzigen fügte er noch hinzu: »Also komplett.«

Sienna konnte ihn nur entgeistert anstarren. Bevor sie die Sprache wiederfand, war er jedoch schon losgelaufen. Es dauerte einen Moment, bis es ihr gelang, sich aus der Erstarrung zu lösen und es ihm gleichzutun. Als sie ihn schließlich eingeholt hatte, fragte sie ungläubig: »Die haben den wirklich gegessen?«

Begeistert nickte er. »Bis auf den letzten Krümel. Da war Frau Zanger unnachgiebig.« Eine bislang ungekannte Bewunderung für die Lehrerin sprach aus seiner Stimme.

»In Englisch sahen sie aber noch ganz normal aus«, wandte Sienna ein.

Achselzuckend erwiderte Mo: »Offenbar wirkt es erst nach einer gewissen Zeit. Jedenfalls hat Joris mir erzählt, dass er die beiden nach dem Unterricht auf dem Klo gesehen hat und es ihnen ziemlich dreckig ging.«

Jetzt musste auch Sienna grinsen. Zwar sagte sie es ihm nicht, doch war sie Mo insgeheim dankbar dafür, dass er ihr die Sache abgenommen hatte. ›Hoffentlich hält das Ben und Björn davon ab, so was noch mal mit mir zu versuchen. Ohne Mo hätte ich auch auf dem Klo gesessen.‹ Beim Gedanken daran erschauderte sie. ›Gut, dass er auf mich aufpasst und mir in den Hintern tritt, wenn ich mal wieder zu feige bin.‹

Als Sienna nach dem Joggen heimkam, erwartete ihr Vater sie im Wohnzimmer. Er wirkte äußerst schlecht gelaunt und fragte überflüssigerweise: »Wo warst du?« Ihre Sportkleidung und die Turnschuhe sprachen schließlich für sich.

»Joggen«, antwortete Sienna, wobei sie sich einen Kommentar über Begriffsstutzigkeit verkniff.

»Du solltest lieber Hausaufgaben machen und für Arbeiten lernen, als deine Zeit so zu verplempern«, erwiderte ihr Vater ungehalten. Innerlich dachte er aber etwas ganz anderes: ›Ein Glück ist ihr nichts passiert. Warum schreibt sie mir keine Nachricht, wenn sie vor dem Frühstück geht? Oder überhaupt geht? Kann sie sich nicht denken, dass ich mir Sorgen um sie mache?‹ Es kostete ihn seine ganze Selbstbeherrschung, nicht einfach zu ihr zu laufen und sie fest in den Arm zu nehmen. ›Wenn ich das täte, würde Sienna nur denken, ihr Verhalten sei okay‹, erinnerte er sich selbst.

Bevor er diesen Gedankengang weiterverfolgen und das Für und Wider einer Bestrafung abwägen konnte, gab Sienna ungewohnt schlagfertig zurück: »Ich hab das meiste schon gemacht und der Rest ist sinnlos.«

Ungläubig schüttelte er den Kopf und entgegnete: »Das, was du in der Schule lernst, ist wichtig. Du wirst es später brauchen.«

»Was weißt du denn noch aus deiner Schulzeit und nutzt du aktiv?«, hakte sie nach.

Einen Augenblick lang herrschte Stille. Dann sagte ihr Vater, ohne auf ihre Worte einzugehen: »Natalie kommt heute zurück und hilft dir beim Lernen, wenn du sie darum bittest. Ich muss an der Skulptur vom Dom weiterarbeiten.«

Dafür hatte Sienna vor kurzem eine detaillierte Skizze angefertigt. Ihr Zeichentalent kam damit nicht zum ersten Mal auch ihrem Vater zugute. ›Sie ist so talentiert. Gut, dass sie das schon als Kind für sich entdeckt hat. Es hat ihr geholfen, mit den frühen Verlusten zurechtzukommen.‹ Dafür war er immer wieder dankbar, versuchte jedoch auch, jegliche Gedanken daran auszusperren.

Bei seiner Ankündigung verzog Sienna das Gesicht und erwiderte sarkastisch: »Na klar wird sie das. Mir falsche Lösungen geben, damit ich schlechte Noten bekomme. Das ist echt ´ne tolle Hilfe.«

Ihre Worte blieben nicht ohne Wirkung. »Hör endlich auf, dich so albern zu benehmen. Finde dich damit ab, dass Natalie ein Teil dieser Familie ist. Vielleicht wirst du sie dann irgendwann als deine Mutter akzeptieren«, wies Emanuel seine Tochter aufgebracht zurecht. Er hatte den Schock noch immer nicht überwunden. Den Schock, dass Sienna nicht wie erwartet in ihrem Bett lag und auch nirgendwo sonst zu finden war. Als sie auf seine Anrufe nicht reagiert hatte, war er fast durchgedreht und drauf und dran gewesen, die Polizei zu rufen. Wer wusste schon, wie lange sie bereits weg war? Einzig ihre fehlenden Laufschuhe hatten ihn gestoppt. Sehr viel länger hätte er aber auch nicht mehr gewartet.

›Paps spinnt doch. Natalie soll Mum ersetzen?‹, dachte Sienna ungehalten. »Warum fällst du immer noch auf sie herein? Natalie ist ganz anders, als du glaubst!«

»Sie ist meine Verlobte und ich kenne sie besser als du«, hielt ihr Vater dagegen.

»Pah, du hast doch ´ne rosarote Brille auf«, behauptete Sienna abschätzig.

»Nicht in diesem Ton!«, rief Emanuel aufbrausend.

Das erinnerte seine Tochter zu sehr an frühere Auseinandersetzungen, in denen er ihr auch das Wort verbieten wollte. Sie explodierte: »Ich werde die dumme Kuh garantiert nie als Teil dieser Familie betrachten, und ganz sicher nicht als meine Mutter. Ich hab eine Mum, die du vergrault hast!«

In Sekundenschnelle war Emanuel bei ihr und gab ihr

eine Ohrfeige. Erschrocken wich Sienna zurück und betastete ihre brennende Wange. Ruckartig wandte sich ihr Vater ab und verließ schnellen Schrittes die Wohnung.

Tränen traten ihr in die Augen und drohten überzulaufen. ›Das hat er noch nie gemacht.‹ So die Beherrschung zu verlieren, sah ihrem Vater einfach nicht ähnlich. Für gewöhnlich war er die Geduld in Person. ›Und er ist einfach gegangen. Hat nicht mal zurückgeschaut. Was, wenn er nicht wieder kommt?‹ Der letzte Gedanke brachte das Fass zum Überlaufen. Weinend rollte sich Sienna auf dem Teppich zusammen und ergab sich dem Schmerz.

Irgendwann klärte sich der Nebel in ihrem Kopf etwas. Nicht zum ersten Mal, seit sie die Kiste auf dem Dachboden gefunden hatte, fragte sich Sienna, was ihre Mutter von ihr denken würde.

›Wenn ich Paps schon so verrückt machen kann, was hab ich dann erst mit Mum gemacht?‹ Vielleicht war es für ihre Mutter eine zu große Verantwortung gewesen, sich um ein Kind zu kümmern. ›Oder sie mochte mich nicht‹, dachte Sienna schaudernd. Es gab viele Möglichkeiten, die sie sich im Laufe der Zeit ausgemalt hatte. Ihr Vater war ihr dabei keine Hilfe. Die Trennung von der Mutter nannte er unumgänglich. Sobald Sienna jedoch Näheres erfahren wollte, schaltete ihr Vater auf Durchzug und ignorierte sie.

Nach unzähligen Runden dieses Spiels und jahrelanger Enttäuschung gab Sienna schließlich auf und stellte ihm keine Fragen mehr. Manchmal wusste sie nicht, wohin mit ihrer Frustration und Hilflosigkeit. In diesen Phasen entstanden ihre traurigsten oder wütendsten Zeichnungen.

Nun stand ihr hingegen endlich ein neuer Anhaltspunkt zur Verfügung: die Truhe mit Emilias Namen darauf. In den positiveren Momenten war Sienna überzeugt davon, dass ihre Mum sie ihr hinterlassen hatte, damit sie mehr herausfinden konnte. Mit neuem Tatendrang machte sich Sienna daran, herauszufinden, wie sich das Schloss öffnen ließ.

Kapitel 8

Am späten Nachmittag desselben Tages klopfte es an Siennas Zimmertür und Natalies Singsangstimme ertönte: »Sienna, ich bin jetzt da. Willst du lernen?«

Sienna verdrehte nur die Augen. Die Frage blieb unbeantwortet in der Luft hängen.

»Ich komme dann nachher noch mal«, versprach Siennas zukünftige Stiefmutter, wobei beide wussten, dass das nicht passieren würde. ›Bleib weg!‹, beschwor Sienna sie in Gedanken. ›Ohne dich ist es viel schöner. Und Paps ist auch entspannter gewesen. Bis heute, bis er wusste, dass du zurückkommst. Schon erkenne ich ihn nicht mehr wieder. Weil du ihn zu jemand anderem gemacht hast!‹

Es tat ihr in der Seele weh. Wenn Natalie schon immer ein Teil ihrer aller Leben gewesen wäre, fiele der Unterschied in seinem Verhalten vielleicht nicht so deutlich aus und auf. Aber Sienna hatte ihn jahrelang ohne Partnerin erlebt und mochte diese Version von ihm deutlich lieber. ›Wir sind doch auch ohne sie prima klargekommen. Warum musste er Natalie in unser Leben einladen? Sie hat sich eingenistet. Wie eine Kakerlake.‹

Aufgewühlt widmete sich Sienna wieder Emilias Holzkästchen und überlegte, ob sie im Internet nach einem passenden Schlüssel suchen sollte. Besonders viel versprach sie sich davon jedoch nicht, denn ein richtiges Schlüsselloch gab es nicht, eher eine Art Einkerbung …

»Man muss etwas hineinlegen!«, rief sie plötzlich erstaunt aus. Nachdem sie das erkannt hatte, betrachtete sie die Form der Einkerbung genauer und schlug sich dann an die Stirn. »Ich bin ja so blöd!«

Rasch nahm sie die Kette ab, die immer um ihren Hals lag. In ein schwarzes Band waren braune Holzperlen und ein bemalter Anhänger eingeflochten. Diese Kette hatte ihr Vater auf einem Straßenmarkt in Maspalomas, einer Stadt auf der Insel Gran Canaria, für ihre Mutter gekauft. Jedoch erfreute sich die damals fast dreijährige Sienna deutlich mehr an diesem Geschenk. Weil sie ständig damit spielte und ihrer Mutter dadurch keinerlei Gelegenheit gab, es zu tragen, überließ diese ihr schließlich das Schmuckstück. Daran erinnerte sich Sienna nicht. In einem seltenen Moment von Mitteilungsfreude hatte ihr Vater ihr die Geschichte des Schmuckstücks erzählt. Bis heute wusste Sienna nicht, was ihn überzeugt hatte, sein übliches Schweigen kurzzeitig zu brechen. Offensichtlich hatte er ihr jedoch nicht alles gesagt, sonst hätte sie längst gewusst, dass es sich bei der Kette nicht nur um ein Accessoire handelte, sondern auch um einen Schlüssel.

›Typisch. Er wollte nicht darüber reden und hat mir deswegen nur einen Teil erzählt. Neben der Kette muss er die dazu passende Truhe gekauft haben. Wie kann ich ihm noch irgendwas glauben?‹, überlegte Sienna betrübt. Dann schüttelte sie sich aus ihrer negativen Stimmung, indem sie sich auf die neue Entdeckung konzentrierte.

Mit vor Aufregung zitternden Fingern drückte sie den Anhänger in die Vertiefung. Er passte genau, allerdings ließ sich die Kiste nach wie vor nicht öffnen.

Ein frustriertes Stöhnen entfuhr ihr. ›Was hab ich falsch gemacht? Das passt doch zusammen. Kann nicht einmal was klappen? Ich will doch nur mehr über Mum rausfinden. Warum sind da ständig Hindernisse?‹ Sienna kämpfte gegen die aufsteigenden Tränen. Zugleich verfluchte sie ihren Vater: ›Er hat alle Antworten, gibt sie mir aber nicht. Bin ich ihm egal?‹ Sie hatte das Bedürfnis, sich die Stelle zu reiben, wo ihr schmerzendes Herz saß. ›Ja, so muss es sein. Denn was mir wichtig ist, kümmert ihn definitiv nicht.‹ Trost suchend schlang Sienna die Arme um sich selbst.

Plötzlich ertönte ein Klicken, im stillen Zimmer überdeutlich vernehmbar. Verwundert blickte sie nach unten und begriff, was passiert war. Ihre rechte Hand hielt das Band nach wie vor fest. Als sie versuchte, sich selbst zu umarmen, hatte sie versehentlich den Anhänger gedreht. Vorsichtig nahm Sienna das Schmuckstück in die Hand und sah überrascht zu, wie der Deckel der Muschelkiste aufsprang.

Mit klopfendem Herzen beugte sie sich vor und schaute ins Innere des Kästchens. Dieses könnte wirklich aus Maspalomas stammen mit seinem dunkelblauen Stoff, auf dem sich Sandkörnchen und kleine Muscheln verteilten. Aber sonst nichts.

»Nur Müll«, fauchte Sienna und schleuderte die Kiste von sich. Ein Schluchzen entfuhr ihr und der Selbstzweifel kehrte zurück: ›Was hab ich denn erwartet? Dass Mum das Ding absichtlich hiergelassen hat, um mir eine Botschaft zu schicken? Dämlich, das bin ich. Sie will nichts mit mir zu tun haben. Damals nicht und heute genauso wenig. Bloß weg damit.‹ Auf allen vieren kroch sie zur Muschelkiste, die erst Hoffnungsträger gewesen und dann zum Leidbringer geworden war. Durch ihren Wutanfall hatten sich Sand und Muscheln auf dem Teppich verteilt.

»Was ist das denn?«, entfuhr es ihr verblüfft. Zwischen den Strandpartikeln lag ein gefalteter Briefumschlag. Rasch griff sie danach und konnte ihr Glück kaum fassen. Aufgeregt betrachtete sie ihn genauer. Er war an ein Hotel in Maspalomas adressiert und der Briefmarke zufolge über zehn Jahre alt. Als Empfänger wurde *Emilia Herzog* aufgeführt. Allerdings ließen sich weder Absender noch Absenderadresse entziffern, da die Schrift auf der Rückseite des Umschlags verblichen war.

Neugierig öffnete Sienna den Umschlag und entnahm seinen Inhalt. Wie hypnotisiert starrte sie auf das Schwarz-Weiß-Foto einer Frau. Obwohl sie noch nie ein Foto ihrer Mutter gesehen hatte, da ihr Vater keins mehr besaß, zweifelte Sienna nicht eine Sekunde daran, dass es sich bei der abgebildeten Frau um Emilia handelte. ›Wir haben dieselben mandelförmigen Augen‹, staunte sie.

»Ob wir auch dieselbe Augenfarbe haben?«, überlegte sie laut. Im Gegensatz zu denen ihres Vaters waren Siennas Augen grau. Emanuel nannte sie deswegen liebevoll »meine Sturmtochter«. Zumindest hatte er das früher getan. Inzwischen hatte Sienna den Kosenamen schon eine Weile nicht mehr gehört, was sie bedauerte. Dadurch hatte sie sich besonders gefühlt. Und stark. ›Einem Sturm kann sich so schnell nichts in den Weg stellen. Wenn ich so viel Macht hätte, würde mich niemand ärgern‹, dachte sie immer, wenn ihr Vater sie so nannte.

Auch die Lippenform und -fülle teilte sich Sienna mit Emilia. Die Gesichtsform und die Nase ähnelten sich jedoch nicht.

»Irgendwas muss ich ja von Paps haben. Wäre sonst ziemlich unfair«, räumte Sienna ein.

Als ihr Blick zu den Ohren wanderte, verschwanden auch die letzten Zweifel, dass es sich bei der Frau nicht um ihre Mutter handelte. Beide hatten die gleichen ungewöhnlich kleinen Ohren. Wegen eben dieser musste Sienna schon viel Spott ertragen, nach der Art: »Mini-Dumbo« oder »Mimbo«, was ihrer Meinung nach nicht den geringsten Sinn ergab und echt gemein war. Unter Aufbietung all ihrer Willenskraft riss sie sich von dem Foto los und wandte sich dem Brief zu, der ebenfalls im Umschlag gesteckt hatte. Das Papier war dicht beschrieben und die Handschrift verschnörkelt, aber dennoch gut lesbar. Folgende Worte sprachen aus der Vergangenheit zu Sienna:

Liebe Emi,

es freut mich, dass dir Eure Unterkunft so gut gefällt. Immerhin ist es der erste Auslandsurlaub mit der ganzen Familie, also etwas ganz Besonderes. Das sollte man sich nicht durch etwas so Banales wie ein schlecht gelegenes Hotelzimmer kaputt machen lassen. Weißt Du noch, unser Zimmer auf Kreta? Das war vielleicht eine Baracke! Winzig klein und dunkel, ohne Fenster oder Klimaanlage. Und das im Hochsommer – entsetzlich. Und der Pool war unendlich weit entfernt. Ich glaube immer noch, dass wir ihn nur durch Zufall überhaupt entdeckt haben. Darum freue ich mich umso mehr für Euch, dass Ihr es auf Gran Canaria so gut getroffen habt. Auch finde ich es schön, dass sich die Mädchen schnell eingelebt und gleich Freunde gefunden haben. Ich sag Dir, die werden mal richtige Herzensbrecherinnen, so offen und kontaktfreudig, wie sie jetzt schon sind. Tja, ich muss sagen, da schlagen sie offenbar ganz nach uns.
Ich wünsche Euch noch einen tollen und erlebnisreichen Urlaub. Vergesst die Sonnencreme nicht, sonst seht Ihr bald wie die Krebse aus! Auch Badelatschen wären praktisch. Glaub mir, verbrannte Fußsohlen tun weh, egal wie viel Aloe Vera man draufschmiert. Ich habe darin Erfahrung, wie Du weißt. Grüß die Kleinen von mir und drück sie ganz fest! Und sag ihnen, wenn Ihr wieder da seid, dürfen sie mit den Händen malen oder mit den Füßen, ganz wie sie wollen.
Oh, ehe ich es vergesse, sag Emanuel, er soll nicht nur faul

in der Sonne herumliegen, sondern auch mal mit den Zwergen spielen!

Sei umarmt
Deine Kat

PS: Ich habe die entwickelten Fotos unseres letzten Ausflugs in den Tierpark beigelegt. Mein besonderer Favorit: die Kleinen auf dem Esel.

Gedankenverloren starrte Sienna den Brief an.

›Kat muss eine gute Freundin von Mum sein, so vertraut, wie sie schreibt. Und die beiden waren zusammen auf Kreta. Außerdem kennt Kat Details aus unserem Familienurlaub.‹

An dieser Stelle war sich Sienna nicht sicher, wer die »Kleinen«, Mehrzahl, waren. Sie selbst hatte leider weder Geschwister noch Cousinen oder Cousins. Ihr Vater war Einzelkind wie sie, also konnte sie von dieser Seite keine große Familie haben und die Familie mütterlicherseits kannte Sienna nicht. Oder zumindest konnte sie sich nicht erinnern, schon einmal jemandem davon begegnet zu sein. ›Es wäre so toll, die zu kennen. Besser als alle Geburtstags- und Weihnachtsgeschenke zusammen‹, dachte sie wehmütig. ›Aber das andere Kind ist wahrscheinlich Kats Tochter. Sonst hätte sie ja nicht geschrieben, dass wir *ganz nach ihnen* kommen.‹

Leider konnte Sienna ihre Vermutung nicht überprüfen, da sich die von der Schreiberin erwähnten anderen Fotos trotz gründlicher Untersuchung von Briefumschlag und Holzkiste nicht finden ließen. ›Wo sind sie? Bereits verrottet oder was?‹, dachte sie kopfschüttelnd. ›Und wieso hab ich auch an den Urlaub keine Erinnerungen? Wenn er doch so ein Erfolg war. Was ist nur falsch mit meinem Hirn? Alle anderen erinnern sich doch an dieses Alter. Bei mir ist dagegen nur Leere. Ob ich im Koma lag?‹, überlegte Sienna nun misstrauisch. Während andere Menschen jetzt einfach die Eltern gefragt hätten, konnte sie nicht auf eine zufriedenstellende Antwort hoffen. ›Ich werde Mo überreden, dass er seine Eltern mal fragt. Als Ärzte kennen die sich damit bestimmt aus.‹

Nun, da das entschieden war, konnte sich Sienna dem naheliegenden nächsten Schritt zuwenden: Die Suche nach ihrer Mutter nachdrücklicher voranzutreiben. Der Gedanke, dass sie mit ihren Fragen gegenüber ihrem Vater im Recht gewesen sein könnte, war ihr bisher nicht gekommen. Dafür hatte er gesorgt. ›Das ist so mies. Was ist falsch daran, dass ich Mum kennen möchte?‹ Mos Stimme erinnerte Sienna in ihren Gedanken daran, dass sie ihrem eigenen Herzen folgen musste.

»Du hast recht«, murmelte sie halblaut und setzte sich dann mit neuem Elan an ihren Laptop. Im Internet gab sie den Namen ihrer Mum ein und stieß einen verblüfften Pfiff aus, als sie das Ergebnis sah: 404.000 Treffer.

»Ist Emilia echt ein so häufiger Name? Ich kenne überhaupt keinen, der so heißt«, wunderte sie sich. Vielleicht hatte es sich Sienna deswegen leichter vorgestellt.

Gerade als sie sich in einer neuen Sackgasse glaubte, kam ihr eine andere Idee. Rasch fügte sie den Namen ihres Vaters hinzu, inklusive der Notiz, dass er Bildhauer war. Zufrieden betrachtete sie die überschaubare Trefferzahl. Einige neuere Einträge ließen sich sofort aussortieren. Emilia konnte schließlich nicht in zwei Jahre alten Artikeln in Verbindung mit ihrem Mann genannt werden. Nachdem Sienna bis zum Ende der Seite gescrollt hatte und ihre Suche erfolglos geblieben war, verließ sie erneut der Mut.

»War doch klar. Mum ist nicht berühmt oder so. Warum sollte online was über sie stehen?«, brummte Sienna, während sie sich im Stuhl zurücksinken ließ und den Bildschirm finster anstarrte. Da fiel ihr Blick auf die Randspalte, wo alternative Suchmöglichkeiten angeboten wurden, beispielsweise: *Leipziger Künstler im Liebesglück*. Obwohl das reichlich kitschig klang, klickte Sienna darauf. Ein neues Fenster öffnete sich und offenbarte folgenden Artikel:

Morgen geben sich der Leipziger Bildhauer Emanuel Herzog und seine Verlobte, Emilia Belzoni, das Jawort. Sie ist gebürtige Italienerin, die seit einigen Jahren in Deutschland als Restaurantkauffrau arbeitet. Kennengelernt haben sich die beiden im Hotel Seeblick, wo sie angestellt war und er eine Skulpturenausstellung veranstaltete. Nach acht Monaten Verlobung findet nun die Trauung im Clara-Park statt. Wir wünschen dem jungen Paar weiterhin viel Glück.

Sienna, wie elektrisiert, dachte laut über das Gelesene nach: »Mum ist Italienerin? Das wusste ich gar nicht. Aber daher hab ich bestimmt die dunklen Haare! Und wollte Paps deswegen unbedingt, dass ich in der Schule Italienisch lerne? Sonst lässt er mir doch immer die Wahl.« Seine Entschlossenheit in diesem Punkt hatte sie bislang nie verstanden.

Das musste es sein. Aber was jetzt? Etwas unschlüssig klickte Sienna auf den Kommentarbutton, der dreiundachtzig Ergebnisse anzeigte. Die meisten davon waren nutzlos. Nur Glückwünsche von Menschen, die das Paar gar nicht kannten. Allerdings fand sie einen Beitrag, der ihr weiterhalf:

Hallöchen Ihr beiden,

großartig, dass Ihr endlich den nächsten Schritt geht. Hat auch lange genug gedauert. Ganz ehrlich, mir war sofort klar, dass Ihr perfekt zusammenpasst und keine Zeit verlieren solltet. Achtet gut aufeinander!

Seid umarmt
Eure Katharina Winters

Dieser Beitrag, insbesondere die Schlussformel, überzeugte Sienna davon, dass es sich um dieselbe Kat handeln musste, die später den Brief an Emilia geschrieben hatte. Gleichzeitig wunderte sie sich darüber, wie Kat behaupten konnte, Emanuel und Emilia hätten »perfekt zusammengepasst«. ›Paps klingt nicht, als ob er das auch glaubt. Er hat mal gesagt, die Trennung wäre unumgänglich gewesen. Wobei – er wirkte echt traurig deswegen. Da stimmt doch was nicht. Aber vielleicht hat er das auch nur gesagt, damit ich aufhöre, ihn zu nerven‹, sinnierte Sienna. Mittlerweile schloss sie nichts mehr aus, nur weil es absurd klang.

Als Sienna das Internet nach Katharina Winters durchforstete, stellte sie schockiert fest, dass die Trefferzahl bei 410.000 lag.

Nach kurzem Überlegen fügte sie noch »1995 im Clara-Park« hinzu. Hoffentlich war Kat bei der Hochzeit Gast gewesen.

Tatsächlich war die Zahl der Suchergebnisse nun sehr viel kleiner. Die ersten vier Namen gehörten zu irgendwelchen reichen Amerikanerinnen, die in besagtem Jahr Leipzig besucht hatten. Hinter den nächsten beiden verbargen sich Unternehmerinnen, die geschäftlich dort tätig gewesen waren. Auch die darauffolgenden Ergebnisse kamen Siennas Meinung nach nicht infrage. Schließlich grenzte sie die Zahl auf zwei ein: eine Fotografin und die Gründerin eines Haustierluxuszubehör-Unternehmens.

Was jetzt? Es erschien ihr nicht sehr wahrscheinlich, dass ihre Eltern mit besagter Firmengründerin befreundet gewesen waren. ›Paps mag ja Tiere nicht besonders. Deswegen durfte ich doch auch nie eins haben. Das schiebt er zwar immer darauf, dass wir nur zur Miete wohnen, aber ich weiß es besser. Jeden meiner Vorschläge hat er abgelehnt.‹ Es musste ja noch nicht einmal ein eigenes Tier sein. Sie hätte sich auch durchaus mit der Pflege eines fremden Tiers zufriedengegeben. Dabei war ihr sofort ein Pferd eingefallen. Da ihr fünfjähriges Selbst ohnehin Reiten lernen und eine erfolgreiche Turnierreiterin werden wollte, passte das perfekt.

Tatsächlich gelang es ihr damals, ihren Vater zu überreden, sie zum Probereiten gehen zu lassen. Weitere Reitstunden waren dann allerdings aus irgendeinem Grund nicht mehr infrage gekommen. Stattdessen meldete er sie beim Fußball an. Zwar machte ihr dieser Sport auch Spaß, aber Sienna wäre trotzdem viel lieber reiten gegangen. Emanuel bestand jedoch darauf.

»Der Teamgeist ist das Beste und man findet Freunde fürs Leben. Du kennst doch Andreas? Den habe ich vor fünfundzwanzig Jahren bei den *Rasentretern* kennengelernt.«

Natürlich wusste Sienna, von wem er sprach. »Onkel Andreas«, erwiderte sie nickend. Wie könnte sie den Mann vergessen, der ihr immer Blaubeermuffins mitbrachte?

»Genau der. Er war der Kapitän und ich Verteidiger«, erklärte Emanuel voller Stolz. Heute nahm er hingegen nur vom Fernsehsessel oder der Zuschauertribüne aus daran teil.

Fußball mochte nicht Siennas erste Wahl gewesen sein, aber wenigstens lernte sie durch den Verein ihren besten Freund kennen.

›Shit, ich wäre Mo vielleicht nie begegnet, wenn Paps mich dort nicht hingeschickt hätte.‹ Unvorstellbar. Von daher konnte Sienna ihrem Vater nicht wirklich böse sein. Mit dreizehn Jahren hatte sie allerdings endgültig genug und trat ohne seine Erlaubnis aus. ›Er hat meine Bitte jahrelang ignoriert, da ist es nur fair, es ihm jetzt nicht zu sagen‹, befand sie. ›Zumal er es eh nicht mitkriegt, so sehr, wie er mit Natalie beschäftigt ist‹, ärgerte sich Sienna. Die freie Zeit nutzte sie, um sich ihren Herzenswunsch zu erfüllen: endlich Reiten zu lernen. Praktischerweise startete ein nahegelegenes Gestüt gerade ein neues Programm: vier Stunden Arbeiten aller Art auf dem Hof erledigen und mit einer Stunde Reitunterricht dafür bezahlt werden.

Diese Gelegenheit konnte sich Sienna nicht entgehen lassen. Eigentlich war sie noch zu jung, doch das machte sie durch Begeisterung und Hartnäckigkeit wett. Wie unbedingt Sienna die Stelle wollte, blieb auch der Chefin des Gestüts nicht verborgen, weswegen sie das Mädchen gegen jede Vernunft und zu dessen unbändiger Freude einstellte. Siennas Aufgaben waren verschiedener Natur und nicht immer angenehm. Doch auch an den Geruch von Pferdeäpfeln gewöhnte sie sich irgendwann. Neben dem Ausmisten der Ställe gehörten noch die Säuberung der Tiere, das Mähen der Koppel sowie Reparaturen dazu. Allein musste sie dies natürlich nicht machen, vielmehr fungierte Sienna als Unterstützung von Hausmeister Luboldt, der nach seiner Hüftoperation noch nicht wieder ganz einsatzbereit war. Sein eher stilles Gemüt störte Sienna nicht, sondern war eine willkommene Abwechslung zum schulischen Lärm. Zumal sie so ihre Aufgaben konzentrierter und schneller erledigen und den zahlenden Reitschülern noch etwas beim Training zusehen konnte. Dabei bekam sie auch mit, worin die jeweiligen Eigenarten der Pferde bestanden und wie man am besten mit ihnen umging.

Genau wie Sienna hatte Mourice letztlich die Freude am Fußballspielen verloren und deswegen zeitgleich mit ihr die Sportart gewechselt. Statt beim Reiten war er jedoch beim Eishockey gelandet. Mos erstes Spiel besuchte Sienna als Zuschauerin, wobei sie feststellte, wie interessant Eishockey war, gar nicht so brutal und chaotisch, wie sie gedacht hatte. Unglücklicherweise hatten die beiden vergessen, dass am selben Tag ein Fußballspiel ihrer ehemaligen Mannschaften stattfand.

Wie üblich kam Herr Herzog, um sich die Leistung seines Sprösslings anzuschauen. Diesmal jedoch war davon nicht viel zu sehen, da Sienna nicht anwesend war. Natürlich sprach der Ahnungslose den Trainer darauf an. Dieser wunderte sich sehr darüber, wie vergesslich Emanuel war, dass er sich nicht mehr daran erinnerte, die Einverständniserklärung zum Austritt seiner Tochter aus dem Team unterschrieben zu haben.

»Sie hat was getan?«, explodierte Siennas Vater. »Na, die kann was erleben!«

Und so kam es, dass Sienna eine Mischung aus Hausarrest, Fernseh- und Internetverbot aufgebrummt wurde. So kannte sie das noch nicht, da es bislang nicht seine Art gewesen war, sie zu bestrafen.

›Das ist alles nur wegen Natalie‹, dachte Sienna bitter. Zusätzlich erhielt sie noch so viele Hausarbeiten, dass sie keine Gelegenheit hatte, sich außerschulisch mit Mo zu treffen und erneut solchen »Blödsinn« zu machen.

Tatsächlich hielt Emanuel den besten Freund seiner Tochter für den Urheber der ganzen Sache. Der Junge hatte keinen guten Einfluss auf Sienna. Von sich aus würde sie so was nie tun.

»Bitte, Paps. Wir wollten doch nur den Sport machen, der uns gefällt. Du sagst doch immer, dass man auf sein Herz hören soll. Genau das haben Mo und ich getan. Es ist nicht unsere Schuld, dass es uns vom Fußball weggeführt hat«, verteidigte Sienna ihr Handeln.

›Schlägt sie mich gerade mit meinen eigenen Waffen?‹, wunderte sich Emanuel. ›Hm, das hat ihre Mutter auch immer gemacht. Und man sieht ja, wohin das geführt hat. Dem muss ich sofort einen Riegel vorschieben.‹

Die Bitterkeit in seinen Gedanken fiel ihm gar nicht auf.

Sienna bekam sie allerdings zu spüren, und zwar in der Form, dass ihr Flehen auf taube Ohren stieß. Die neue Situation empfand sie auch deswegen als unangenehm, da sie nun mehr Zeit mit Natalie verbringen musste. Diese quatschte das Mädchen dann mit Themen wie Kleidung, Make-up und Schmuck voll. Sienna interessierte sich einfach nicht genug dafür, um sich einzubringen, weswegen das Ganze eigentlich nur in einen langen Monolog von Natalie gipfelte. ›Die hört sich aber auch echt gern reden‹, dachte das Mädchen augenrollend. Auch Natalies umfangreiche Schuhsammlung, hauptsächlich Pumps, machten Sienna erstaunlicherweise nicht gesprächiger.

Trotz dieser Hindernisse hielt Sienna an ihrem Plan, Reiten zu lernen, fest. Es mochte schwieriger geworden sein, die Nachmittage, ohne Misstrauen zu erregen, fern von zuhause zu verbringen, doch sie war sehr erfinderisch, was Erklärungen anging. Außerdem hielt sich ihr Vater ohnehin zumeist in seinem Refugium auf.

Da sich die Wahrheit jedoch nicht ewig verbergen lässt, kam sie auch hier zum Vorschein. An einem Nachmittag kehrte der Bildhauer nämlich früher als sonst in die Wohnung zurück und wunderte sich, seine Tochter nicht anzutreffen. Misstrauisch wartete er ab.

Als sie schließlich nach Hause kam, bereitete Sienna ganz schnell das Abendessen vor. Als er das Wohnzimmer betrat, behauptete sie, sie sei noch einkaufen gewesen.

Noch sagte Emanuel nichts dazu, folgte ihr aber tags darauf. Auf diese Weise fand er heraus, wie seine Tochter ihre Nachmittage verbrachte, seit sie das Fußballspielen aufgegeben hatte. ›Nicht zu fassen. Sie hat meinen Wunsch eiskalt ignoriert. Und immer noch das Reiten. Ich dachte, den Zahn hätte ich ihr längst gezogen. Aber was habe ich eigentlich erwartet? Ihre Mutter ist davon ja auch nie losgekommen.‹

Stinkwütend, wie Emanuel in diesem Moment war, wollte er Sienna direkt vom Reiterhof schleifen, als ein Mann auf ihn zukam, sich als Hausmeister Luboldt vorstellte und fragte, wie er ihm behilflich sein könnte. Als sich Emanuel seinerseits vorstellte, bedankte sich Herr Luboldt bei ihm dafür, dass er seiner Tochter erlaubte, auf dem Reiterhof zu arbeiten. Dabei hob er hervor, wie sehr sich Sienna engagierte und wie froh er über ihre Hilfe war.

Diese positiven Worte nahmen Siennas Vater den Wind aus den Segeln. Sich zur Koppel wendend, auf der sie gerade ritt, bemerkte er, wie glücklich sie wirkte. ›So sah sie schon lange nicht mehr aus‹, erkannte er.

»Sienna hat mir erzählt, wie gern sie immer schon reiten lernen wollte«, meinte der Hausmeister gerade.

Innerlich zuckte Herr Herzog bei diesen Worten zusammen und schalt sich selbst: ›Ich bin ein Idiot. Natürlich hat sie nicht so gehandelt, weil sie mich ärgern wollte. Nein,

Sienna erfüllt sich jetzt ihren Kindheitstraum. Hätte ich sie dabei unterstützt, hätte sie keine Geheimnisse vor mir haben müssen.‹ Emanuel kam sich wie der schlechteste Vater der Welt vor, weil er sich so lange quergestellt hatte. Noch dazu, ohne seiner Tochter eine nachvollziehbare Erklärung zu liefern. Woher hätte sie wissen sollen, welche negativen Erinnerungen Pferde in ihm weckten? Über sich selbst den Kopf schüttelnd, sah er von seinem geschützten Platz aus weiter zu.

Als Sienna nach einer Weile ihr Pferd absattelte, passte er sie ab.

»Paps«, entfuhr es ihr gleichermaßen überrascht und entsetzt.

In ihren Augen sah er die Angst, ihr neues Hobby wieder aufgeben zu müssen. Das schlechte Gewissen manifestierte sich in ihm und rasch bat er: »Bevor du irgendetwas sagst, hör mir bitte zu.«

Sie schloss den bereits geöffneten Mund wieder und schluckte schwer.

Er knetete seine Hände. »Dass du mich belogen hast, finde ich nicht gut. Allerdings habe ich mich dir gegenüber auch nicht okay verhalten, wie ich jetzt verstehe. Du hast mir gesagt, dass du nicht mehr Fußball spielen willst, was ich aber nicht ernst genommen habe. Das tut mir leid.«

»Du bist nicht sauer?«, fragte Sienna verwirrt.

»Na ja, zuerst war ich es. Aber du hast jemanden hier genug beeindruckt, dass er Partei für dich ergriffen und mich umgestimmt hat.« Emanuel deutete auf den Hausmeister, der gerade eine Fensterscheibe putzte.

Herr Luboldt schien zu bemerken, dass er beobachtet wurde, denn er drehte sich um und zwinkerte Sienna vertraulich zu. Dankbar lächelte sie zurück.

»Mir tut es auch leid«, meinte sie dann an ihren Paps

gewandt.

»Wir werden einander zukünftig besser zuhören«, beschloss Emanuel im Brustton der Überzeugung.

Zustimmend nickte Sienna und fragte dann vorsichtig: »Darf ich denn weiter herkommen?« Ihr war anzuhören, dass sie mit einer negativen Antwort rechnete.

»Ja, das darfst du.«

Freudentränen traten bei diesen Worten in Siennas Augen und sie fiel ihrem Vater um den Hals.

›Zum Glück verzeiht sie mir meine Sturheit‹, dachte Emanuel erleichtert.

Sienna bezweifelte zwar ernsthaft, eine Antwort auf ihre Kontaktanfrage zu erhalten, allerdings elektrisierte sie der Gedanke, etwas über ihre Mum herauszufinden, weswegen sie Folgendes an die Fotografin Katharina Winters schrieb:

Hallo Frau Winters,

ich weiß, Sie kennen mich nicht, doch ich wäre Ihnen sehr dankbar, wenn Sie sich bei mir melden würden. Ich kenne Emilia Belzoni und würde mich gern mit Ihnen über sie unterhalten. Bitte denken Sie darüber nach.
Vielen Dank!

Emilias Freundin

»Paps sagt immer, man kann jemanden nur auf sich aufmerksam machen, wenn man seine Neugier weckt. Hoffentlich wirkt´s«, murmelte Sienna und drückte auf *Senden.*

Kapitel 9

In den folgenden Tagen durchlebte Sienna ein Auf und Ab der Gefühle. Mal war sie total euphorisch, weil sie mit Katharina eine neue Spur entdeckt hatte, mal befürchtete sie, die Frau würde sich entweder gar nicht melden oder ihr die Hilfe verweigern. Was sollte sie dann machen? Sie war Siennas letzte Hoffnung, etwas über ihre Mum herauszufinden.

Und dann, nach zehn endlos langen Tagen erhielt sie endlich Antwort. Ein Freudenschrei entfuhr ihr bei diesem Anblick. Der Gedanke, dass in der Nachricht vielleicht nichts Positives stehen würde, kam ihr gar nicht in den Sinn.

Hallöchen unbekannte Freundin von Emilia,

es freut mich, von Ihnen zu hören. Bitte entschuldigen Sie, dass ich mich erst jetzt melde, doch mir fehlte die Zeit. Ich würde gern mit Ihnen sprechen. Es ist immer interessant, Emilias Freunde kennenzulernen. Wenn Sie möchten, können wir telefonieren oder weiterhin per Mail schreiben. Ich hoffe, bald von Ihnen zu hören.

Kat Winters

Sofort wurde Sienna von einer starken Nervosität ergriffen. Überzeugt, keine Antwort zu erhalten, hatte sie den Mut gefunden zu schreiben, doch nun, da der bislang so unwahrscheinliche Fall eingetreten war, wusste sie nicht, was sie tun sollte. In der Schule hatte sie von Datenmiss-

73

brauch und Internetstalkern gehört. Was, wenn hinter Kat Winters jemand völlig anderes steckte? Sie überlegte hin und her, doch dann siegte ihre Neugier und sie tippte rasch eine Antwort.

Als Sienna zwei Tage später nach der letzten Unterrichtsstunde heimlief, rief sie ungeduldig ihre Mails auf. ›Dümmste Regel ever, dass wir in der Schule unsere Handys nicht benutzen dürfen.‹ Tatsächlich ging die Anordnung der Schulleitung so weit, dass die Klassenlehrer zu Beginn des Schultags sämtliche Mobilgeräte einsammeln mussten und diese erst nach der letzten Unterrichtsstunde wieder aushändigen durften. Sonst hätte sich Sienna längst auf der Schultoilette eingeschlossen und ihre Mails gelesen. Sie entdeckte drei neue Nachrichten im Posteingang, von denen sie zwei sofort beiseiteschob. Die erste warb für Staubsauger. Warum auch immer.

›Ich schreibe Tanja später‹, entschied die Vierzehnjährige mit Blick auf die zweite Mail. Ihre beste Freundin würde das verstehen. Sie hatte zurzeit kein Handy, weil der Bildschirm zerbrochen war. Nur deswegen kommunizierten die beiden Mädchen vorübergehend per Mail. Natürlich wusste Tanja längst von Siennas Plan, mehr über ihre Mutter zu erfahren. Bei ihr war dieses Geheimnis gut aufgehoben. Sienna hätte es Mo auch am liebsten sofort erzählt, aber sie erwischte ihn momentan nie außer Hörweite anderer. Und schreiben wollte sie es ihm nicht.

Bei der dritten Nachricht wurde Sienna fündig. Dort stand schwarz auf weiß:

Hallöchen noch mal,
es ist schon eine Weile her, seit mich jemand nach Emi-
lia gefragt hat. In Ihrer ersten E-Mail sagten Sie, dass Sie

Emilia kennen, doch nun wollen Sie von mir mehr über sie erfahren.
Wie darf ich das verstehen?

Kat

Fieberhaft überlegte Sienna, was sie antworten sollte. Sie hatte gehofft, ihre Unwissenheit verbergen zu können, doch damit war es nun vorbei. Und Lügen wäre zu riskant, denn sie könnte sich in ihrem eigenen Lügengeflecht verhaspeln. Deswegen schrieb sie schicksalsergeben:

Sie haben recht. Ich kenne Emilia nicht so gut, wie ich es gern tun würde. Die Wahrheit ist, dass ich nicht genug Zeit hatte, sie näher kennen zu lernen. Das möchte ich unbedingt ändern. Ich will wissen, was Emilia für ein Mensch ist, wie sie tickt, was ihr wichtig ist und wie sie zu ihrer Familie steht.

Bevor sich Sienna die Sache anders überlegen konnte, schickte sie die Mail ab. In Gedanken wiederholte sie wie ein Mantra: ›Ich tue das Richtige, ich tue das Richtige.‹ Nun war sie wieder zum Warten verdammt. Diesmal jedoch weit weniger lange als zuvor, denn bereits kurze Zeit später traf eine weitere Nachricht von Kat ein.

Darf ich also annehmen, dass Sie gar keinen Kontakt zu Emilia haben?

Seufzend antwortete Sienna:

Nein, den habe ich nicht. Aber das würde ich gern ändern. Können Sie mir helfen?

Prompt kam zurück:

Ich bin nicht sicher, ob es klug wäre, Ihnen Informationen zu geben. Schließlich weiß ich nichts über Sie. Möglicherweise sind Sie ein Betrüger und wollen Emilia ausspionieren. Wenn sie Ihnen ihre Nummer und Adresse nicht gegeben hat, wird sie sich etwas dabei gedacht haben.

Eine geschlagene Minute starrte Sienna den Bildschirm an und dachte über diese Worte nach. Darin schwang echte Besorgnis um Emilia mit. Kat war wirklich die, für die sie sich ausgab. Und Sienna wusste, wie viel von ihrer nächsten Antwort abhing.

Ich will Emilia bestimmt nichts Schlechtes. Im Gegenteil – ich bin ihre Tochter.

Nachdem sie die Worte abgeschickt hatte, schlug sich Sienna die Hände vors Gesicht.

»Shit, shit, shit«, murmelte sie aufgewühlt. Es fühlte sich so merkwürdig an, das auszusprechen. Hierauf folgte eine längere Pause, sodass Sienna schon befürchtete, Katharina würde ihr nicht glauben und gar nicht mehr zurückschreiben. Fieberhaft dachte sie darüber nach, wie sie ihre Identität beweisen könnte. ›Ich kann ihr keine Infos über Mum geben, wenn sie mich was zu ihr fragt. Nicht ohne Erinnerungen‹, ärgerte sich Sienna und raufte sich die Haare. Ihre Befürchtungen wurden jedoch entkräftet, als die nächste Mail eintraf. *Sienna?*, stand dort geschrieben. Ein einziges Wort, das sie völlig durcheinanderbrachte.

Woher kennen Sie meinen Namen?, wollte sie sofort wissen.

Emilia und ich waren früher sehr gut befreundet und ha-

ben uns oft getroffen. Da hat sie dich mitgebracht. Sie war es auch, die mich zu deiner Patentante gemacht hat, erwiderte die Fotografin.

Jetzt hatte Sienna keinen Zweifel mehr daran, dass es sich bei der Kat, die ihrer Mutter die Fotos und den Brief geschickt hatte, und ihrer neuen E-Mail-Gesprächspartnerin um ein und dieselbe Person handelte.

Zu meiner Patentante?, fragte sie verblüfft.

Für den Fall, dass deinen Eltern etwas zustößt, sollte ich mich um dich kümmern, gab Kat zurück.

Kann ich Sie sprechen?, bat Sienna.

Eine gute Idee, stimmte die andere sofort zu.

Rasch waren die Nummern getauscht und Sienna tippte sie in ihr Handy ein. Unmittelbar nach dem ersten Klingeln meldete sich eine Frauenstimme. »Ja?«

»Meinten Sie das ernst mit der Patentante?«, fragte Sienna ohne Überleitung.

Einen Moment blieb es still, dann antwortete Katharina: »Natürlich. Das musst du doch wissen!«

›Müsste ich wirklich‹, dachte Sienna. Als sie nichts erwiderte, fügte Kat hinzu: »Du weißt tatsächlich nichts davon? Es hat dir niemand gesagt?«

»Nein«, antwortete Sienna zaghaft.

»Unglaublich«, murmelte Kat.

»Woher kennen Sie meine Mum?«

»Ich wurde als Fotografin einer Tanzveranstaltung engagiert. An diesem Abend leitete Emilia das Catering. Zwischendurch hatten wir immer mal kurz Pause und sind ins Gespräch gekommen. Und, na ja – es war schwierig, uns wieder zum Verstummen zu bringen.« Sienna hörte leises Lachen vom anderen Ende der Leitung. »Ich kann dir nicht genau sagen, wie wir Freundinnen wurden. Es war, als würden wir uns schon ewig kennen«, fügte Katharina hinzu. Das verstand Sienna sehr gut. ›Mit Tanja hat es auch gleich Klick gemacht.‹

»Und meinen Paps, kennen Sie den auch?«, wollte sie wissen.

»Oh ja. Zwar nicht so gut wie Emi, aber dennoch haben wir uns gut verstanden. Aber nun sag mal, wenn du gar nicht wusstest, dass ich deine Patin bin, wie bist du denn dann auf mich aufmerksam geworden?«

Kurz zögerte Sienna, wägte das Für und Wider der Wahrheit ab und entschied sich letztlich für ihre Lieblingstaktik: schonungslose Ehrlichkeit. »Ich hab einen alten Brief und einen Kommentar von Ihnen im Internet gefunden.«

»Oh, na, das ist ja verrückt. Muss wirklich ewig her sein. Ich wundere mich nur, warum dir dein Vater nichts erzählt hat.«

›Darüber wundere ich mich auch‹, dachte Sienna. Laut erwiderte sie: »Er spricht nicht über meine Mum oder ihre Freunde.«

Betretenes Schweigen folgte.

›Was machst du nur, Manu? Sienna ist deine Tochter. Sie hat ein Recht darauf, zu erfahren, wie ihre Mutter ist. Und sie sollte auch den Rest ihrer Familie kennen. Verdammt, ich hätte mich nie darauf einlassen sollen, die Kleine nicht mehr zu sehen. Aber ich musste Manu ja versprechen, sie nicht von mir aus zu kontaktieren.‹ Katharinas Gedanken überschlugen sich. Die altbekannten Schuldgefühle kehrten mit ganzer Wucht zurück. ›Ich hätte für Sienna da sein sollen. Das ist meine Aufgabe als Patin.‹ Sie schluckte schwer und versuchte dann, sich zusammenzureißen. ›Es nützt ja doch nichts, der Vergangenheit nachzutrauern.

Die kann ich nicht verändern. Aber ich kann Sienna jetzt unterstützen.‹

Mit neuer Entschlossenheit fragte sie ihre Patentochter: »Und jetzt möchtest du von mir wissen, was für eine Person Emi ist?«

»Volltreffer«, erwiderte Sienna atemlos.

»Und meine E-Mail-Adresse hast du meiner Website entnommen?«, vermutete die Fotografin.

»Ja, genau. Und bei der Gelegenheit hab ich mir gleich noch angeschaut, was du so machst. Du bist ziemlich gut«, gab Sienna anerkennend zurück. Ihre Patentante zu duzen, erschien ihr mehr als angebracht.

Diese lachte, offen und fröhlich. »Das ist nett von dir. Wie du sicher gesehen hast, bin ich inzwischen unter die Landschaftsfotografen gegangen. *Erfinde dich selbst neu*, das ist mein Lebensmotto. Zumindest im Moment!« An dieser Stelle lachte Katharina wieder.

›Sie lacht so gern. Und wirkt echt nett‹, überlegte Sienna, die ihre Patentante auf Anhieb sympathisch fand. ›Hoffentlich kann sie mir helfen.‹

Mit wild klopfendem Herzen stellte Sienna die alles entscheidende Frage: »Hast du noch Kontakt zu meiner Mum?«

›Uh, mitten ins Herz‹, dachte Katharina bedrückt. Sekundenlange Stille folgte, während der Sienna nervös auf ihrer Unterlippe herumkaute. Dann antwortete Kat: »Nein. Emi und ich haben uns seit beinahe zehn Jahren nicht gesehen und nichts voneinander gehört. Es tut mir leid.«

»Shit«, entfuhr es Sienna unwillkürlich. Ein Schluchzer entrann ihrer Kehle und sie musste sich stark zusammenreißen, um nicht laut loszuheulen. Sienna wusste, wenn das passierte, würde sie nicht mehr aufhören können. Mit brüchiger Stimme fragte sie: »Weißt du, dass meine Eltern geschieden sind?«

»Ja, ich habe es live miterlebt. Einer der Gründe, warum wir den Kontakt beendeten, war diese Trennung«, erwiderte Kat betrübt.

»Wie meinst du das?«, hakte Sienna neugierig nach und lenkte sich damit effektiv von ihrer Enttäuschung ab.

»Das kann ich dir nicht sagen. Es hatte mit einer Entscheidung deiner Eltern zu tun, die mir gar nicht gefiel. Aber es ist längst verjährt, mach dir also deswegen keine Gedanken.«

Das war leichter gesagt als getan. ›Ich soll nicht darüber nachdenken? Bullshit!‹, dachte Sienna aufbrausend. Bei so wenig, noch dazu verworrenem Material konnte sie doch gar nicht weghören.

»Was hältst du davon, wenn wir Emi gemeinsam suchen?«, schlug Katharina plötzlich vor.

Bei diesen Worten schnellte Siennas Puls in die Höhe. Genau darauf hoffte sie ja bereits die ganze Zeit. »Ja, bitte«, rief sie begeistert aus. Dann fügte sie verzagt hinzu: »Aber wie soll das gehen? Wir haben doch beide keine Ahnung, wo Mum ist.« Dabei zitterte ihre Stimme deutlich.

Kat schien über diesen Einwand nachzudenken, da sie nicht sofort reagierte. »Es gibt noch jemanden, mit dem Emi damals eng befreundet war. Er könnte uns vielleicht weiterhelfen.« Bevor Sienna etwas erwidern konnte, fuhr ihre Patin schon fort: »Ich habe immer vermutet, dass Jonah in deine Mutter verliebt war. Er hat ihr nämlich oft Komplimente gemacht.«

›Ist sie deswegen eifersüchtig? Klingt ganz danach‹, überlegte Sienna, behielt diese Vermutung jedoch für sich.

»Nun, jedenfalls hatte er noch Kontakt zu ihr, als wir schon keinen mehr hatten«, fuhr Kat rasch fort und erweckte dabei den Eindruck, mehr gesagt zu haben als ursprünglich geplant.

Erneut wunderte sich Sienna, was der Grund für das Ende der Freundschaft zwischen ihrer Mutter und Katharina gewesen sein mochte. Was hatte die beiden auseinandergebracht? Sie hatten doch gleich so einen guten Draht zueinander und wirkten wie Freunde fürs Leben.

Sie wagte nicht, danach zu fragen. Noch nicht.

Kapitel 10

Fünf Tage waren seit Siennas und Katharinas Telefonat vergangen. Seitdem hatte sie nichts mehr von ihrer Patin gehört. Und es machte sie verrückt. ›Ich tappe schon so lange im Dunkeln. Aber von Kat hab ich in einer halben Stunde mehr über Mum erfahren als jemals von Paps.‹ Kat und Sienna stimmten darin überein, per E-Mail in Kontakt zu bleiben, da alles andere zu auffällig gewesen wäre und Sienna ihr Vorhaben so lange wie möglich geheim halten wollte. ›Wenn sie davon wüssten, würden sie mich stoppen. Sie haben mich bisher nicht unterstützt. Warum sollte das plötzlich anders sein?‹

Obwohl Sienna versuchte, nicht ständig über ihre Mutter und die Ursachen für die Scheidung ihrer Eltern nachzudenken, schafften es ihre Gedanken immer wieder, Verbindungen herzustellen. Es war, als befände sie sich in einem Labyrinth, aus dem es kein Entrinnen gab.

Emanuel blieb nicht verborgen, wie abwesend und unaufmerksam seine Tochter war. Zwar versuchte er, Verständnis für sie aufzubringen, doch da er momentan ziemlich gestresst von der Arbeit war und wenig Zeit für die Probleme seiner Teenager-Tochter hatte, gelang ihm dies nicht sonderlich gut. Natalie war ihm hierbei keine Hilfe. Sie meinte, Sienna wolle ihren Vater unter Druck setzen, damit er sich zwischen ihnen beiden entschied.

Diesen Einwand hatte der Bildhauer mit einem ungläubigen Kopfschütteln abgetan, überlegte aber gleichzeitig, ob daran nicht vielleicht etwas Wahres war. Siennas Verhalten seiner Verlobten gegenüber ließ sich nämlich nicht ignorieren. ›Sienna versucht, Natalie schlecht dastehen zu lassen. Andreas´ Geburtstagsfeier ist das beste Beispiel dafür.‹ Da hatte Sienna Natalie auf deren Bitte hin einen Punsch geholt. Zunächst sah das wie eine nette Geste aus, doch in dem Getränk befand sich Zimt, worauf Natalie höchst allergisch reagierte. Die Mischung aus Zimt und Alkohol hatten sowohl ihrem Magen als auch ihrem Benehmen nicht gerade gut getan, aber zumindest freute sich die Zimmerpalme auf diese Weise über frischen Dünger.

Dadurch, dass sich Natalie lauthals über die Zimmereinrichtung, die anwesenden Gäste und den Geisteszustand ihrer Gastgeber ausließ, machte sie sich bei den eben Genannten auch nicht unbedingt beliebt.

›Sienna wusste von der Allergie. Sie muss das Ganze also geplant haben. Das ist boshaft‹, befand Emanuel. ›Sie gibt sich keinerlei Mühe, Natalie als Familienmitglied zu akzeptieren.‹ Gezwungenermaßen fragte sich Emanuel, ob die Tatsache, dass Sienna jahrelang die einzige weibliche Person in seinem Leben gewesen war und diesen Platz nun mit einer anderen teilen musste, Ursache für ihr Verhalten sein könnte. ›Wäre doch nur ihre Mutter nicht abgehauen. Dann stünden wir jetzt nicht vor solchen Problemen‹, dachte er bitter.

Insgeheim wusste Emanuel, dass dies eine vereinfachte Sichtweise war. Aber er hielt es für sein Recht, wütend zu sein. ›Immerhin bin ich geblieben. Ich habe den ganzen Scherbenhaufen aufgekehrt und unsere Tochter getröstet, wenn sie nachts nicht schlafen konnte, weil sie ihre Mutter so sehr vermisste.‹

In solchen Momenten überkamen ihn allerdings auch Schuldgefühle, denn er glaubte, nicht alles versucht zu haben, um Emilia zum Bleiben zu bewegen. ›Ich war so verletzt. Aber genau dadurch habe ich Sienna die Chance genommen, mit ihrer Mutter aufzuwachsen.‹ Auch wenn er wusste, wie sinnlos derartige Gedanken waren, kam er doch nicht davon los. ›Sienna kann ich nicht böse sein, wenn sie nach ihrer Mutter fragt. Es ist ja ein ganz natürlicher Instinkt.‹ Dennoch sprach er nicht gern über seine Ehe und machte ihr dies auch klar. ›Sie versteht meine Beweggründe bestimmt – schließlich ist sie ein kluges Mädchen.‹

Als Natalie wieder nüchtern war und sich von ihrem allergischen Schock erholt hatte, gab sie sich keine Mühe, ihre Wut auf Sienna zurückzuhalten.

»Das hat sie mit Absicht gemacht. Kein Zweifel. Sie wollte mich vor den anderen blamieren. Vor deinen Freunden, Emanuel. Was sollen die jetzt von mir denken? Und wie kann ich ihnen je wieder unter die Augen treten?«, fragte Natalie unter Tränen.

Ihrem Verlobten tat es in der Seele weh, sie so aufgelöst zu sehen, und er zog sie tröstend in seine Arme.

Sienna dagegen beteuerte, nicht gewusst zu haben, dass der Punsch Zimt enthielt. Da aber kein Zweifel an ihrer Schuld bestand, erhielt sie die verdiente Strafe, bestehend aus Fernseh-, Handy- und Laptopverbot. Emanuel hatte seiner Verlobten die Entscheidung überlassen, wie sie das Ganze händeln wollte, schließlich war sie die Leidtragende. Sienna musste lernen, dass es nicht in Ordnung war, andere Menschen zu verletzen. Gegen Natalies Strafmaßnahmen wandte der Bildhauer auch deswegen nichts ein, weil ihm Siennas Freundschaft zum skateboardenden Draufgänger Mourice gegen den Strich ging. ›Der Junge ist ein ganzes Jahr älter als sie. Wer weiß, was in seinem Kopf so alles vorgeht. Außerdem macht er nichts für die Schule. Er ist definitiv der völlig falsche Umgang für Sienna. Gut, dass sich die beiden jetzt nicht mehr so oft sehen können.‹

Zum wiederholten Mal bereute Emanuel, seiner Tochter früher nicht erlaubt zu haben, reiten zu gehen. ›Hätte ich damals anders entschieden, käme sie heute bestimmt besser mit Mädchen zurecht. Zumal sie Mourice dann nicht bereits beim Kinderfußball getroffen und sich vielleicht nie mit ihm angefreundet hätte.‹

Sienna verfluchte ihren Vater und ihre Beinahe-Stiefmutter. ›Paps vertraut mir nicht. Nur wegen Natalie. Dieses Biest hat ihn echt verhext.‹ Es war so frustrierend. Immer und immer wieder stieß sie bei ihm auf taube Ohren.

Außerschulisch konnte sich Sienna zwar nicht mit Mo treffen, aber dafür verbrachten die beiden jede freie Minute zwischen den Unterrichtsstunden miteinander. Nur Ruhe hatten sie dabei nie, weswegen Sienna ihrem besten Freund nach wie vor nichts von der Suche nach ihrer Mutter erzählt hatte. Sie hätte es ihm einfach trotzdem sagen können. Allerdings war Sienna von einer paranoiden Angst erfüllt, dass jemand zuhören und sie an ihren Vater verraten könnte. Nie zuvor war sie ihrem Ziel so nah gewesen und da durfte nichts dazwischenkommen.

Kapitel 11

Ein lautes Klingeln riss Sienna aus dem Schlaf. Verwirrt schaute sie sich um und erkannte, dass sie an ihrem Schreibtisch über den Englischhausaufgaben eingeschlafen war. Rasch kramte sie ihr Handy unter einem Stapel Blätter hervor. »Ja, hallo?«

»Na endlich erreiche ich dich mal! Brauchst du immer drei Versuche, bis du ans Handy gehst?«, erklang Kats genervte Stimme.

Sofort war Sienna hellwach und fragte aufgeregt: »Gibt′s denn was Neues?«

»Ich liebe die Höflichkeit der Jugend«, kam es ironisch zurück. »Wenn du deine Mails gelesen hättest, wüsstest du es übrigens schon.«

›Ertappt‹, dachte Sienna schuldbewusst. Nachdem sie fast im Minutentakt vom leeren Posteingang enttäuscht worden war, hatte sie sich mit Shakespeares *Romeo and Juliet* abzulenken versucht. Offenbar zu effektiv – bis hinein ins Traumland.

Nun berichtete Kat: »Ich habe mich mit Jonah in Verbindung gesetzt und sehr ausführlich mit ihm geplaudert. Jetzt steht unserem Treffen nichts mehr im Weg.« Man konnte den Stolz und die Zufriedenheit in ihrer Stimme hören.

»Wie soll das denn gehen?«, fragte Sienna erstaunt.

Ihre Patin lachte vergnügt. »Schätzchen, das ist ganz einfach. Jonah arbeitet in der Leipziger Oper als Tontechniker. Na, was sagst du jetzt?«

Ein überraschter Freudenschrei entfuhr Sienna.

»Hey, meine armen Ohren«, beschwerte sich Kat, wobei

ihr das Lächeln anzuhören war.

Sienna freute sich diebisch über diese Neuigkeit und meinte: »Paps hätte mich nie allein wegfahren lassen. Zum Glück muss ich das jetzt auch nicht.« Seinem Misstrauen und den Fragen, auf die sie keine unverfänglichen Antworten geben konnte, wollte sie sich nicht stellen müssen. Plötzlich kam ihr ein Gedanke: »Was hast du Jonah erzählt? Was weiß er über mich?«

»Nichts. Ich habe dich gar nicht erwähnt, weil ich dachte, es wäre besser, nicht gleich mit der Tür ins Haus zu fallen und ihn zu verschrecken. Stattdessen soll er sich selbst ein Bild von dir machen. Schließlich ist es immer besser, fremden Leuten völlig vorurteilsfrei zu begegnen. Meinst du nicht auch?«

Ob sie diese Meinung im vorliegenden Fall teilte, wusste Sienna nicht. Unsicher fragte sie: »Was ist, wenn er mir nichts über Mum erzählen will?«

Katharina schlug mit der Hand auf den Tisch. Das konnte Sienna deutlich hören.

»Jetzt hör mir mal zu, junge Dame. Du machst keinen Rückzieher. Es hat ewig gedauert, Jonahs aktuelle Telefonnummer herauszufinden und wo er jetzt arbeitet, also lass diesen sentimentalen Quatsch und nutz gefälligst die Chance, die ich dir eröffnet habe!«

›Na toll, jetzt ist meine größte Hilfe sauer auf mich‹, ging es Sienna durch den Kopf.

»Hast du mich verstanden?«, fragte ihre Patin misstrauisch, als sie keine Antwort erhielt.

Sienna nickte, bis ihr auffiel, dass Kat das ja gar nicht sehen konnte. Rasch antwortete sie: »Ja, klar und deutlich.«

Das schien Kat zufriedenzustellen, denn sie sprach weiter, als hätte es ihren kleinen Ausbruch nicht gegeben:

»Gut. Dir ist sicher bewusst, dass ich mir die Gelegenheit, Jonahs verblüfftes Gesicht zu sehen, wenn er dich kennenlernt, nicht entgehen lassen kann. Deshalb habe ich beschlossen, zu euch nach Leipzig zu kommen und dich zu begleiten. Na, wie findest du das?«

Ein kleiner Freudenschrei entfuhr Sienna und sie meinte aufrichtig: »Genial. Vielen, vielen Dank.« Dann fragte sie: »Weiß Jonah, dass du ihn besuchen wirst?«

»Ich habe es ihm nicht gesagt, doch er kennt mich lange genug, um sich denken zu können, dass ich nicht grundlos so viel über seine Arbeit und seinen derzeitigen Wohnort erfahren wollte«, erwiderte Katharina.

»Und wann treffen wir uns mit ihm?«

»Die Party steigt in vier Wochen. Soweit ich weiß, beginnen doch dann bei dir die Sommerferien.«

»In vier Wochen erst? Das ist ja noch ewig hin«, murmelte Sienna enttäuscht. »Geht das nicht eher?«

»Ich habe vorher noch eine Auftragsarbeit in Mittelfranken, die ich beenden muss. Leider kann ich wirklich nicht früher. Es tut mir leid.«

»Schade.«

»Na ja, bis dahin kannst du dir ja überlegen, was du Jonah fragen und ihm über dich erzählen willst.«

›So vieles‹, dachte Sienna aufgeregt. Sie wusste gar nicht, wo sie anfangen sollte. Nach einem kurzen Moment gedankenvollen Schweigens erkundigte sie sich: »Wann wirst du hier sein und wo treffen wir uns? Bei mir Zuhause können wir das nicht machen. Paps soll schließlich nichts erfahren. Er würde es mir bestimmt verbieten.«

»Woher soll ich wissen, wann ich da bin? Denkst du etwa, dass ich alles genau plane? Wenn es so weit ist, merkst du es schon«, erwiderte Kat und amüsierte sich köstlich über ihren eigenen Witz. Als sie merkte, dass ihre Patentochter nicht mitlachte, wurde sie wieder ernst. »Aber du hast recht. Wir sollten unseren Plan so lange wie möglich geheim halten. Hol mich am besten direkt vom Zug ab und dann treffen wir Jonah in einem Café. An einem öffentlichen Ort wird er sich sicher zusammenreißen und höflich bleiben«, überlegte Katharina laut.

Überrascht hakte Sienna nach: »Warum sollte er sich denn sonst nicht benehmen? Denkst du, er könnte sauer auf mich werden?«

»Vermutlich weniger auf dich als vielmehr auf mich. Sagen wir's mal so: Wir sind nicht unbedingt in Freundschaft auseinandergegangen. Ich weiß nicht, wie er reagiert, wenn wir uns persönlich gegenüberstehen«, erwiderte die Fotografin seufzend.

Neugierig wollte Sienna wissen: »Hat das damit zu tun, dass meine Mum und du den Kontakt abgebrochen habt?«

›Jetzt erfahre ich endlich, wie es dazu kam.‹

»Das geht dich nichts an. Steck deine Nase nicht in die Angelegenheiten anderer Leute. Besonders nicht in die von Erwachsenen. Das können wir gar nicht leiden«, entgegnete ihre Patin unerwartet heftig.

Bei diesen Worten zuckte Sienna zusammen und war erleichtert, Katharina jetzt nicht gegenüber zu stehen. Beschämt schwieg sie.

Eine Weile herrschte Stille, dann ergriff Kat erneut das Wort, diesmal mit deutlich sanfterer Stimme: »Entschuldige, ich habe überreagiert. Bestimmt hältst du mich jetzt für eine totale Zicke. Nur solltest du mich wirklich nicht auf diesen Streit ansprechen. Das ist auch nichts, was man am Telefon bespricht. Aber falls Jonah einverstanden ist, werden wir dir zusammen alles erklären. Okay?«

›Nein, nicht okay. Warum tun alle so geheimnisvoll, wenn es um Mum geht?‹, dachte Sienna frustriert. Allerdings würde sie sich damit abfinden müssen, vorerst im

Unklaren gelassen zu werden.

Bevor sie ihrem Unmut lautstark Luft machen konnte, fuhr Kat bereits fort: »Jetzt haben wir ja erst mal alles geklärt. Ich werde Jonah Bescheid sagen und mich wieder bei dir melden, wenn ich Genaueres über Abfahrts- und Ankunftszeiten weiß. Bis dahin pass bitte gut auf dich auf.«

Dann tutete es in der Leitung.

»Sie hat einfach aufgelegt«, entfuhr es Sienna verblüfft. Kat hatte wohl keine Lust mehr, weiter mit ihr zu reden. Oder ihr war das Thema unangenehm. Dazu würde auch ihr Ausbruch passen. Aber egal. Es ging voran. Sienna hatte eine Spur, der sie folgen konnte, und war nicht länger auf sich allein gestellt. Gleichzeitig freute sie sich darauf, Katharina persönlich kennenzulernen. Sie war neugierig, ob ihre Patentante tatsächlich so locker und spontan war, wie sie am Telefon wirkte.

Dennoch bereitete ihr der Gedanke an Kats Verschlossenheit in Bezug auf den Bruch zwischen den drei Freunden Kopfzerbrechen. Vielleicht war Kat ja in Jonah verliebt gewesen, aber er nicht in sie. Genau. Stattdessen hatte er Mum lieber gemocht. Das erklärte ihren bissigen Tonfall, als sie sagte, Jonah habe ihrer Mutter besondere Aufmerksamkeit geschenkt.

An dieser Stelle kam Sienna jedoch nicht weiter. Ihre Version der Geschichte warf zu viele unbeantwortete Fragen auf, beispielsweise, warum sich Katharina und Emilia erst nach Emilias Hochzeit zerstritten hatten.

›Danach hätten sie sich doch umso besser verstehen müssen, weil Mum für Jonah unerreichbar war.‹ Frustriert schob sie derlei Gedanken beiseite und widmete sich stattdessen ihrem Geschichtsbuch. Auch nicht gerade besser. Bis morgen musste sie nämlich einen Aufsatz zur Französischen Revolution schreiben.

Kapitel 12

Der prüfende Blick ihres Geschichtslehrers entging Sienna nicht, als sie ihre Hausarbeit fristgerecht abgab. Herr Witt war es gewohnt, sie zu ermahnen, vergessene Ausarbeitungen nachzureichen.

Vom Unterricht bekam sie allerdings nicht besonders viel mit.

›Ein Monat bis zum Treffen mit Kat und Jonah. Das klingt nicht nur lang, das ist es auch. Was soll ich bis dahin machen?‹, hing sie ihren Gedanken nach.

Ein lautes Räuspern riss sie ins Hier und Jetzt zurück. Erstaunt stellte sie fest, dass die ganze Klasse zu ihr schaute und Herr Witt, vor ihrem Tisch stehend, ungeduldig auf sie herabsah.

»Wie schön, dass du mich endlich bemerkst. Auch wenn dein Nachname das vielleicht vermuten lässt, Fräulein Herzog, hast du hier keine Sonderrechte«, meinte er ungehalten. Dieser Kommentar brachte ihm einige Lacher ein, die jedoch durch einen scharfen Blick seinerseits sofort verstummten.

›Wow, der Witz ist ja mal was ganz Neues‹, dachte Sienna genervt.

»Da du gerade zu sehr abgelenkt warst, um dem Unterricht zu folgen, werde ich dir jetzt Gelegenheit geben, über unser aktuelles Thema nachzudenken«, fuhr Herr Witt fort.

Sienna war drauf und dran, erneut abzuschalten und ihren Gedanken nachzuhängen, weil sie ahnte, dass nun ein sehr langer Monolog über die besondere Bedeutung der Geschichte und ihrer Lehren für das heutige und zukünftige Leben folgen würde. Da kam er überraschenderweise zum Kernpunkt seiner Aussage: »Ich denke, dass noch nicht alle Schüler dieser Klasse die Zusammenhänge der Französischen Revolution vollständig verstanden haben. Deswegen sollte sie ihnen jemand noch einmal erklären.«

Sienna blieb stumm.

»Wäre das nicht eine hervorragende Aufgabe für dich, Sienna?«, fragte er herausfordernd.

Sie ging ihre Möglichkeiten durch. Sie hasste es, vor ihrer Klasse stehen und einen Vortrag halten zu müssen, schließlich interessierten sich ihre Mitschüler sowieso nicht dafür. Außerdem würden sie nur neue Gründe finden, sich über sie lustig zu machen. Andererseits hatte sie erst gestern einen Aufsatz zum vorgegebenen Thema geschrieben, der als Grundlage für das Referat dienen konnte. Gleichzeitig hatte sie keine Wahl. Obwohl Herr Witt sein Anliegen als Frage formuliert hatte, bestand kein Zweifel an der bereits getroffenen Entscheidung. Dieser Erkenntnis folgend, nickte Sienna stumm. Das selbstgefällige Grinsen, das daraufhin auf Witts Gesicht erschien, gefiel ihr gar nicht.

»Schön, dass du so vernünftig bist. Es ist eine ausgezeichnete Möglichkeit, sich eine gute Note zu verdienen und seinen Durchschnitt zu verbessern«, erklärte er zufrieden. »Vortrag nächste Stunde.«

Sienna nickte erneut und betrachtete dann ihren orchideenblütenverzierten Geschichtshefter. Den hatte sie selbst bemalt.

Herr Witt ließ seinen Blick noch einen Moment auf ihr ruhen, bevor er sich abwandte und zu seinem Tisch zurückkehrte, um mit dem Unterricht fortzufahren. Den Rest der Stunde verbrachte Sienna damit, sich zu überlegen, wie sie es diesem aufgeblasenen Typen zeigen konnte. Ein paar Ideen lagen unglücklicherweise nicht mehr im

Rahmen der Höflichkeit und konnten ihr einen Schulverweis einbringen. Es würde ihr nur gelingen, Herrn Witt von seinem hohen Ross herunterzuholen, wenn sie einen ausgezeichneten Vortrag hielt. Einen, der ihn dazu zwang, ihr die Bestnote zu geben. Dann würde ihm das blöde Grinsen schon vergehen.

Mit dem Klingeln zum Stundenende war niemand mehr auf seinem Platz zu halten. Alle sprangen auf, packten hastig ein und verließen fluchtartig das Klassenzimmer. Im Gang herrschte Hochbetrieb, es wurde gedrängelt und geschubst, schließlich war die letzte Stunde vorbei und herrliches Wetter.

Sienna entdeckte Mourice bei den Schließfächern. Stück für Stück arbeitete sie sich durch den Menschenauflauf zu ihm vor. Er hatte sein Skateboard dabei und sah sie herausfordernd an. Sofort wusste sie, was er plante. Mo hatte es sich nämlich in den Kopf gesetzt, ihr Skateboarden beizubringen, und überredete sie regelmäßig, ihn zur Halfpipe zu begleiten. Wie er sich mit erstaunlicher Leichtigkeit auf dem Board hielt, spiegelte sich bereits in mehreren ihrer Zeichnungen wider. Bis vor wenigen Monaten hatte sie sich nicht getraut, es selbst auszuprobieren. Mittlerweile hatte Sienna ihre anfängliche Scheu allerdings überwunden.

›Eigentlich müsste ich ja zuhause für den morgigen Mathetest lernen und das Geschichtsreferat ausarbeiten. Super öde. Und außerdem haben Paps und Natalie heute frei. Doppelt öde.‹ Weil sie auf Beides gut verzichten konnte, antwortete Sienna ihrem besten Freund: »Bin dabei.«

»Cool«, erwiderte er und grinste von einem Ohr zum anderen.

Wenigstens einer von ihnen war glücklich.

Nach zehn Minuten erreichten die beiden den Clara-Park, ihren Lieblingsaufenthaltsort in der Stadt. Es hatten sich bereits gut drei Dutzend andere Jugendliche versammelt, die das gute Wetter nutzten, um ihre Tricks vorzuführen, zu trainieren oder Neues zu lernen. Viele waren aber auch einfach zum Relaxen gekommen. Einige von ihnen trugen Gangkleidung, die sie als Mitglieder der *Höllenritter* auszeichnete. Diese Gruppe hatte den Ruf, in kriminelle Machenschaften wie Diebstahl oder Drogenhandel verwickelt zu sein. Auch schreckte sie angeblich weder vor Erpressung noch Körperverletzung zurück. Manche ihrer Mitglieder waren erst zwölf.

›Shit. Warum müssen die zeitgleich mit uns hier sein? Die haben doch bestimmt irgendwo ein Versteck, wo sie keiner beobachtet. Wir sollten wieder gehen‹, dachte Sienna besorgt.

Sie war nicht die Einzige, die von der Anwesenheit der Gangmitglieder beunruhigt war. Einige der anderen Jugendlichen warfen denen immer wieder nervöse Blicke zu, beäugten misstrauisch deren Bierdosen und wandten sich dann schnell ab, um bloß keine Aufmerksamkeit zu erregen.

Mourice tippte Sienna an und bedeutete ihr, mit ihm zu kommen. Er hatte soeben zwei Kumpel von sich entdeckt. Nach dem üblichen Begrüßungsritual stellte er vor: »Sienna, das sind Drag und Josh. Und das ist Sienna.«

Die drei begrüßten sich und Drag meinte mit starkem Akzent: »Ich hatte mit meinem Namen nicht so viel Glück wie du. Meine Eltern mussten mich unbedingt nach meinem rumänischen Großvater Dragomir benennen. Damit auch ja jeder weiß, woher wir kommen.«

Josh schüttelte den Kopf und neckte seinen Bruder: »Du erzählst es doch eh jedem. Gib zu, du bist mächtig stolz darauf, Vorfahren mit Vampirblut zu haben.«

Sienna konnte sich ein Lachen nicht verkneifen.

Josh wandte sich nun ihr zu und verkündete: »Du bist also Sienna? Wir haben schon viel von dir gehört.«

»Nur Gutes, hoffe ich.«

Jetzt grinste Mourice und erwiderte: »Es ist jedenfalls alles wahr.«

Da mischte sich Drag in das Gespräch ein und fragte Sienna: »Wie können wir dich nennen?«

Sie meinte überrascht: »Was stört dich an Sienna?«

»Nichts, aber wir geben allen, denen wir begegnen, Spitznamen«, antwortete Josh anstelle seines Bruders.

Über diese Erklärung wunderte sich Sienna zwar etwas, erwiderte dann jedoch achselzuckend: »Mein Name ist unveränderlich.«

Josh entgegnete: »Das kann auch ein Vorteil sein, weil du keine nervigen Kosenamen bekommst. Wie nennt dich denn deine Mum?«, wollte er wissen.

Sienna schwieg, überrascht darüber, dass Mo seinen Freunden von ihr erzählt hatte, doch dieses entscheidende Detail vergessen zu haben schien. Es war ihr unangenehm, darüber zu sprechen, zumal sie die beiden Jungen gerade erst kennengelernt hatte, also sagte sie einfach: »Die ist ideenlos. Sie hat mich schließlich Sienna genannt.«

Das brachte die Brüder zum Grinsen. Drag erklärte daraufhin: »Ach, das macht nichts. Wir sind wahre Meister darin, uns coole Spitznamen auszudenken. Mo hier heißt beispielsweise …«

Wie sie ihn nannten, erfuhr Sienna an diesem Tag jedoch nicht, denn Mourice nahm Drag in den Schwitzkasten. Josh war seinem Bruder keine Hilfe, da er einen Lachanfall bekam, mit dem er Sienna ansteckte.

»Ich weiß! Wir nennen dich *Honey*[1]«, rief Josh, als er wieder zu Atem gekommen war. Erstaunt starrte Sienna ihn an. »Was denn, wäre dir etwa Sisi oder Sia lieber?«, fragte er zweifelnd.

Eigentlich gefielen ihr diese Vorschläge tatsächlich besser, doch sie kam nicht dazu, ihm das mitzuteilen. Dragomir und Mourice hatten sich nämlich mittlerweile voneinander gelöst.

»Du bist so süß wie Honig. Passt doch«, verkündete jetzt Drag mit einem Verführerlächeln.

»Ja, total«, säuselte Josh.

Mo rettete seine beste Freundin mit den Worten: »Sorry Leute, aber wir müssen jetzt los. Ich will Honey ein paar neue Tricks zeigen.«

»Ja, wir müssen auch weiter. Mum wartet mit Blutsuppe auf uns. Und ihr wisst ja, was man sagt: Blut muss immer frisch gezapft genossen werden«, stellte Drag mit Unschuldsmiene fest.

»Idiot! Du weißt doch, dass wir nicht darüber reden sollen. Weil du unser Geheimnis verraten hast, müssen wir jetzt umziehen«, heulte Josh todunglücklich.

Sienna und Mourice grinsten sich an.

»Hat mich gefreut, dich kennenzulernen«, meinte Drag mit Handkuss. »Vielleicht sieht man sich ja mal wieder. Mein Bruder und ich haben schließlich die Ewigkeit vor uns«, fügte Josh zwinkernd hinzu. Damit schnappten sich die beiden ihre Boards und rauschten davon.

Sienna atmete erleichtert auf. Klar, die beiden waren nett, aber es gefiel ihr nicht, wie Drag sie angesehen hatte. Für Freunde dieser Art war sie nicht gemacht.

Seufzend erklärte Mo: »Sorry. Ich hätte dich warnen sollen. Die beiden können echt anstrengend sein.«

1 *Wörtlich ›Honig‹, hier im Sinne von ›Schatz‹*

Sienna winkte ab und meinte: »Die zwei sind okay. Mach dir keine Gedanken.« Kurz schwieg sie, um ihren Worten Nachdruck zu verleihen, und fragte dann: »Kommen die beiden echt aus Rumänien?«

Ihr bester Freund lachte laut auf und antwortete: »Nein. Ihre gesamte Familie lebt schon seit mehreren Generationen in Deutschland. Die beiden waren noch nie in Rumänien und sprechen kein einziges Wort Rumänisch.«

»Aber sie haben rumänische Wurzeln?«, hakte sie neugierig nach.

»Ja. Ihre Vorfahren sind irgendwann im neunzehnten Jahrhundert ausgewandert und hierhergekommen. Darauf sind die beiden mächtig stolz und behaupten bei jeder Gelegenheit, Bram Stoker, der Autor von *Dracula*, hätte sich in seinem Roman nicht auf den walachischen Fürsten Vlad Țepeș, sondern auf ihren Verwandten bezogen.«

Verwundert schaute ihn Sienna an. »Daran glauben sie doch nicht wirklich, oder?«

»Keine Ahnung. Ich bin mir nie sicher, wann sie was ernst meinen und wann nicht«, erwiderte Mo achselzuckend.

›Das klingt anstrengend‹, dachte Sienna. »Und Drags Akzent?«

»Teil der Show.«

Sie nickte, denn sie hatte dem Jungen nicht abgekauft, dass er tatsächlich so redete.

»Ich will, dass du mir was versprichst«, erklärte sie ihrem besten Freund nun bestimmt. Fragend musterte der sie. »Nenn mich nie wieder Honey, klar?!«

Grinsend meinte Mo: »Ich verspreche nichts, was ich vielleicht nicht halten kann.«

Sienna seufzte und wechselte das Thema. »Jetzt will ich aber was Neues lernen, sonst werde ich wirklich noch sauer auf dich.«

Treuherzig nickte Mo und positionierte sein Skate-board. »Heute bringe ich dir den Kickflip Backside Tailsli-de bei. Voraussetzungen dafür sind Kickflip und Tailslide. Du erinnerst dich doch noch daran, wie die gehen?«, verge-wisserte er sich mit prüfendem Blick. Eifrig nickte Sienna. »Fahr wie beim Backside Tailslide auf das Hindernis zu. Dein vorderer Fuß sollte nur ein bisschen näher an der Ha-ckenkante stehen, damit du einen Kickflip machen kannst. Dann folgt ein Ollie und danach ein Kickflip. Dabei drehst du deine Hüfte nach hinten. In derselben Bewegung soll-test du diesen Fuß über die Kante des Hindernisses brin-gen. Halt den Slide so lang wie möglich. Alles verstanden?«

»Klar, alles cool. Packen wir´s an.«

Mo stieß sich ab, gewann an Fahrt und raste auf eine Eisenstange zu, die in vierzig Zentimeter Höhe über die Fahrbahn verlief. Sienna beobachtete genau, wie er seine Füße stellte, absprang, das Board mitnahm, es in eine waa-gerechte Stellung brachte und mit gebeugten Knien sicher auf der anderen Seite der Stange landete. Hinterher fuhr Mo grinsend auf Sienna zu und verkündete: »So geil. Und jetzt bist du dran.« Damit reichte er ihr sein Board.

Ein bisschen Schiss hatte sie schon, doch das konnte sie natürlich nicht zugeben. Mit klopfendem Herzen brachte Sienna das Board in Position. Auf einmal erschienen ihr der Anfahrtsweg zu kurz und die Eisenstange zu hoch, um genügend Schwung zu bekommen. Um nicht den Mut zu verlieren, stieß sie sich schnell ab.

Noch fünf Meter, drei Meter, zwei Meter, jetzt noch ei-nen Meter bis zur Eisenstange. Mit dem hinteren Fuß trat Sienna das Tail auf den Boden und sprang ab. Während des Sprungs zog sie ihren Fuß an der Nose vorbei, wodurch das Board rotierte. Am Höhepunkt ihres Sprungs, als es sich einmal um die eigene Achse gedreht hatte, brachte sie das Board in die Waagerechte. Mit gebeugten Knien landete sie und brachte das Board mit einer leichten Drehung zum Stehen. Seit dem Losfahren schien eine Ewigkeit vergangen zu sein, obwohl es eigentlich nur ein paar Sekunden her war. Sienna hatte jede Bewegung bewusst wahrgenommen. Aber das Beste daran: Sie hatte sich getraut.

Mo tauchte neben ihr auf, übers ganze Gesicht strahlend.

»Du bist gesprungen und deine Landung war echt genial. Man könnte denken, dass du schon einige Jahre fährst und solche Sprünge für dich ganz normal sind«, verkündete er mit unverhohlenem Stolz in der Stimme.

Sienna grinste zufrieden und sagte dann: »Gleich noch mal. Nicht, dass ich es direkt wieder verlerne.« Noch einmal absolvierte sie den Sprung völlig fehlerfrei.

Währenddessen überlegte Mourice, was er ihr als Nächstes beibringen könnte. Schließlich gelangte er zu der Überzeugung, dass Sienna in einigen Trainingsstunden bereit sein würde, den Kickflip Nose-Wheelie auszuprobieren. Obwohl Sienna es ihm nicht sagte, wusste er, wie begierig sie darauf war, mehr zu lernen. Zufrieden winkte er sie heran.

Mit leuchtendem Gesicht fuhr sie auf ihn zu und brachte das Board unmittelbar vor ihm zum Stehen.

»Was für eine Steigerung«, lobte er. Sie freute sich darüber, hakte allerdings nach: »Höre ich da ein Aber?«

»Du kennst mich gut«, bemerkte Mo schmunzelnd. »Wir müssen los. Es ist bald sechs und dein Paps erwartet dich zum Abendessen. Wir sollten ihn nicht unnötig reizen. Der ist eh schon sauer, weil du mit mir befreundet bist.«

Natürlich wusste er von Siennas Auseinandersetzungen

mit ihrem Vater und von dessen Abneigung gegen ihn. Besonders scharf darauf, diesem Mann einen Grund für einen Wutausbruch zu liefern, war Mourice nicht und deshalb wollte er Sienna möglichst schnell nach Hause bringen.

Seine Gedanken erratend, erwiderte sie betrübt: »Schade, es hat gerade so viel Spaß gemacht. Aber du hast recht. Ich will Paps auch nicht schon wieder so erleben. Erst recht nicht, wenn Natalie dabei ist und ihm zuflüstert, was er sagen soll.« Dieser Gedanke ließ sie erschaudern.

Gemeinsam machten sie sich auf den Heimweg. Doch damit waren sie nicht allein, denn nun erhoben sich auch die noch immer anwesenden Höllenritter von ihren Plätzen und gingen in dieselbe Richtung. Sienna bemerkte es und zischte: »Mo. Guck mal.«

Ihr bester Freund schaute sich daraufhin überrascht um. »Scheiße«, entfuhr es ihm alarmiert. Er hatte die Höllenritter beim Betreten des Parks nicht gesehen, weil er damit beschäftigt gewesen war, nach Josh und Drag Ausschau zu halten. Und auch später nicht, da er Siennas Training beaufsichtigt hatte. ›Wie blind kann man sein?‹, ärgerte er sich über sich selbst.

»Lauf einfach weiter. Dreh dich nicht um und renn auf keinen Fall weg. Das würde sie nur provozieren«, wies Mo seine beste Freundin an.

»Aber …«, begann sie. Ein Blick von ihm brachte sie jedoch zum Schweigen.

Sienna schob ihr Fahrrad bis zur Spitze des Hügels und blieb dann erschrocken stehen. In der Senke vor ihnen warteten weitere Höllenritter, sodass das Dutzend voll wurde. Beunruhigt schielte sie zu Mo hinüber. Seine Miene war ausdruckslos. Da er keine Anstalten machte wegzulaufen, tat auch Sienna nichts dergleichen und blieb neben ihm stehen.

Wenige Sekunden später waren die beiden umzingelt und hatten keine Chance mehr, zu entkommen. Eigentlich glaubte Sienna nicht an Gott, doch in diesem Moment schickte sie ein stummes Stoßgebet gen Himmel.

Einige Augenblicke musterten sich die beiden Parteien wortlos. Dann trat einer der Höllenritter vor und richtete das Wort an Mo.

»Na, wen haben wir denn da? Lange nicht gesehen, mein Freund.«

Bei diesen Worten und der merkwürdigen Art, wie sie gesprochen wurden, bekam Sienna eine Gänsehaut. Da die anderen den Mann beobachteten, sich jedoch aus dem Gespräch heraushielten, vermutete sie, dass der Sprecher der Anführer der Höllenritter war. Er hatte schulterlanges dunkelblondes Haar, trug ein enges Shirt, dunkle Hosen und eine schwarze Lederjacke. Seine Stiefel hatten an den Fersen spitze Sterne, die er vermutlich gern gegen unliebsame Mitmenschen einsetzte. Was jedoch Siennas ganze Aufmerksamkeit auf sich zog, war sein Gesicht, genauer eine lange schmale Narbe. Diese begann über seiner linken Augenbraue und verlief weiter unterhalb seines Auges, verharrte über seinem Mund und vollendete den Zug am Kinn. ›Das muss schrecklich wehgetan haben‹, überlegte Sienna schaudernd. Sie schätzte den Mann auf Ende zwanzig, doch die Narbe ließ ihn älter aussehen.

Gerade als sie sich einen Fluchtplan ausdachte, ergriff Mo das Wort: »Dasselbe gilt für dich, Fabi.«

Sienna horchte auf und stieß verblüfft hervor: »Du kennst ihn?« Bis jetzt hatte sie an eine Verwechslung geglaubt.

Die Höllenritter wandten sich nun ihr zu, als hätten sie die Erlaubnis erhalten, Interesse zu zeigen. Es war ihr unangenehm, von allen angestarrt zu werden. Dennoch hielt

Sienna dem bohrenden Blick des Mannes, den Mo »Fabi« genannt hatte, stand. ›Zeig keine Angst‹, ermahnte sie sich selbst.

Nach einigen Augenblicken nickte der andere anerkennend. »Nicht viele wagen es, mir offen ins Gesicht zu schauen.« An Mo gewandt fügte er hinzu: »Du scheinst dir eine Freundin ausgesucht zu haben, die ähnlich abgebrüht ist wie du.«

Mourice versteifte sich bei diesen Worten und entgegnete: »Ich kenne sie kaum. Außerdem hat sie mit dieser Sache nichts zu tun. Lass sie gehen, Fabi!«

Sienna hatte plötzlich das dringende Bedürfnis, seine Hand zu halten. Aber wenn Mo es für das Beste hielt, ihre Freundschaft zu leugnen, musste sie ihm vertrauen.

Fabi lachte, als hätte Mo soeben einen ausgezeichneten Witz erzählt. Nachdem er sich wieder beruhigt hatte, ging er auf Mourice zu und fasste ihn bei den Schultern. Sienna spürte Mos Anspannung geradezu körperlich und wusste instinktiv, dass er in Kürze die Beherrschung verlieren würde.

Plötzlich begriff sie, dass genau das Fabis Absicht war. Fieberhaft überlegte sie, wie sie ihrem Freund helfen könnte. Da kam ihr eine Idee.

Mourice spürte, wie seine Wut an die Oberfläche drängte. In diesem Moment hasste er sich, denn er hatte geschworen, Fabi mit kühler Entschlossenheit entgegenzutreten, falls es zu einem erneuten Treffen zwischen ihnen kommen sollte. Davon war sein jetziges Verhalten jedoch kilometerweit entfernt. Gerade als er glaubte, die Kontrolle zu verlieren, brachte ihn ein unerwarteter Laut durcheinander. Auch Fabi konnte das Geräusch nicht sofort einordnen. Ihre Blicke fielen auf Sienna, die sich gerade wieder von einem heftigen Niesanfall erholte. Peinlich berührt murmelte sie: »Entschuldigung.«

Das passte so gar nicht in diese Situation, dass Fabi sein Vorhaben Mo gegenüber kurzzeitig vergaß.

»Wisst ihr, es könnte gut sein, dass ich jetzt die ganze Zeit niesen werde«, erklärte Sienna. Wie um ihre Worte zu unterstreichen, wurde sie von einem erneuten Niesanfall heimgesucht. Hinterher fuhr sie fort: »Ich habe nämlich Hypobakterialbolose. Das ist eine Erkrankung der Nasenschleimhäute, die sich nicht selbst reinigen können und deswegen mit der Zeit verstopfen. Dadurch wird auch die Sauerstoffversorgung meines Gehirns beeinträchtigt. Manchmal bekomme ich dann nicht mehr alles mit und fantasiere oder tue Dinge, die ich normalerweise bleiben lassen würde. Solche Anfälle werden durch einen besonderen Duft ausgelöst.«

Ihr Blick blieb an einer jungen Frau hängen, die ein paar Jahre älter als sie selbst war und tatsächlich ein auffälliges Parfüm trug. Die Augen der Höllenritter richteten sich nun auf sie.

Bevor die Frau jedoch etwas zu ihrer Verteidigung sagen konnte, sprach Sienna bereits weiter: »Ich wollte nur sagen, dass mir leidtut, was möglicherweise passiert.« Ein erneutes Niesen unterbrach ihre Erklärung. Diesmal klang es weniger deutlich, sondern verstopft. Einige der Höllenritter traten unruhig von einem Fuß auf den anderen.

»Ich kann nichts dafür. Die Krankheit bringt mich dazu, diese Dinge zu tun.« Jetzt weinte sie fast.

Fabi, der sich inzwischen erholt hatte, klatschte in die Hände. »Ausgezeichnete Show, Kleine. Das muss ich dir lassen. Du bist einfallsreich und talentiert. Vielleicht würdest du dich mit etwas Übung sogar ganz gut in unserer Gruppe machen. Loyale Leute kann ich immer brauchen.« Kurz hielt er inne, um seinen Worten Nachdruck zu verleihen, und fügte dann in bedrohlichem Tonfall hinzu: »Allerdings habe ich jetzt genug gesehen.«

Im selben Moment brach Sienna zusammen und blieb bewusstlos liegen. Nach dem ersten Schrecken näherten sich ihr einige der Höllenritter. Fabi lachte laut auf. »Heute ist unser Glückstag.«

»Lasst sie lieber in Ruhe. Nach solchen Schwächeanfällen ist sie nicht mehr sie selbst«, warnte Mourice eindringlich. Zwar wusste er nicht genau, was seine beste Freundin plante, begriff jedoch, dass Sienna ihm zu helfen versuchte. Da wollte er wenigstens auch einen Beitrag leisten. Einige Höllenritter schienen besorgt, doch die meisten brachen wie ihr Anführer in Gelächter aus.

Da geschah etwas Unerwartetes: Das am Boden liegende Mädchen kam wieder zu sich. Alle Augen richteten sich auf Sienna und sogleich bemerkten die Beobachter, dass mit ihr etwas nicht stimmte. Sie schaute mit verschwommenem Blick an den Umstehenden vorbei und bewegte sich wie eine Schlafwandlerin. Mit gleichmäßigen Schritten bahnte sie sich einen Weg durch die Reihen der Höllenritter und hatte den Kreis im Nu durchbrochen. Alle waren so von dieser Vorführung gefesselt, dass keiner bemerkte, wie sich Mourice davonschlich.

Als Sienna wenig später, vom Davonrennen vor den Höllenrittern ganz außer Atem, die Dachgeschosswohnung betrat, verspürte sie sofort das dringende Bedürfnis, wieder zu gehen. Natalie und ihr Vater saßen nämlich gemeinsam am Esstisch, hielten sich an den Händen und zogen betrübte Gesichter.

›Shit. Ich hatte gehofft, dass die beiden an ihrem freien Tag einen Ausflug gemacht haben und noch nicht wieder da sind.‹

»Da bist du ja. Wir haben uns Sorgen um dich gemacht!«, rief ihr Vater erleichtert aus und zog sie an sich. Sienna war zu überrascht, um etwas zu erwidern. »Wo warst du denn nur? Und mit wem?«

›Ah, jetzt geht's los.‹ Damit hatte sie schon eher gerechnet.

»Ich habe dich sechsmal angerufen. Und Natalie auch ein paar Mal. Warum gehst du nicht ans Handy?«, verlangte ihr Vater zu erfahren. Bevor Sienna antworten konnte, setzte er das Verhör bereits fort: »Du warst wieder mit Mourice unterwegs, habe ich recht?«

Wahrheitsgemäß sagte Sienna: »Ja. Wir waren noch im Park. Da ist was passiert …«

»Ich wusste es! Immer dasselbe. So kann das nicht weiter gehen. Der Junge ist kein guter Umgang für dich«, unterbrach sie ihr Vater.

»Ganz recht. Er hat nur Flausen im Kopf und zieht dich mit hinein«, tutete Natalie ins selbe Horn.

»Das ist nicht wahr! Wir sind nicht absichtlich länger weggeblieben. Die Höllenritter haben uns eingekreist.«

»Die Höllenritter?«, wiederholte Siennas Vater ungläubig.

»Du meinst die Bande, die Leute überfällt? Himmel, ist Mourice etwa bei denen Mitglied?«, fragte Natalie entsetzt.

Sienna und ihr Vater rissen gleichermaßen verblüfft die Augen auf.

»Was? Nein, natürlich nicht!«, empörte sich Sienna. Im selben Moment rief ihr Vater: »Das ist es! Ich habe ihm nie getraut. Du wirst Mourice nicht mehr treffen.«

»Paps, nein. Es ist ganz anders als du denkst. Mo würde nie bei so was mitmachen. Er hat mich ja heute auch vor denen beschützt.«

Emanuel stieß nur ein Schnauben aus und erwiderte

dann abschätzig: »Wenn er nicht wäre, wärst du gar nicht erst in Gefahr geraten! Aber damit ist jetzt Schluss. Du wirst dich von ihm fernhalten.« Seine Stimme strahlte eine solche Autorität aus, wie Sienna sie nie zuvor von ihm gehört hatte.

»Hör mir doch zu«, forderte sie. »Mo ist nicht schuld und er ist auch nicht so, wie ihr sagt.«

»Sienna, du hast deinen Vater doch gehört. Er will nur dein Bestes«, mischte sich jetzt Natalie ein.

»Mein Bestes?«, wiederholte das Mädchen ungläubig. »Du verbietest mir, meinen besten Freund zu sehen. Der Einzige, der immer für mich da ist. Der mich beschützt, in der Schule und außerhalb. Ohne Mo hätte ich die letzten drei Jahre nicht überstanden. Und das wollt ihr mir einfach wegnehmen? Weil es nicht in euer Hirn geht, dass ihr unrecht habt. Das ist scheiße! Ich hasse euch«, fauchte Sienna mit brechender Stimme, den Tränen nahe. Wütend auf sich selbst, weil sie wieder Schwäche zeigte und noch viel wütender auf die beiden, stürmte sie in ihr Zimmer davon.

Nachdem sie die Tür hinter sich zugeknallt hatte, schloss sie diese auch sogleich ab. Weinend warf sie sich aufs Bett und verfluchte die ganze Welt für diese gewaltige Ungerechtigkeit.

›Sie haben mir nicht zugehört. Wie immer. Diese Idioten, ich hasse sie beide. Mo ist der Einzige, der mich versteht und bedingungslos zu mir hält. Er hätte mich nie so abgeblockt. Moment, Mo …‹ Siedend heiß fiel ihr ein, dass sie ihn noch nicht gefragt hatte, ob er gut daheim angekommen war.

Mit vor Aufregung zitternden Händen entsperrte Sienna ihr Handy. Ihr waren die Wut und das Entsetzen in seinen Augen nicht entgangen, als er mit Fabi gesprochen hatte. ›Die beiden kennen sich wirklich und Mo hat mächtig Angst vor Fabi‹, überlegte sie beunruhigt. Da Sienna nicht riskieren wollte, dass Natalie und ihr Vater sie beim Telefonieren belauschten und ihr womöglich das Handy wegnahmen, schrieb sie ihrem besten Freund nur eine Nachricht.

Sekunden später folgte die Antwort:

Alles i. O. Sturmfrei. Keiner merkt was. Komm morgen früher zur Schule. Müssen reden. M.

Erleichtert stieß Sienna die Luft aus, die sie unwillkürlich angehalten hatte. ›Es geht ihm gut‹, wiederholte sie wieder und wieder in ihrem Kopf.

Nie zuvor hatte sie sich so um jemanden gesorgt wie um ihn.

Kapitel 13

Am darauffolgenden Morgen verließ Sienna früher als sonst die Wohnung. Auf keinen Fall wollte sie zu spät zum Treffen mit Mourice kommen, denn sie konnte es kaum erwarten, mehr zu erfahren. Außerdem würde sie erst wieder ruhig atmen können, wenn sie sich selbst davon überzeugt hatte, dass es ihm gut ging.

Auf dem Schulgelände angekommen, war jedoch noch niemand zu sehen. Ungeduldig schaute Sienna auf ihr Handy. Keine neuen Nachrichten. Sie rief Mourice an, aber er meldete sich nicht. Kurz danach blinkte das Display auf und zeigte eine Nachricht an. *Bin bei der Turnhalle.*

Daran, dass die Nachricht von Mo stammte, bestand kein Zweifel, schließlich erschien sie in ihrem gemeinsamen Chat. Dennoch kam es ihr komisch vor, dass er so kurz angebunden war und ihren Anruf nicht angenommen hatte. ›Vermutlich ist er wegen gestern noch neben der Spur‹, überlegte sie.

Während sie den Sportplatz überquerte, hatte Sienna plötzlich das Gefühl, beobachtet zu werden. Unauffällig sah sie sich um, entdeckte jedoch niemanden. Kopfschüttelnd verwarf sie den Gedanken wieder. ›Mo ist nicht der Einzige, der noch ein bisschen neben sich steht.‹

Vor dem Aushängekasten für die verschiedenen Sportangebote wartete ein Junge mit Kapuzenpulli. Er stand mit dem Rücken zu Sienna.

»Mo, was soll diese Geheimniskrämerei? Warum konnten wir uns nicht vor der Schule treffen?«, fragte sie ungehalten.

»Zu viele Zeugen«, lautete die Antwort. Sienna wollte

schon zu einer Erwiderung ansetzen, als sie stutzig wurde. ›Das ist nicht seine Stimme. Mo klingt tiefer.‹

Ihren Fehler erkennend, wich Sienna zurück. Der Fremde wandte sich zu ihr um und schlug die Kapuze zurück.

Es war nicht Mourice, der ihr triumphierend entgegen schaute, auch wenn der etwa Sechzehnjährige Mos Größe und Statur hatte.

»Überrascht?«, fragte er mit einem gemeinen Grinsen.

Sienna wich weiter zurück, bis sie gegen jemanden stieß, der ihr den Weg versperrte. Erschrocken fuhr sie herum und fand sich zwei Männern gegenüber. Wie eine Mauer hatten die sich vor ihr aufgebaut.

Um diese Uhrzeit befanden sich noch keine Schüler oder Lehrer in der Schule – und falls doch, war es sehr unwahrscheinlich, dass sie Siennas Rufe quer über den Sportplatz hören würden.

Das hielt sie aber nicht davon ab, es dennoch zu versuchen. Der Junge war aber schneller als sie und legte ihr seine Hand über den Mund.

»Hier hört dich eh keiner.« Sie biss ihn. Vom plötzlichen Schmerz überrascht, ließ er die Hand fallen. »Mach das nicht noch mal!«, blaffte er und trat drohend näher an sie heran.

Ihre Augen sprühten Funken. ›Was erwartet der Idiot denn, wenn er mir hier auflauert und zu nahekommt?‹, dachte Sienna und verfluchte ihn innerlich.

»Fabi wird sich freuen, dich wiederzusehen, nachdem du gestern so plötzlich verschwunden bist«, meinte einer der Gorillas, wie Sienna die beiden Männer insgeheim nannte.

Sie erschauderte. ›Nicht schon wieder dieser Fabi.‹

»Wo ist Mo?«, verlangte sie zu erfahren.

»Den wirst du bald wiedersehen«, lautete die schadenfrohe Antwort des Jungen.

»Was habt ihr mit ihm gemacht?«, rief Sienna wütend aus.

»Es geht ihm gut. Den Umständen entsprechend jedenfalls.«

Bei diesen Worten drängten sich die schrecklichsten Bilder in Siennas Bewusstsein. Sie erinnerte sich an Fabis herablassenden Blick und die Wut, die er Mourice gegenüber an den Tag gelegt hatte.

»Genug gequatscht. Du kommst jetzt mit uns und machst nicht wieder solche Mätzchen wie gestern Abend! So was mögen wir nicht«, warnte einer der beiden Männer, die Sienna den Weg versperrten.

Sie musterte ihn und suchte nach einer Schwachstelle. Er war groß, mit breiten Schultern, muskelbepackten Armen und einem Blick, als ob er sein Gegenüber fressen wollte. ›Gegen ihn hab ich keine Chance‹, dachte sie beunruhigt. Laut verlangte sie zu erfahren: »Was wollt ihr von mir? Ich weiß nicht, worum es hier geht und was ihr für ein Problem mit Mo habt. Er hat mir nichts gesagt.«

Der zweite Gorilla erwiderte: »Das interessiert uns nicht. Wir führen nur Befehle aus.«

»Ihr macht also das, was man euch sagt, ohne die Hintergründe zu kennen?«, fragte Sienna ungläubig. Soeben hatte sie beschlossen, ihre Taktik zu ändern und Zeit zu gewinnen. ›Je länger wir hier sind, desto größer ist die Wahrscheinlichkeit, dass jemand vorbeikommt.‹

Dummerweise kam Kapuzenpulli erneut zur selben Schlussfolgerung wie sie. Wirklich nervig, der Typ.

»Wir müssen los. Ich will nicht derjenige sein, an dem Fabi seine Wut auslässt, wenn wir die Kleine nicht rechtzeitig zu ihm bringen«, meinte er. Seine Begleiter schienen darauf auch nicht besonders scharf zu sein, denn sie nickten zustimmend und kamen auf Sienna zu.

Diese sprang zur Seite und rannte los in Richtung Schule. Unglücklicherweise hatte sich einer ihrer Schnürsenkel gelockert, weswegen sie nach einigen Metern stolperte. Als sie das Gleichgewicht wiedergefunden hatte, gewann sie an Tempo. Mittlerweile waren ihr jedoch die Männer dicht auf den Fersen. Der offene Schnürsenkel erschwerte es ihr, nicht hinzufallen. Pech für sie, dass ihre Verfolger gute Läufer waren und keine Schnürsenkelschuhe trugen. Sienna rannte so schnell sie konnte, wurde aber eingeholt und unsanft gepackt.

»Au«, entfuhr ihr ein Schmerzenslaut. Zweifellos würden ihre Arme morgen grün und blau sein.

»Das war dumm von dir«, schnaufte Kapuzenpulli, als er Sekunden später ebenfalls eintraf. Sienna öffnete den Mund und wollte um Hilfe rufen, doch damit hatte der Gorilla, der sie erwischt hatte, gerechnet. Schnell legte er ihr eine Hand auf den Mund, woraufhin sie versuchte, auch ihn zu beißen, jedoch erfolglos. Er hatte vorhin bei Kapuzenpulli genau aufgepasst und drehte ihr deswegen jetzt den rechten Arm auf den Rücken. Ein erneutes schmerzhaftes Stöhnen konnte Sienna nicht unterdrücken. Kapuzenpulli band ihr indes ein Tuch um und knebelte sie damit. Dann nahm er ihr das Handy ab.

»Brauchst du jetzt ja nicht mehr. Zwei Handys in so kurzer Zeit. Diese Woche habe ich echt Glück«, meinte er zufrieden und ließ das Mobiltelefon in seine Tasche gleiten, wobei er Siennas Blick auf das lenkte, was sich bereits darin befand: Mourice' Handy. Wenn Blicke töten könnten, hätte es Kapuzenpulli längst erwischt. Die Gorillas fesselten ihr unterdessen die Hände und trieben sie dann vor sich her zu einem Auto, das am Rand des Sportplatzes hinter ein paar Bäumen stand.

Bisher war es Sienna nicht aufgefallen. ›Wie blind bin ich eigentlich? Es stand doch genau hier, für alle Welt sichtbar‹, ärgerte sie sich über sich selbst. ›Und das war nicht der einzige Hinweis darauf, dass etwas nicht stimmt.‹ Die Nachrichten klangen gar nicht nach Mo. Er war nie so kurz angebunden und schrieb auch kein *M* ans Ende. Wieso auch? Gestern Abend kam ihr das nicht komisch vor, da sie zum einen selbst durch den Wind gewesen war und zum anderen gut verstanden hatte, dass er nach einem derartigen Erlebnis nicht scharf auf lange Reden war. ›Aber mich hätte auch stutzig machen müssen, dass er sich mit ihr vor der Turnhalle treffen wollte. So geheimnisvoll tut er doch sonst nie. Mein Gehirn ist wohl schon verfrüht in den Ferienmodus übergegangen‹, dachte sie aufgebracht.

Als die vier den Wagen erreichten, wurde Sienna unsanft auf die Rückbank verfrachtet. Einer der Gorillas setzte sich neben sie und passte auf, dass sie keine Dummheiten machte. Das hatte Sienna jedoch gar nicht vor. Ihr war inzwischen bewusst geworden, dass sie Mo nur helfen konnte, wenn sie seinen aktuellen Aufenthaltsort herausfand, und deswegen musste sie sich selbst auch an diesen Ort bringen lassen. Gut, dass ihr die Männer nicht die Augen verbunden hatten. Dieser kleine Fehler machte es ihr möglich, den zurückgelegten Weg zu verfolgen.

Nachdem sie ungefähr eine halbe Stunde gefahren waren, hielt der Wagen vor einer Lagerhalle in einem verlassenen Industriegebiet. Die Männer stiegen aus und wiesen Sienna an, ihnen nach drinnen zu folgen. Nicht, dass sie eine Wahl gehabt hätte – so wie die drei sie vor sich hertrieben. Dämmerlicht umfing die Neuankömmlinge und Staubflocken wirbelten durch die Luft. Die Fenster, überzogen von einer zentimeterdicken Staubschicht, waren zum Teil so schwarz, dass man nicht mehr hindurchsehen konnte. In der Mitte der Halle befanden sich eine Halfpipe und verschiedene Hindernisse für die Skateboardbegeisterten. Hinter diesem Komplex lagen auf dem Boden verstreut Kissen, leere Bierdosen und Chipstüten sowie verschiedene andere Dinge, die das Chaos perfekt machten. Der Ort hatte durchaus etwas Künstlerisches an sich, doch Sienna konnte sich nicht vorstellen, warum sich jemand, der nichts mit dem Zeichnen mystischer Plätze am Hut hatte, freiwillig hier aufhalten sollte.

Plötzlich öffnete sich eine bislang unter Staub verborgene Luke im Boden. Dem Untergrund entstieg eine junge Frau.

»Reichlich spät. Fabi hat echt miese Laune wegen euch«, meinte sie mit einem gemeinen Grinsen.

»Halt die Klappe, Zoe. Wir können nichts dafür. Die Kleine ist genauso ein Miststück wie du und hat Probleme gemacht«, schnaubte Kapuzenpulli unwirsch.

Zoe erwiderte lachend: »Ich kann mir denken, wie schwer es für drei Kerle wie euch ist, mit einem wehrlosen Mädchen fertigzuwerden.« Dabei triefte ihre Stimme vor Sarkasmus und Verachtung. Kapuzenpulli zeigte ihr den Mittelfinger, woraufhin sie nur die Augen verdrehte. Ohne ein weiteres Wort wandte sich Zoe ab und stieg eine Treppe hinunter. Die vier folgten ihr.

Als einer der beiden Gorillas die Luke über ihnen schloss, herrschte für einen kurzen Moment völlige Dunkelheit. Dann schaltete Zoe eine Taschenlampe an und Sienna glaubte zu erkennen, wo sie sich befanden. Es handelte sich um einen stillgelegten Transporttunnel, durch den früher die in der Lagerhalle hergestellten Produkte zum Markt befördert worden waren.

›Der Geschichtsunterricht war doch nicht umsonst‹, dachte Sienna. Ihre Nervosität stieg in neue Dimensionen.

Nach etwa zwanzig Metern geradeaus machte der Tunnel einen scharfen Knick nach links und führte weitere zwanzig Meter in diese neue Richtung. Vor einer massiven Holztür hielten sie an. Dreimal klopfte Zoe. Hinter der Tür war Fußgetrappel zu vernehmen, ein Schlüssel wurde gedreht und die Tür schwang auf. Ein rothaariger Typ mit Frettchengesicht ließ sie herein. Sie betraten einen hell erleuchteten Raum, der wie ein Klassenzimmer eingerichtet war. Fünfzehn Tische mit je zwei Stühlen standen in Reihen, dazu der Lehrertisch und eine große Tafel. Davor wartete Fabi.

»Gut, ihr seid da«, begrüßte er die vier. Auf seinen Wink hin entfernte Kapuzenpulli den Knebel von Siennas Mund.

»Geht´s dir besser?«, fragte der Anführer der Höllenritter mit gespielter Besorgnis. Sie verkniff sich eine Antwort.

Schadenfroh erklärte Fabi: »Eins muss ich dir lassen: Du bist ziemlich klug. Dein Kumpel Mourice war dummerweise nicht so schnell von Begriff wie du. Ihn haben wir gestern wieder eingefangen, noch bevor er den Park verlassen hat.«

»Du hast mich allerdings überrascht. Ich dachte, es würde schwieriger sein, dich herzulocken.« Das beharrliche Schweigen dauerte an. »Was ist? Hast du jetzt etwa noch eine Krankheit? Die *Ich habe meine Zunge verschluckt und kann nicht mehr reden*-Krankheit?«, wollte er belustigt wissen.

»Was willst du?«, fragte Sienna nun geradeheraus. Auf sein dämliches Gelaber hatte sie keine Lust.

Diesen Ton verstand der Anführer der Höllenritter und erwiderte: »Von dir will ich gar nichts. Du bist nur ein Mittel zum Zweck.« Dann wies er die Gorillas an: »Bringt sie weg!«

Protest erwies sich als zwecklos. Als sich die Tür hinter ihnen geschlossen hatte, hörte Sienna Fabis wütende Stimme: »Warum hat das so lange gedauert?« In diesem Moment wollte sie nicht in Kapuzenpullis Haut stecken, aber ihr Mitleid hielt sich in Grenzen.

Sie wurde in einen anderen Raum gebracht, der an ein polizeiliches Verhörzimmer erinnerte. In der Mitte standen ein einzelner Tisch mit zwei Stühlen und an der Wand hing ein rechteckiger Spiegel. Ansonsten war der Raum leer. Einer der Gorillas nahm ihr die Fesseln ab und zwang Sienna, sich zu setzen. Dann verschwanden die beiden und ließen die Gefangene allein zurück.

Während sie ihre schmerzenden Handgelenke rieb, begann Sienna ihre Situation zu überdenken. ›Warum bin ich hier? Was will Fabi von Mo? Woher kennen die beiden sich nur? Und ist Mo hier auch irgendwo?‹ Kapuzenpullis Antwort war nicht gerade beruhigend gewesen.

Betrübt legte sie ihren Kopf auf die Arme und wartete. Die Zeit verging quälend langsam. Als sie es schließlich nicht mehr aushielt, begann Sienna im Zimmer herumzulaufen. Als sie unerwartet stolperte, erinnerte sie sich an ihren noch immer offenen Schnürsenkel. Rasch hockte sie sich hin und knotete ihn wieder zu. Beim Aufrichten fiel ihr Blick auf einen an der Unterseite des Tisches befestigten Gegenstand. Neugierig löste sie ihn ab und erstarrte in der Bewegung. ›Ein Handy. Was macht das denn hier?‹, dachte sie ungläubig. ›Das kann doch kein Zufall sein. Hab ich einen Verbündeten unter Fabis Leuten?‹ Obwohl der Wunsch stark war, konnte sie es sich doch nicht vorstellen. Für wahrscheinlicher hielt sie: ›Die wollen mich testen.‹ Gern hätte Sienna einen Notruf verschickt, doch war Fabi sicher nicht so leichtsinnig, ihr ein funktionstüchtiges Telefon zu überlassen. Auch konnte sie nicht ignorieren, dass der Raum verspiegelt und somit einsehbar war. ›Bestimmt sind die Gorillas, Zoe oder das Frettchengesicht, vielleicht Fabi selbst, noch immer in der Nähe. Sie werden sofort eingreifen, wenn ich es probiere. Damit hätte ich keine Chance mehr, Mo zu finden.‹ Das Risiko durfte sie nicht eingehen, sondern setzte sich wieder hin, ohne das Handy erneut anzufassen.

Einige Minuten später öffnete sich die Tür und Fabi erschien applaudierend. »Gratulation, du hast meinen Test bestanden. Jetzt bekommst du deinen Preis. Bringt sie weg!«, befahl er den hinter ihm Wache haltenden Gorillas.

›Das ist wohl sein Lieblingsbefehl‹, dachte Sienna. »Hey, ich kann allein laufen«, fauchte sie die Gorillas an, die sie an den Armen packten und fortschleiften.

Ihr Protest wurde allerdings wieder ignoriert. Wirklich nervig. Am Ende des Korridors, der von schummrigem Neonlicht beleuchtet wurde, befand sich eine weitere massive Holztür. Nachdem die Gorillas diese geöffnet hatten, stießen sie Sienna hinein und verschlossen die Tür wieder. Völlige Dunkelheit und ein harter Steinboden empfingen Sienna.

»Autsch«, murmelte sie, als sie auf Händen und Knien landete. »Heute ist echt nicht mein Tag. Morgen werde ich ein einziger blauer Fleck sein.« Eine gemeine kleine Stimme in ihrem Kopf ergänzte: ›Falls ich dann überhaupt noch lebe.‹ Wütend rief sich Sienna zur Ordnung: ›Die Höllenritter sind nicht dafür bekannt, Leute zu töten. Warum sollten sie jetzt damit anfangen?‹ Im verzweifelten Versuch, herauszufinden, wo sie sich befand, tastete Sienna ihre Umgebung ab.

Plötzlich überkam Sienna das seltsame Gefühl, nicht allein zu sein. Sie verhielt sich völlig still und lauschte. ›Da atmet wirklich jemand!‹, schoss es ihr durch den Kopf. Ein ruhiges, regelmäßiges Atmen wie das eines Schlafenden. Vorsichtig näherte sich Sienna ihm. Gerade, als sie nah genug war, um die Person zu berühren, packte der vermeintlich Schlafende ihr Handgelenk und drückte so fest zu, dass sie vor Schmerz stöhnte.

»Was willst du? Habt ihr es immer noch nicht kapiert? Ihr könnt mich nicht kontrollieren!«, zischte eine Stimme, die Sienna sehr gut kannte. Eine Stimme, die ihr beinahe so vertraut war wie ihre eigene.

»Mo, lass mich los. Ich bin´s«, erwiderte sie hastig.

Erschrocken ließ er ihr Handgelenk los und stieß hörbar Luft aus, bevor er verblüfft stotterte: »Sienna, du bist hier. Warum? Und wie kommst du hierher?« Er klang erschöpft. Sie hörte ihm an, dass er die Antwort bereits kannte, sich aber noch vergewissern wollte.

»Die haben mir eine Falle gestellt und mich dann hergebracht«, erklärte sie zerknirscht.

Sie war Mo dankbar, dass er nicht nachhakte, sondern nur seufzend erwiderte: »Fabi ist gut darin, Leute reinzulegen.«

Die Gelegenheit nutzend, fragte Sienna: »Was will der eigentlich von dir?«

Stille. Sie glaubte schon, Mo würde überhaupt nichts mehr sagen, als er doch noch das Wort ergriff: »Erinnerst du dich, dass ich letztes Jahr bei den *Skate Adults* gewonnen hab?«

Unsicher, was das damit zu tun hatte, nickte Sienna. Dann fiel ihr ein, dass Mourice sie im Dunkeln nicht sehen konnte, weswegen sie rasch antwortete: »Wie könnte ich das vergessen?« Sie war damals selbst als Zuschauerin dabei und total begeistert gewesen.

»Na ja, und nach meinem Sieg hat mich ein Mann angesprochen und mir ein Spezialtraining angeboten«, fuhr

Mo fort. »Ich dachte nur: ›Cool, ein Talentscout.‹ Danach hab ich mich mehrmals mit ihm getroffen und er hat mir auch wirklich etwas beigebracht.« Ein Stöhnen entfuhr ihm, als er sein Gewicht verlagerte. Besorgt fragte Sienna: »Hast du Schmerzen?«

»Nicht weiter schlimm«, erwiderte er gepresst.

›Das sagt er nur, um mich zu beruhigen‹, dachte Sienna. Aber ihre Neugier auf die Geschichte siegte, weswegen sie es vorerst dabei beließ.

»Wir verstanden uns gut. Jedenfalls so lange, bis er mich in seinem Team haben wollte. Als ich nicht gleich zusagte, wurde er ziemlich sauer und meinte, ich solle mich schnell entscheiden. Sonst würde er dafür sorgen, dass ich das Richtige tue. Das klang für mich wie eine Drohung und da hab ich gemerkt, wie er wirklich ist.« Mo verstummte und hing seinen Gedanken nach.

»Dieser Mann war Fabi, richtig?«, hakte Sienna nach. Ihr bester Freund murmelte leise: »Ja.«

»Aber dass er dich deswegen entführt, ist doch total bescheuert«, meinte sie kopfschüttelnd.

Mo lachte lustlos und erklärte dann: »Das stimmt. Aber deswegen hat er mich auch nicht entführt.«

»Und warum dann?«

»Ich hab ein wenig nachgeforscht und herausgefunden, dass er zu den Höllenrittern gehört, sie sogar anführt. Daraufhin bin ich sofort zum Freund meiner Schwester gegangen. Der ist immerhin Polizist. Seine Kollegen und er waren schon länger hinter der Bande wegen diverser Diebstähle, Einbrüche und Körperverletzungen her. Bis dahin ist es ihnen aber nicht gelungen, jemanden einzuschleusen. Der Zusammenhalt der Mitglieder ist einfach zu stark. Tim und seine Kollegen haben mich überredet, bei den Höllenrittern mitzumachen und Informationen einzuholen. Da Fabi mich sowieso dabeihaben wollte, war es nicht schwer, aufgenommen zu werden. Ich konnte mich frei bewegen und wurde bald in die Planungen mit einbezogen. Die kamen gar nicht auf die Idee, mich zu filzen.«

Die Schadenfreude war Mourice deutlich anzuhören. Ungläubig schnappte Sienna nach Luft, fand aber keine Worte.

»Beim nächsten großen Coup wusste ich über jedes Detail Bescheid und konnte die Polizei vorwarnen. Für die war es dann nur noch eine Formalität, die Typen festzunehmen. So viel also zu meiner Agentenkarriere«, schloss er.

Sienna dachte über das Gehörte nach und versuchte sich an das vergangene Jahr zu erinnern. Ihr fiel wieder ein, dass Mourice während des beschriebenen Zeitraums tatsächlich häufig abwesend gewesen war. Sie hatten sich kaum gesehen, er fehlte oft im Unterricht und war offenbar ständig mit den Gedanken woanders gewesen. ›Stimmt. Aber ich war zu abgelenkt, um der Sache weiter nachzugehen. Weil Paps da gerade mit Natalie zusammengekommen ist.‹

»Was ist dann passiert?«, wollte Sienna wissen.

»Die Höllenritter, die am Überfall auf den Geldtransporter beteiligt waren, wurden alle verurteilt und sitzen nun ihre Haftstrafen ab. Dummerweise macht Fabi sich nie selbst die Finger schmutzig. Beim Überfall war er nicht dabei und es gab auch nicht genug Beweise für eine Anklage. Allerdings hat er einige Wochen später einen Unfall gebaut, bei dem zwei Menschen schwer verletzt wurden und Fahrerflucht begangen. Dafür musste er ins Gefängnis.«

Sienna entfuhr ein entsetzter Laut. Zerknirscht ergänzte Mourice: »Ich dachte, dass Fabi noch ein Stück sitzt, aber da hab ich mich offensichtlich geirrt. Eigentlich sollte mich ein Polizist im Auge behalten, für den Fall, dass Fabi checkt, wer ihn gelinkt hat und sich rächen will. Aber da man sich auf die Polizei nicht verlassen kann, bin ich jetzt hier und hab dich mit reingezogen. Du bist sein Druckmittel. Falls ich nicht spure, tut er dir weh. Es tut mir so leid, Sienna.«

»Schon gut. Was könnte er von dir verlangen?«, fragte sie mit dunklen Vorahnungen.

Betrübt antwortete ihr bester Freund: »Zum Beispiel, dass ich meine Aussage zurücknehme, damit seine Leute aus dem Gefängnis entlassen werden.«

Das leuchtete durchaus ein. Etwas anderes bereitete Sienna hingegen Kopfzerbrechen: »Wie kommt es, dass ihn keiner von denen für eine geringere Haftstrafe verraten hat?«

»Manche sind ihm gegenüber total loyal. Hast du das Klassenzimmer gesehen?« Mo wartete aber ihre Antwort gar nicht erst ab, sondern sprach direkt weiter: »Dort erzieht Fabi sie um.«

»Wie in einer Sekte?«, hakte Sienna erschrocken nach.

»Ganz genau.«

»Aber das kann doch unmöglich bei allen funktionieren«, wandte sie skeptisch ein.

»Nein, aber bei so einigen. Deswegen wirbt er auch so viele Jugendliche an. Jung, naiv und formbar, dafür hält er uns. Er überzeugt genug für eine schlagkräftige Truppe, um die Zweifler bei der Stange zu halten. Von denen sagt keiner aus, weil sie um ihre Familien und auch sich selbst fürchten.«

Darüber dachte sie kurz nach und kam zu folgendem Ergebnis: »Was für ein Psycho.«

Mourice lachte humorlos. »Da kann ich dir nicht widersprechen. Und genau deswegen müssen wir hier weg. Irgendwelche Vorschläge?«

Ihren Überlegungen folgte eine weitere gründliche Untersuchung der Zelle. Zwar hatte Mo dies zuvor bereits getan, doch bestand immerhin die Möglichkeit, etwas nicht bemerkt zu haben. Insbesondere in der völligen Dunkelheit.

»Shit«, murrte Sienna, als sie sich den Zeh an der Wand stieß. Mehr konnte sie nicht vorweisen, der Raum war nämlich nicht nur fensterlos, sondern auch völlig leer. Es gab nichts, das man als Waffe nutzen konnte. Mo ging es nicht anders. Sich die Aussichtslosigkeit der Situation eingestehen zu müssen, frustrierte beide.

»Sollten die nicht langsam mal nach uns sehen? Könnte doch sein, dass wir ausgebrochen sind«, meinte Sienna irgendwann unruhig.

»Nee. Die wissen genau, dass man hier nicht rauskommt. Gestern hat jemand was zum Essen gebracht, aber darauf solltest du dich nicht verlassen.« Mos Stimme klang müde und hoffnungslos. Sein Magen knurrte passenderweise im selben Moment.

Sienna spürte einen Kloß im Hals. Gleichzeitig stieg Wut in ihr auf. Wut auf Fabi, weil er sie eingesperrt hatte, Wut auf Mo, weil er aufgeben wollte, Wut auf ihren Vater, weil der nicht auf sie aufgepasst hatte. ›Ob Paps Angst um mich hat?‹, überlegte sie. ›Oder ist er erleichtert, wenn ich nicht zurückkomme? Dann kann er ungestört den Rest seines Lebens mit Natalie verbringen.‹ Der Gedanke bereitete ihr eine Gänsehaut. ›Natalie wird sich mit Sicherheit freuen und die Gelegenheit nutzen, um ihre Beziehung zu Paps zu stärken.‹ Sienna konnte sich Natalies Ansprache lebhaft vorstellen und musste einen Würgereiz unterdrücken. Ihre Gedanken schweiften weiter zu ihrer Mutter.

Sienna wusste, dass sie sich in Gefahr befand. Nach allem, was Mourice ihr erzählt und sie sich selbst zusammengereimt hatte, war es möglich, dass sie das Fabrikgelände nicht mehr lebend verlassen würde.

›Dann würde ich Mum niemals treffen. Warum hab ich die Kiste nicht schon früher gefunden? Oder Kat überzeugt, nicht erst noch bis zu den Sommerferien zu warten?‹, dachte Sienna voller Reue.

Kapitel 14

Ein scharrendes Geräusch weckte Sienna und Mourice auf. Ihre versteiften Gliedmaßen deuteten darauf hin, dass sie länger als nur ein paar Minuten auf dem harten Steinboden gelegen hatten. Aber beiden war längst jegliches Zeitgefühl abhandengekommen. Sienna spürte plötzlich, wie hungrig sie war. Mo befand sich noch immer neben ihr, wie sein ebenfalls knurrender Magen bewies.

Bevor sie genauer darüber nachdenken konnten, wie lange sie wohl schon gemeinsam eingesperrt waren, schwang die schwere Holztür auf und gleißend helles Licht blendete sie. Sekunden später wurden beide von den Gorillas aus ihrem Gefängnis gezerrt.

»Au«, entfuhr es ihr bei der ruppigen Behandlung.

Als sich Siennas Augen endlich an das Licht gewöhnt hatten, erkannte sie mit Entsetzen, wie übel zugerichtet Mo aussah. Er hatte eine angeschwollene Lippe, ein Veilchen am rechten Auge und angetrocknetes Blut an der Nase. Ihr entfuhr ein Wimmern. Daraufhin versuchte Mourice, ihr aufmunternd zuzulächeln, verzog jedoch vor Schmerz das Gesicht und sah rasch weg.

Einer der Gorillas lachte schadenfroh, während der andere sie weiter in Richtung des Klassenzimmers vorantrieb. Der Anführer der Höllenritter stand breitbeinig und blickte seinen Gefangenen mit überlegenem Grinsen entgegen. Sienna verspürte den heftigen Drang, diesem Mann ins Gesicht zu schlagen. Sonst neigte sie nicht zu Gewalt, aber für ihn würde sie eine Ausnahme machen.

»Ah, wie schön, dass ihr da seid. Habt ihr euch schon eingelebt?«, begrüßte Fabi die beiden Jugendlichen. Sienna und Mo machten sich nicht die Mühe, ihm zu antworten. Das missfiel ihm, weswegen er blaffte: »Habt ihr eure Stimmen verloren?«

»Was willst du?«, entgegnete Mourice. Fabi wurde rot vor Wut, doch gleichzeitig nahm sein Gesicht auch einen geschäftsmäßigen Ausdruck an.

»Na schön, also zur Sache«, setzte er an, während er die beiden Freunde beobachtete wie ein Jäger seine Beute. »Ihr werdet für mich einen Auftrag erledigen. Etwas Leichtes, das sogar ihr hinkriegt.«

Sienna horchte auf und wusste intuitiv: ›Er plant was Kriminelles.‹ Laut erkundigte sie sich: »Wenn es so einfach ist, warum machst du es dann nicht selbst?«

Ihr Gegenüber verzog spöttisch das Gesicht und erwiderte: »Falls ihr erwischt werdet, wird niemand auf die Idee kommen, ich hätte etwas mit der Sache zu tun. Wisst ihr auch warum? Ich sag´s euch: Weil ihr beide absolut kein kriminelles Potenzial besitzt und niemand glauben wird, ich würde mit solchen Losern zusammenarbeiten. Mir kann also gar nichts passieren. Genial, was?«

»Nur ein kleiner Fehler: Warum sollten wir für dich arbeiten?« Woher sie den Mut nahm, ihm das zu sagen, wusste Sienna selbst nicht.

Der Anführer der Höllenritter meinte herablassend: »Du scheinst zu glauben, dass du eine Wahl hättest. Keine Sorge, Püppchen, so schwer mache ich es dir nicht. Ihr werdet diesen Auftrag ausführen. Ansonsten ist eure Zelle noch die angenehmste Alternative.« Dabei war seine Stimme völlig ruhig, doch die Drohung unmissverständlich.

Mourice und Sienna sahen sich an. Beide wussten, wie ausweglos ihre Situation war. Ebenso bezweifelten sie nicht, dass ihnen Fabis Alternativen nicht gefallen würden.

Er schien ihre stumme Übereinkunft mitbekommen

zu haben, denn er fuhr fort: »Gut. Nachdem wir das nun geklärt haben, können wir ja weitermachen. Folgende Aufgabenverteilung: Ihr werdet in einen griechischen Laden gehen. Der Inhaber und ich sind alte Bekannte und ich will, dass ihr ihn an eine Abmachung erinnert, die wir miteinander haben.« Sienna ahnte, dass die Sache nicht so harmlos war, wie sie klang. »Damit ihr keine Dummheiten macht, gibt´s ein paar technische Begleiter«, fügte Fabi hinzu.

Ein kurzes Fingerschnippen seinerseits und einer der Gorillas brachte zwei Mikrochips, die an den Enden mit Kopfhörern ausstaffiert waren.

Als Fabi wieder zu sprechen begann, ruhte sein Blick auf Sienna. »Ihr tut, was wir euch über die Kopfhörer sagen. Verstanden?«

Schicksalsergeben nickten die beiden Jugendlichen. Sie wussten, dass jeder Widerspruch noch größere Schwierigkeiten gebracht hätte. Zufrieden rieb sich Fabi die Hände. Ein erneutes Schnipsen seinerseits und die beiden Gorillas befestigten die Chips an Mos und Siennas Kleidung. »Jetzt macht euch noch ein bisschen hübsch, damit ihr wieder vorzeigbar seid«, befahl das Gangoberhaupt.

Nachdem sich Sienna die Haare notdürftig mit den Fingern durchgekämmt und Mo sein Gesicht gewaschen hatte, wurden sie für ansehnlich genug befunden und verließen den Raum in Begleitung der Gorillas. Sie nahmen denselben Weg, auf dem Sienna hergebracht worden war. Durch die Bodenluke gelangten sie in die Lagerhalle. Von dort aus ging es weiter zu dem alten Opel. Diesmal verband man ihnen die Augen. Offenbar hatten das die Entführer letztes Mal einfach vergessen. Die beiden Jugendlichen wurden auf die Rückbank verfrachtet und der Wagen setzte sich in Bewegung. Ihnen kam die Fahrt endlos lang vor, bis sie schließlich zum Stehen kamen. Nach einer weiteren Runde Drohungen wurden die Freunde freigelassen und die Gorillas postierten sich in sicherer Entfernung, um alles genau zu beobachten.

Mourice und Sienna blieb nichts anderes übrig, als ihren Auftrag auszuführen. Zögernd betraten sie den griechischen Spezialitätenladen. In dem kleinen Verkaufsraum stapelte sich auf Regalen und Beistelltischen Geschirr sowie Gewürze, Honig und verschiedene Marmeladensorten. Von der Decke baumelten Knoblauchzöpfe und verströmten ihren würzigen Duft. Beim Läuten der Türglocke erschien ein etwa fünfzigjähriger Mann. Mit starkem Akzent begrüßte er die Besucher und erkundigte sich, ob er ihnen behilflich sein könnte. Zu gern wären sie darauf eingegangen, wagten es jedoch nicht – schließlich waren sie verkabelt.

Stattdessen sagte Mo: »Fabian Fläming schickt uns.«

›Was für ein bekloppter Name‹, dachte Sienna, die ihn nun zum ersten Mal hörte. Die Veränderung, die daraufhin mit dem Griechen vorging, war erschreckend. Zuerst wirkte er schockiert, verzog dann jedoch das Gesicht zu einer wütenden Fratze und schrie: »Was will er denn noch? Ich habe doch alles gemacht, was er verlangt hat. Könnt ihr Irren mich nicht endlich in Ruhe lassen?«

›Hier geht´s um Schutzgelderpressung‹, kam es den Freunden unwillkürlich in den Sinn. Als sie ihm keine Antwort gaben, empfand der Grieche das offenbar als Provokation, denn er packte Mourice unsanft an der Jacke und schleifte ihn aus seinem Geschäft. Mo leistete keinen Widerstand.

Draußen angekommen, drehte sich der Ladeninhaber um und fauchte Sienna an: »Du auch, sofort raus mit dir! Ich fasse es nicht, dass ihr beide da mitmacht in diesem

Irrenklub. Ihr seht doch eigentlich ganz vernünftig aus.« Kopfschüttelnd fügte er hinzu: »Richtet eurem Boss aus, dass ich mir ab jetzt nichts mehr gefallen lasse und er sich seine Geschäfte und Empfehlungen sonstwo hinstecken kann.« Danach knallte er die Ladentür hinter sich zu und sperrte ab.

Sienna und Mourice schauten sich gleichermaßen ratlos an.

Die Stimme eines der Gorillas riss sie aus ihren Gedanken: »Steht nicht so dumm herum, kommt wieder her! Fabi hat noch mehr für euch geplant.«

Missmutig setzten sich die Freunde in Bewegung. Als sie an der Abzweigung der Seitenstraße ankamen, zog etwas ihre Aufmerksamkeit auf sich. In der Glasfront eines Hochhauses spiegelte sich ein herannahender Polizeiwagen. Mo traf im Bruchteil einer Sekunde eine Entscheidung, packte Siennas Hand und rannte gemeinsam mit ihr dem Polizeiwagen entgegen.

Den Entführern war der Richtungswechsel nicht entgangen und obwohl sie nicht sahen, was ihn ausgelöst hatte, ergriffen sie doch lieber die Flucht, als sich mit potenziellen Ordnungshütern herumzuschlagen.

Der Polizeiwagen bog um die Ecke und musste abrupt stoppen, weil ihm zwei Jugendliche, ein Junge und ein Mädchen, in den Weg liefen. Der Fahrer ließ das Fenster herunter und schnauzte aufgebracht: »Könnt ihr nicht aufpassen?«

Sienna, die vor Überraschung keinen Ton herausbrachte, überließ Mourice das Reden. »Wir wurden entführt. Dort sind die Typen!«, erklärte Mo hastig und wies auf die Seitenstraße.

Ob der Beamte ihnen glaubte, wussten die beiden nicht, doch die Frage erübrigte sich ohnehin, da in diesem

Moment ein alter Opel mit hoher Geschwindigkeit aus besagter Seitenstraße herausschoss und auf die Hauptstraße einbog.

Nachdem der Polizist seine Verblüffung überwunden hatte, forderte er die Jugendlichen auf, in seinen Wagen einzusteigen. Im Nu nahmen sie mit eingeschaltetem Blaulicht die Verfolgung auf. Den Opel nicht aus den Augen zu verlieren, erwies sich wegen des Feierabendverkehrs als schwierig. Per Funk forderte der Polizist Verstärkung an. Während er sich durch die Reihen der Autos schlängelte, fragte er: »Wer sind die?«

Sienna hatte die Sprache endlich wiedergefunden und antwortete: »Die Männer haben uns entführt. Sie gehören zu den Höllenrittern.«

Der Beamte warf durch den Rückspiegel einen prüfenden Blick auf das vielleicht vierzehnjährige Mädchen. Ihre Kleidung war verknittert und die dunklen Haare glichen einem Vogelnest. Als es seinen Blick bemerkte, schaute ihn das Mädchen aus sturmgrauen Augen geradeheraus an. Überrascht wandte sich der Mann ab und verringerte weiter den Abstand zum Fluchtwagen. Unterdessen sprach der Junge weiter. Seine Haare und Kleidung befanden sich in einem ähnlich bedauernswerten Zustand wie die des Mädchens. Außerdem hatte er ein Veilchen im Gesicht und eine geschwollene Lippe.

»Fabian Fläming, der Anführer der Höllenritter, hat uns entführen lassen. Sie müssen sofort Leute zu ihrem Hauptquartier im alten Industriegebiet schicken, sonst sind die weg!«, rief er aus.

Unter weiteren Flüchen verständigte der Beamte seine Kollegen über Funk. Fast schien es, als könnten die Gorillas entkommen, doch plötzlich wurden sie von einem Wagen abgedrängt. Das Schlingern des Autos verriet ihre

Überraschung. Sie waren gezwungen, an den Rand der Straße zu fahren. Ein zweites Zivilfahrzeug versperrte ihnen jeden Fluchtweg. Als der Polizeiwagen anhielt, waren die nichtuniformierten Polizisten bereits bei den Höllenrittern angelangt, belehrten diese über ihre Rechte und legten ihnen Handschellen an. Im Anschluss daran wurden die Verdächtigen in den Streifenwagen verfrachtet. Ihre hasserfüllten Blicke ruhten auf Sienna und Mo, was bei ihnen eine Gänsehaut hervorrief.

In einem der Zivilfahrzeuge, begleitet von einer jungen Polizistin, fuhren sie dann zum Polizeirevier. Unterwegs rief die Beamtin bei Mos und Siennas Eltern an und unterrichtete sie vom Aufenthaltsort ihrer Kinder. Da sie jedoch weder Emanuel noch Natalie erreichte, sprach sie ihnen nur auf den Anrufbeantworter. Die Naumanns dagegen gingen nach dem ersten Klingeln ans Telefon und zeigten sich überaus erleichtert, von ihrem Sohn zu hören, und machten sich umgehend auf den Weg zur Polizeistation.

Die Polizistin und die Jugendlichen trafen zuerst dort ein. Die Wartezeit wurde mit einer dringend erforderlichen Befragung von Mo und Sienna überbrückt. Beim Betreten des Verhörzimmers fühlte sich Sienna sehr unwohl. Nur allzu deutlich erinnerte sie sich an die am Vormittag durchgeführte Prüfung in einem genauso eingerichteten Raum.

Die Polizistin schien ihr Zögern zu bemerken, denn sie legte ihr eine Hand auf die Schulter und sagte in aufmunterndem Tonfall: »Keine Sorge, es wird nicht lange dauern. Deine Eltern kommen sicher auch gleich.«

Stumm nickte Sienna und schilderte dann die Ereignisse seit dem vergangenen Nachmittag. Den Streit mit ihrem Vater und Natalie ließ sie jedoch aus, weil der ihr für den vorliegenden Fall nicht wichtig erschien. Dennoch genügte das Gesagte, um die Höllenritter zu belasten und wegen

Freiheitsberaubung zur Rechenschaft zu ziehen. Zudem beschrieb Sienna die Reaktion des griechischen Ladenbesitzers auf Fabians Namen und äußerte die Vermutung, er werde bestimmt gern eine Aussage machen.

Mourice´ Vernehmung verlief dagegen etwas anders. Der Junge war sich nicht sicher, wie viel er über den Fall, an dem er mitgearbeitet hatte, sagen durfte. Aus diesem Grund behauptete Mo, nicht zu wissen, weswegen er entführt worden war. Es war offensichtlich, dass er sich keine Hilfe von der Polizei versprach und nicht auf die *Freund und Helfer*-Idee vertraute.

Der befragende Polizist glaubte nicht an die Unwissenheit des Jungen, konnte aber nichts weiter tun. Als Mo schließlich gehen durfte, fand er seine völlig aufgelöste Mutter, seinen erleichtert wirkenden Vater und eine zwar etwas mitgenommene, aber dennoch aufmunternd lächelnde Sienna vor. Das entschädigte ihn irgendwie und gab ihm die Kraft, weiter aufrecht zu stehen, obwohl er eigentlich vollkommen erschöpft war.

Nachdem er die luftraubende Umarmung seiner Mutter und das väterliche Schulterklopfen überstanden hatte, verließen sie alle gemeinsam das Revier. Die beiden Freunde erzählten Mos Eltern von den Geschehnissen der letzten Stunden. Daraufhin erhielten beide weitere Umarmungen von Frau Naumann. Sie bot Sienna an, mit zu ihnen zu kommen, aber sie lehnte dankend ab, weil sie so schnell wie möglich nach Hause wollte, um über alles in Ruhe nachzudenken. Gleichzeitig wünschte sich Sienna, ihr Vater würde sie in den Arm nehmen. Obwohl sie wusste, dass ihr nun nichts mehr passieren konnte, wurde sie den Gedanken nicht los, dass die Gefahr noch nicht vorbei war.

Mos Eltern berichteten, die Polizei bereits gestern Abend informiert zu haben, als ihr Sohn nicht nach Hause gekommen war. Diese konnte jedoch erst nach vierundzwanzig Stunden Suchmaßnahmen einleiten, da die Chance bestand, dass der Junge einfach weggelaufen war und sich noch melden oder von selbst zurückkommen würde. Als sie daraufhin seine beste Freundin anriefen, erreichten sie nur Frau Foster, die sich als Emanuels Verlobte vorstellte.

Sienna horchte auf. ›Natalie wusste Bescheid? Was zur Hölle!‹

»Was hat sie euch denn gesagt?«, fragte sie fassungslos.

»Nicht viel. Nur, dass du bereits schläfst und nicht mit unserem Sohn unterwegs warst und demnach auch nichts wissen kannst«, antwortete Frau Naumann achselzuckend. Ihr Mann fügte hinzu: »Ist jetzt nicht mehr wichtig. Wir sind einfach nur erleichtert, dass ihr wieder da seid.«

Sienna sah das etwas anders. ›Natalie hat gelogen! Sie wusste doch ganz genau, dass ich mit Mo unterwegs war. Hätte sie mir von diesem Telefonat erzählt, wäre alles ganz anders gekommen. Ich hätte der Polizei sagen können, was im Park passiert ist. Dann hätte die einen Anhaltspunkt und Verdächtige gehabt. Keiner wäre mehr davon ausgegangen, dass Mo weggelaufen ist.‹ Die Ungerechtigkeit des Ganzen machte Sienna furchtbar wütend. ›Außerdem wäre ich nicht auf die Nachricht hereingefallen und entführt worden, wenn die blöde Kuh was gesagt hätte.‹

Bei der nächsten sich bietenden Gelegenheit würde sie Natalie zur Rede stellen.

Kapitel 15

Durch einen überraschten Ausruf schreckte Sienna aus dem Schlaf. Nach dem Heimkommen hatte sie erst mal den halben Kühlschrank leer gegessen. Hinterher war sie zwanzig Minuten lang duschen gegangen, um die Zelle von sich abzuwaschen. Die ganze Zeit hatte Sienna gehofft, ihr Vater möge nach Hause kommen. Weil das nicht geschehen war, hatte sie nebenbei ihre Lieblingsserie laufen lassen. Es fiel ihr schwer, die Stille der Wohnung auszuhalten. ›In unserer Zelle war auch nichts zu hören‹, erinnerte sie sich schaudernd. Dabei wollte sie gar nicht darüber nachdenken. Die vertrauten Stimmen ihrer Lieblingsfiguren, auch wenn diese nur im Hintergrund plapperten, waren Balsam für ihre aufgewühlte Seele. Nach dem Duschen hatte ihr Bett so verführerisch nach ihr gerufen, dass sie nicht widerstehen konnte.

Nun schaute sich Sienna verwirrt um, im ersten Moment nicht sicher, wo sie war. Dann begriff sie. In der Tür ihres Zimmers stand ihr Vater. Er wirkte müde und zerknirscht, doch als er sie sah, hellte sich sein ganzes Gesicht auf.

»Ich habe dich überall gesucht«, meinte er.

»Paps«, rief Sienna glücklich und sprang rasch auf. Ungebremst warf sie sich in seine Arme, die ihr sofort die ersehnte Sicherheit gaben.

»Ein Glück bist du wieder da. Ich habe mir solche Sorgen um dich gemacht. Tu das nie wieder«, murmelte er in ihr Ohr.

»Da bist du ja, kleine Ausreißerin!«, bemerkte Natalie mit tadelnder Stimme.

Sienna versteifte sich bei ihren Worten. Und noch mehr, als ihr Vater seine Verlobte nicht korrigierte.

Zurückstolpernd löste sich Sienna von ihm. »Was meinst du damit?«, verlangte sie zu erfahren.

»Das ist doch eindeutig! Du warst sauer auf uns und bist abgehauen.«

»Ihr denkt, ich bin abgehauen?«, wiederholte sie erstaunt.

Ihr Vater schwieg und Natalie erwiderte: »Was sonst?«

Ungläubig gab Sienna zurück: »Nein, so war es nicht. Ich wurde entführt.«

Ein verblüffter Laut entfuhr ihrem Vater. »Sienna, du musst wissen, dass wir verstehen, wenn du eine Auszeit brauchst. Insbesondere, da uns Herr Scott inzwischen darüber informiert hat, was du in deiner Klasse alles erdulden musstest. Himmel, ich wünschte, ich hätte es gewusst. Über drei Jahre lang. Warum hast du denn nichts gesagt?«

Sienna begriff zunächst gar nicht, was er eben gesagt hatte. Dann überschlugen sich die Gedanken in ihrem Kopf und lähmten ihre Zunge.

»Mann, Sienna. Schweigen hat dich auch in den letzten Jahren nicht weiter gebracht. Das war der entscheidende Fehler! Hättest du darüber gesprochen, hätte ich, hätten wir dir helfen können«, blaffte ihr Vater ungehalten.

»Und deine Lüge zur Entführung? Was wolltest du damit bezwecken? Unsere Aufmerksamkeit hast du doch bereits«, fügte Natalie verständnislos hinzu.

Diese Worte rissen Sienna aus ihrem Schockzustand. Sie spürte eine unbändige Wut in sich aufsteigen. Wut auf ihren Vater, der sie mit dem neuerlichen Aufreißen ihrer Mobbing-Wunden überrumpelt hatte und offensichtlich keinerlei Verständnis für die Tiefe ihrer seelischen Narben aufbrachte. Und auch Wut darüber, dass keiner der beiden

Erwachsenen die Wahrheit ihrer Entführung erkannte und damit auch nicht die Gefahr, in der sie sich befunden hatte.

»Ich fasse es nicht. Ihr seid total mies! Als ob ich mir so was ausdenken würde! Hört nächstes Mal eure Anrufbeantworter ab, bevor ihr mir so was andichtet!« Mit diesen Worten schnappte sich Sienna ihre Jacke, lief an den Erwachsenen vorbei und rannte aus der Wohnung. Sie hörte noch den überraschten Ausruf ihres Vaters, ignorierte ihn jedoch und flog die Treppe förmlich hinab, flitzte aus dem Haus und hinein in den nächtlichen Verkehr Leipzigs. ›Ihr könnt mich alle mal!‹

Ohne es beabsichtigt zu haben, landete Sienna schließlich vor dem Wohnhaus ihres besten Freundes. Durch die Vorhänge seines Zimmerfensters drang gedämpftes Licht. Mos Eltern schienen bereits zu schlafen, denn überall sonst war es dunkel. Sienna warf einen kleinen Kieselstein gegen die Fensterscheibe. Als sich nichts rührte, probierte sie es mit einem etwas größeren Exemplar und wartete gespannt. Nach quälend langen Sekunden öffnete sich das Fenster und Mos Kopf erschien.

»Ich mach dir auf«, rief er leise und gar nicht verwundert, seine beste Freundin zu solch später Stunde zu sehen.

Wenige Augenblicke später saßen beide auf Mos Bett und Sienna berichtete, wie sie von ihrer Familie empfangen worden war.

»Shit, das hast du echt nicht verdient. Was sind das für Idioten? Die hätten doch nur ihren Anrufbeantworter abhören müssen. Im Idealfall hätten sie dir von selbst geglaubt, aber das machen die ja eh nicht«, ärgerte sich Mo.

Als Sienna anfing zu weinen, zog er sie tröstend an sich und malte Kreise auf ihrem Rücken. »Schläfst du heute Nacht hier?«, fragte er, um ihr zu zeigen, dass es okay wäre.

»Unbedingt«, meinte Sienna mit belegter Stimme. Sie war erleichtert, dass er es von sich aus anbot.

»Okay, alles klar. Aber vorher rufst du deinen Paps an und sagst ihm, wo du bist. Einmal Polizei pro Tag reicht«, sagte Mourice entschieden.

Dem konnte Sienna nur zustimmen, auch wenn sie keine Lust hatte, mit ihrem Vater zu sprechen. Nach einigem Zureden sah sie aber ein, dass diese Maßnahme unumgänglich war, um wenigstens ein bisschen Familienfrieden zu bewahren. Statt ihren Vater anzurufen, schickte sie ihm eine Nachricht.

»Ich weiß einfach nicht, ob ich am Telefon nett bleiben könnte«, gestand sie ihrem besten Freund.

Ihr Vater antwortete umgehend. Seine Nachricht war überraschend freundlich. Er machte Sienna keine Vorwürfe, sondern wünschte ihr stattdessen eine erholsame Nacht.

»Denkst du, Paps ist nur deswegen so ruhig, weil er weiß, dass du mitliest?«, fragte sie Mo besorgt.

Mourice erwiderte achselzuckend: »Keinen Schimmer. Aber ist jetzt auch egal. Ich bin komplett erledigt. Später können wir uns auch noch den Kopf darüber zerbrechen.«

Nach dem harten Kellerboden der Lagerhalle fühlte sich Mos weiches Bett überaus bequem an.

Kapitel 16

Sienna wurde durch lautes Vogelgezwitscher geweckt und wunderte sich: ›Wer war denn das Mädchen in meinem Traum? Das konnte so was von gut tanzen. Und es hatte eine so schöne Singstimme. Dabei war es doch noch ein Kleinkind. Keine Ahnung, wie alt. Dafür kenne ich zu wenige Kinder. Oder überhaupt keine.‹ Sie musste schmunzeln, als ihre innere Stimme die erste Aussage korrigierte. Es stimmte, schließlich hatte Sienna keine jüngeren Geschwister oder andere Verwandte. ›Vielleicht sollte ich es mal googeln. Und Traumdeutung gleich noch mit‹, sinnierte sie. ›Ja, das mache ich. Aber zuerst hab ich Hunger.‹

Sie machte sich fertig und lief in die Küche der Naumanns, aus der sie Geklapper vernahm. Der sich ihr bietende Anblick war höchst ungewöhnlich und brachte Sienna zum Lachen. Mourice stand mit zurückgebundenen Haaren und Küchenschürze am Herd und mühte sich verzweifelt ab, gleichzeitig auf zwei Pfannen aufzupassen, eine mit Eiern und eine mit Schinken.

»Jetzt hilf mir doch mal!«, forderte er. Noch immer lachend öffnete Sienna die Fenster und drehte die Temperatur der Platten niedriger. Trotz dieser Bemühungen wies beides starke Verbrennungen auf.

»Ich hab echt null Kochtalent«, murrte Mo betrübt.

»Stimmt«, bestätigte sie grinsend.

»Ach du«, rief er und warf ein Küchentuch nach ihr. Geschickt wich sie aus. Es landete wie ein Zelt über dem Wasserhahn.

»Macht nichts. Wir üben das und ich zeige dir, wie es richtig geht«, meinte sie. Da sie bereits seit neun Jahren mit einem Mann zusammenlebte, der kein bisschen kochen konnte, mal abgesehen von Pfannkuchen zum Frühstück, war ihr nichts anderes übrig geblieben, als sich alles selbst beizubringen. Deswegen war sie auch überzeugt davon, Mo, der bislang immer von seiner Mutter bekocht worden war, ebenfalls in diese Kunst einführen zu können. ›Wäre er mein Sohn, hätte ich ihm schon längst alle möglichen Gerichte beigebracht. Wird echt Zeit, dass er es lernt. Sonst ernährt er sich später im Studium nur von Fertiggerichten.‹ Der Gedanke ließ Sienna erschaudern.

Die beiden aßen ihr Frühstück, was bedeutete, dass sie auf dem verbrannten Schinken herumkauten und das komplett versalzene Ei geflissentlich ignorierten. Mourice schien mit den Gedanken woanders zu sein, bis er plötzlich sagte: »Das schmeckt beschissen. Du musst es nicht essen. Lass uns stattdessen was vom Bäcker holen.«

»Ja, bitte«, entfuhr es Sienna erleichtert. Ohne Zögern folgte sie ihm.

Nachdem sich die Freunde mit deutlich appetitlicheren Brötchen und Streuselschnecken eingedeckt hatten, kamen sie an einem Zeitungskiosk vorbei, an dem sie die Überschrift einer der ausgestellten Tageszeitungen förmlich ansprang. Diese lautete: *Höllenritter entführen wehrlose Kinder.* Neugierig schnappte sich Mo eine Zeitung und schlug die genannte Seite auf. Mit zunehmendem Widerwillen lasen beide den folgenden Artikel:

Als Sienna Herzog und Mourice Naumann am Mittwochnachmittag unterwegs sind, ahnen die beiden Jugendlichen nicht, was sie im Clara-Park erwartet. Verlässlichen Quellen zufolge trifft sich das Pärchen immer nach Schulschluss dort. Es ist ihnen nicht möglich, dies zuhause zu tun, da der Vater des Mädchens Alkoholiker ist und seine Tochter *unter seiner dominanten Art leidet. Da ihre Mutter seit mehreren Jahren tot ist, kann sich Sienna auch ihr nicht anvertrauen. Mourice´ Eltern dagegen sind Workaholics, die genau wissen, wie das Leben ihres Sohnes verlaufen wird, und denen eine Freundin nicht ins Konzept passt. Aus der romantischen Zweisamkeit wird jedoch an diesem Tag nichts, denn die kriminelle Bande **Höllenritter** ist vor den beiden am Platz und hat diesen ganz in Beschlag genommen. Die **Höllenritter** gehen auf das Paar los und überwältigen es. Sienna und Mourice wurden, wie die Polizei mitteilt, fast einen ganzen Tag lang in einem alten S-Bahnschacht festgehalten, bis Passanten ihre ängstlichen Schreie hörten und die Beamten verständigten. Diese befreiten die Jugendlichen und nahmen die Verantwortlichen fest. In Zukunft werden Sienna und Mourice wieder ungestört ihren nachmittäglichen Treffen nachgehen können.*

Sienna und Mourice starrten den Artikel fassungslos an. Die Zeitung legten sie erst zurück, als der Verkäufer sie anschnauzte, entweder etwas zu kaufen oder zu verschwinden. Sie entschieden sich für Letzteres.

»Das ist der dümmste Scheiß, den ich je gelesen hab!«, zischte Sienna.

Mo nickte zustimmend und erwiderte: »Wir sollten zur Redaktion gehen und uns beschweren. Die haben bestimmt gar nicht recherchiert, sondern sich alles so zurechtgebastelt, wie sie es brauchten.«

»Definitiv. Die behaupten einfach, dass wir ein Paar sind«, empörte sich Sienna.

»Und dann die Sache mit unseren Eltern. Meine sind bestimmt keine Workaholics, auch wenn sie viel arbeiten. Und gegen eine Freundin würden sie ganz sicher nichts sagen. Besonders nicht, wenn du es wärst, so doll wie sie dich mögen. Und was die Zeitung über deinen Paps gesagt hat, ist Rufmord«, fügte Mo kopfschüttelnd hinzu.

»Meine Mum ist im Übrigen gar nicht tot. Wer hat das denn behauptet?«, fauchte Sienna.

»Und außerdem: S-Bahnschacht? Da waren wir überhaupt nicht. Und Passanten haben uns bestimmt nicht befreit. Das waren wir selber!«, fügte Mo unwirsch hinzu.

»Ich würde den Leuten von diesem Käseblatt zu gern in den Hintern treten«, rief Sienna leidenschaftlich aus. Plötzlich fing sie an zu grinsen und Mourice wusste unwillkürlich, was ihr in den Sinn gekommen war.

»Nein, das machen wir nicht«, versuchte er sie abzuhalten.

Unbeirrt erwiderte Sienna: »Doch, natürlich. Das ist unser gutes Recht. Schließlich hast du gerade selbst gesagt, dass sich diese Leute unmöglich benehmen. Komm, es sind nur drei Stationen.«

Ohne seine Reaktion abzuwarten, lief sie zur gerade einfahrenden Straßenbahn, sprang hinein und wandte sich mit herausforderndem Blick zu ihm um. Augenrollend folgte Mo ihr. ›Das hätte sie früher nie gemacht, dafür hat sie Konflikte viel zu sehr gescheut. Aber gut, meine Anstrengungen müssen sich ja mal auszahlen‹, überlegte er währenddessen. ›Ich bin gespannt, ob Sienna die Sache wirklich durchzieht.‹

Drei Stationen später verließen die beiden Jugendlichen die Bahn und betraten das Redaktionsgebäude des Käseblattes. Durch eine weitläufige Eingangshalle gelangten Sienna und Mo in einen neonbeleuchteten Flur, der zu den Büros führte. An den Türen hingen Namensschilder, die es ihnen erleichterten, sich zurechtzufinden. Glücklicherweise hatten sie sich den Verfasser des Zeitungsartikels gemerkt und suchten gezielt nach Erwin Rudolph.

Vor einer grauen Tür am Ende des Ganges blieben sie stehen und schauten sich vielsagend an. Mourice klopfte einmal, doch sie betraten das Zimmer, ohne eine Antwort abzuwarten. Übergroße Höflichkeit war hier fehl am Platz. Verblüfft sahen sie sich um. Sienna kannte ja die Unordnung ihres Vaters, doch die war nichts im Vergleich zu der des Journalisten. Der Fußboden war übersät mit losen Zeitungsseiten, Ordnern und Karikaturblättern, sodass sich die Bodenbeschaffenheit nur erahnen ließ. Unfreundliches Neonlicht beleuchtete den fensterlosen Raum. Ein Aktenschrank und zwei durchgebogene Regale nahmen den größten Teil des Büros ein. An der Wand hing eine Tafel mit einer großen Menge Fotos, Skizzen und Notizzettel. Aus diesem Chaos erhob sich ein ebenso vollgestopfter Schreibtisch.

Dahinter thronte ein korpulenter Mann, dessen Kopf direkt auf den Schultern zu sitzen schien. Er trug einen viel zu engen Anzug, vermutlich um sich der Illusion hinzugeben, dünner zu sein. Kleine Augen, die fast unter den buschigen Augenbrauen verschwanden, beobachteten die Neuankömmlinge überrascht.

»Wer seid ihr denn?«, fragte er.

»Die wehrlosen Jugendlichen aus Ihrem Artikel«, antwortete Sienna betont ruhig.

Mourice konnte sie damit allerdings nicht täuschen. Er erkannte, dass sie kurz davor stand, die Beherrschung zu verlieren.

Eine kurze Pause folgte diesen Worten, in der die Freunde Zeit hatten, die Reaktion des Mannes zu beobachten. Auffällige Veränderungen waren nicht auszumachen, jedoch schien er sich etwas aufzurichten.

»Nun, es freut mich, dass ihr den Weg hierher gefunden habt. Braucht ihr Hilfe?«, wollte er wissen. Seine Stimme klang nicht unfreundlich, sogar ein bisschen besorgt.

»Hilfe, von Ihnen? Bestimmt nicht. Sie haben lauter Lügen über uns verbreitet. Das ist Rufmord!«, erwiderte Mo, ohne sich auch nur die geringste Mühe zu geben, seine Wut zu verbergen.

»Ihretwegen reden die Leute jetzt über uns und machen unseren Eltern Vorwürfe, sie hätten in der Erziehung versagt«, fügte Sienna aufgebracht hinzu. Erfahren hatten sie dies auf dem Weg zum Redaktionsgebäude, als ein Bekannter von Mourice´ Vater ihn in der Straßenbahn darauf angesprochen hatte. Sienna wollte sich gar nicht ausmalen, was die Leute über ihren Vater denken mochten, der im Artikel noch schlechter wegkam als die Naumanns.

Herrn Rudolphs Gesicht durchlief nun doch eine bemerkenswerte Veränderung, denn die Farbe wechselte von kreidebleich über fleischfarben zu krebsrot.

»Ich bin Journalist. Es ist mein Beruf, die Wahrheit herauszufinden und darüber zu berichten«, verteidigte er sich.

Mo stieß einen abfälligen Laut aus und rief empört: »Die Wahrheit nennen Sie das? Haben Sie überhaupt recherchiert oder alles so zusammengeschrieben, wie Sie es brauchten? Wer sind die erwähnten Bekannten, die Sie befragt haben, und die angeblich so viel über uns wissen?«

»Das darf ich nicht sagen. Quellenschutz, das versteht ihr sicher«, erwiderte Erwin Rudolph ausweichend.

Sienna zischte: »Wie können Sie von Quellenschutz sprechen, wo Sie sich doch einen Dreck um unsere Rechte und Privatsphäre scheren? Schon mal was von Persönlichkeitsschutz gehört? Sie haben unsere vollen Namen verwendet! «

Mo nickte zustimmend und fügte hinzu: »Wir verlangen, dass Sie einen Gegenartikel schreiben, in dem Sie die Sache richtigstellen.«

Der Mann starrte die beiden an, als wären sie von allen guten Geistern verlassen.

»Was fällt euch eigentlich ein? Ich bin erwachsen, während ihr bloß zwei Kinder seid, die glauben, sich alles erlauben zu können«, empörte er sich.

Mourice und Sienna tauschten einen Blick und verstanden sich auch ohne Worte. Genau dieses Verhalten hatten sie erwartet. Wenn Erwachsenen keine Argumente mehr einfielen, mit denen sie sich verteidigen oder ihre Sache rechtfertigen konnten, griffen sie immer auf die altbewährte Taktik zurück, Kinder als unerfahren und somit ahnungslos darzustellen. Bevor die beiden noch etwas erwidern konnten, griff der Reporter zum Telefon und wählte mit den Worten »Jetzt reicht es mir« eine Nummer.

»Melissa? Ruf sofort die Sicherheitsleute! Ich habe hier zwei …«

Weiter kam Herr Rudolph aber nicht, denn Sienna schnappte sich den Hörer und legte auf.

»Nicht nötig, wir haben schon verstanden. Sie werden von unseren Eltern und von deren Anwälten hören«, erwiderte Sienna kalt und zog Mourice mit sich aus dem Büro.

Kapitel 17

»Sienna?«, rief ihr Vater aus dem Wohnzimmer. Erschrocken blickte sie zur nur angelehnten Tür. ›Mist, was hab ich jetzt wieder falsch gemacht?‹ Ihre Motivation, es herauszufinden, war gering. »Sienna, komm bitte mal raus«, bat ihr Vater, nun näher. Kurz schloss sie die Augen.

›Er wird reinkommen, wenn ich nicht höre.‹ Innerlich verfluchte sie ihre Schwäche. Seit der Entführung konnte sie Türen nicht mehr abschließen. Allein der Gedanke, irgendwo eingesperrt zu sein, bescherte ihr feuchte Hände und Herzrasen. Schon das bloße Schließen einer Tür ging momentan nicht, weswegen ihre auch nur angelehnt war. Selbst das Anlehnen hatte schon einige Überwindung gekostet. Sienna wollte lieber gar nicht wissen, wie oft sie seit Betreten des Raums nachgesehen hatte, ob wirklich noch ein offener Spalt erkennbar war.

»Ich komme«, rief sie, ohne zu wissen, ob ihr Vater es über die laufende Musik hinweg überhaupt hörte. Stille ertrug sie nach wie vor ebenfalls nicht.

›Sie hat die Schultern fast bis zu den Ohren hochgezogen und knabbert an ihrer Unterlippe. Verdammt, Sienna denkt, ich schimpfe wieder mit ihr‹, erkannte der Bildhauer in dem Moment, da sie aus ihrem Zimmer trat.

»Setz dich bitte kurz«, forderte er seine Tochter auf. Widerwillig tat sie es, hielt aber Sicherheitsabstand. Das blieb ihm nicht verborgen und türmte seinen ohnehin gegebenen Berg an Schuldgefühlen nur weiter auf.

Rasch fing er mit dem Wichtigsten an: »Ich wollte mich bei dir entschuldigen.« Ihr Mund klappte vor Überraschung auf. Bevor sie fragen konnte, wofür er sich entschuldigte, fuhr ihr Vater bereits fort: »Dass ich dir nicht geglaubt habe, dass du entführt wurdest, ist unverzeihlich. Ich würde gern sagen, dass es ein vorübergehender Moment des Wahnsinns war, aber das stimmt nicht. Es gibt keine Entschuldigung dafür. Ich möchte trotzdem, dass du weißt, wie leid es mir tut und dass ich zukünftig besser auf das achten werde, was du sagst, und dir auch glaube. Du hast keinen Grund, wegen so was zu lügen. Das hätte mir sofort klar sein müssen.«

›Wie traurig ist es, dass mir erst Mos Vater bestätigen musste, was geschehen ist‹, dachte er. Am Morgen hatte er zu Herrn Naumann Kontakt aufgenommen. Der Streit mit Sienna vom Vorabend, dem sie im wahrsten Sinne des Wortes entflohen war, hatte ihn nicht losgelassen. Es fühlte sich wie ein Schlag ins Gesicht an, dass sie die Wahrheit gesagt hatte, auch wenn diese absurd klang. Mit der geballten Kraft aus Reue und Verlustangst, war Emanuel vor Herrn Naumann in Tränen ausgebrochen. Das war ihm ewig nicht mehr passiert und überdies sehr peinlich. Mos Vater hatte sich ihm, ganz der Arzt, der er nun einmal war, angenommen und beruhigend auf Emanuel eingeredet.

»Ich hätte sie verlieren können«, schluchzte der Bildhauer.

»Aber das haben Sie nicht. Sienna hat es rausgeschafft und sie ist stark. Mit Ihrer Hilfe wird sie auch die eventuellen Folgen überwinden«, erwiderte Herr Naumann zuversichtlich.

Da war sich Emanuel nicht sicher, aber das sagte er nicht laut. Stattdessen fragte er: »Wie kann ich ihr helfen?«

»Seien Sie für Ihre Tochter da. Zeigen Sie ihr, dass sie sicher ist und niemand Sienna erneut aus ihrem gewohnten Umfeld reißen kann. Was sie jetzt braucht, ist Stabilität und Normalität.«

Das leuchtete Siennas Vater ein und er nickte. Innerlich schwor er sich, zukünftig um einiges besser auf sie aufzupassen. Da fiel ihm noch etwas ein: »Eine Frage noch: Hat Ihre Frau vorgestern bei uns angerufen?«

»Oh ja, das hat sie. Sie sind allerdings nicht ans Telefon gegangen, sondern eine Frau … Wie war doch gleich ihr Name?«

»… Foster?«, beendete Emanuel den Satz tonlos.

»Richtig.«

Das wäre dann der zweite Schlag ins Gesicht, den der Bildhauer an diesem Tag einsteckte. ›Natalie hat mit Frau Naumann telefoniert, wusste also schon vorgestern, dass Mourice verschwunden ist. Und sie hat nichts gesagt. Verdammt, Sienna ist auf die Textnachrichten hereingefallen, weil sie nicht wusste, dass die nicht von ihm stammen können. Nur deswegen ist sie zu dem Treffen vor der Turnhalle gegangen und entführt worden.‹ Bei diesem Gedankengang lief es Emanuel eiskalt den Rücken hinunter. Zwar brachten *Was wäre Wenn*-Überlegungen nichts, aber er konnte sich ihrer dennoch nicht erwehren.

»Ich werde mit Natalie reden«, sagte er laut, aber trotzdem mehr zu sich selbst als zu Herrn Naumann.

»Das wird aber nichts mehr ändern«, wandte dieser ein.

»Ich weiß. Aber ich möchte ihre Reaktion sehen«, gestand Emanuel und wusste im selben Moment, dass dies stimmte. Er musste wissen, ob Natalie schlichtweg vergessen hatte, etwas so Wichtiges zu erwähnen, oder ob sie – und das mochte er sich kaum vorstellen – absichtlich Informationen zurückgehalten hatte.

Da Emanuel direkt nach dem Gespräch mit Mourice´ Vater nach Hause gekommen war, hatte er noch keine Gelegenheit gehabt, Natalie zu sehen und zur Rede zu stellen. Momentan erschien es ihm aber ohnehin wichtiger, mit

Sienna zu sprechen. Wobei die nach wie vor nichts gesagt hatte. Die Angst, sie könnte ihm sein Fehlverhalten nicht verzeihen, wuchs. ›Ich kann es ihr nicht einmal verdenken. Sie hat jedes Recht, stocksauer auf mich zu sein.‹

Plötzlich tat Sienna etwas Unerwartetes: Sie erhob sich und holte eine Zeitung von der Kommode am Eingang. An dieser war Emanuel zuvor achtlos vorbeigegangen, mit den Gedanken woanders. Wortlos schlug sie eine Seite auf und hielt sie ihm hin.

»Was …?«, setzte er an, verstummte aber, als ihm der fett gedruckte Name der Bande, die Sienna entführt hatte, entgegensprang. Rasch überflog der Bildhauer den kurzen Abschnitt und wurde mit jedem Wort aufgebrachter.

»Das können die doch nicht drucken. So ein Schmutz. Das nennt sich Journalist. Na warte, der wird mich kennenlernen«, rief Emanuel und stürmte aus der Wohnung.

»Ist das gerade wirklich passiert?«, flüsterte Sienna, die nun endlich ihre Stimme wiedergefunden hatte. Zu durcheinander, um sich jetzt intensiver damit zu befassen, nutzte sie den Moment des Alleinseins aus, um ihre Patentante anzurufen. ›Dann ist es wenigstens nicht still in der Wohnung‹, dachte sie hoffnungsvoll.

»Mir ist nichts passiert. Ich bin nur müde.« Mit diesen Worten versuchte Sienna Katharina zu beruhigen. Inzwischen hatte sie ihrer Patin von den Ereignissen der vergangenen Tage erzählt. Zuvor hatte Kat wie ein Wasserfall von ihrem reservierten Hotelzimmer in Leipzig geredet und davon, wie sehr sie sich auf das bevorstehende Treffen freute. Dieses würde in einem Café in der Innenstadt stattfinden. Sienna war mit allem einverstanden und einfach nur erleichtert, Jonah nicht allein gegenüberzutreten. Kat bat zudem darum, dass sie sie vom Bahnhof abholte und ins Hotel begleitete. Darin sah Sienna kein Problem und konnte es kaum erwarten, sie persönlich kennen zu lernen.

»Die Polizei wird das schon gut untersuchen. Fabi ist ja bereits in Gewahrsam, ebenso ein Großteil der Bandenmitglieder. Die übrigen werden auch bald gefasst sein«, meinte Katharina zuversichtlich.

»Ich weiß«, murmelte Sienna, die sich innerlich immer wieder versichern musste, dass es vorbei war.

»Sie können weder dir noch Mo was antun. Nicht mehr«, versprach ihre Patin.

Stoßartig entließ Sienna den Atem, den sie unwillkürlich angehalten hatte. Kat hatte intuitiv erkannt, was ihr Sorgen bereitete.

»Aber irgendwie hab ich das Gefühl, das da noch mehr kommt. Keine Ahnung, wie ich es erklären soll«, gab Sienna flüsternd zurück.

›Ein Glück ist sie den Idioten entkommen. Das hätte richtig schlimm ausgehen können. Die wissen gar nicht, was sie ihr damit angetan haben‹, dachte Katharina bitter. Wenn sie könnte, würde sie Fabi und seiner Bande die Hälse herumdrehen. ›Und Manu gleich mit. Was denkt der sich, Sienna nicht zu glauben, dass sie entführt wurde? Als ob sie sich so was ausdenken würde! Wenn ich den in die Finger kriege. Er müsste es doch auch besser wissen, als es sich mit seinem einzigen Kind zu verscherzen.‹ Fast hätte Katharina ihre Patentochter aufgefordert, Emanuel ans Telefon zu holen, um ihn zurechtzuweisen. Zum Glück überlegte sie es sich noch anders, weil sie Siennas Vater nicht stutzig machen und damit den Plan gefährden wollte. ›Bisher ist er ja völlig ahnungslos und so wollen wir es auch belassen‹, dachte Kat wieder etwas ruhiger.

Nachdem die beiden alles geklärt hatten, beendeten sie das Gespräch und gingen ihren jeweiligen Beschäftigungen nach. In Siennas Fall bedeutete das, für eine Geografiearbeit zu lernen. Es sollte die letzte in diesem Schuljahr sein, schließlich war in wenigen Tagen Notenschluss. Unter anderem, weil das Ende in greifbarer Nähe lag, ging das Lernen heute wie von selbst. Zusätzlich war Sienna noch immer bester Laune, weil sie am Morgen für ihren gelungenen Geschichtsvortrag eine Eins bekommen hatte. Diese Note war noch verdienter, weil Sienna gerade so viel anderes im Kopf und dennoch triumphiert hatte.

Als sie fertig mit Lernen war, rief sie Mourice an und fragte ihn, was seine Eltern vom berüchtigten Zeitungsartikel hielten. Bisher hatten die beiden Freunde keine Gelegenheit gehabt, sich darüber zu unterhalten, denn ständig tauchten in der Schule Leute auf, die wissen wollten, was sie erlebt hatten. Seitdem hielten sich Mo und sie voneinander fern, um nicht noch mehr Aufmerksamkeit auf sich zu lenken. Mourice konnte ihr nicht mehr erzählen, als dass seine Eltern wutschnaubend das Haus verlassen hatten, ohne zu sagen, wohin sie gingen.

Kapitel 18

Laute Stimmen rissen Sienna Stunden später aus dem Schlaf. Als sie zu sich gekommen war und genauer hinhörte, erkannte sie Natalie und ihren Vater. Die Erwachsenen stritten über den Zeitungsartikel und schienen sich nicht einig zu sein, was sie deswegen unternehmen sollten.

»Du hättest mir vorher sagen sollen, dass du zur Redaktion gehst!«, beschwerte sich Natalie gerade.

»Und wieso hätte ich das tun sollen? Es war schon später Nachmittag. Ich kam selbst erst kurz vor Schließung dort an«, entgegnete ihr Vater.

»Dann hätte ich es dir ausgeredet, denn das war völlig übertrieben«, gab Natalie zurück.

»Übertrieben?«

»Ja, ich verstehe gar nicht, warum du deswegen so einen Aufstand machst. Nimm doch den Mist nicht so ernst.«

Sienna klappte vor Überraschung der Mund auf. Sonst war es Natalie doch immer so wichtig, was andere über sie dachten. Ihr Verlobter wurde in dem Artikel angegriffen. Dadurch war Natalie indirekt auch betroffen. Warum motivierte sie das nicht, etwas dagegen zu unternehmen? Zumal sie seine Managerin war und dieser Artikel geschäftsschädigend sein konnte.

Zu Siennas Erstaunen wich ihr Vater nicht wie sonst dem Konflikt aus, sondern erwiderte gereizt: »Weswegen ich so einen Aufstand mache? Was ist los mit dir, Nat? Dieser Schmutzartikel bedroht alles, wofür wir gemeinsam so hart gearbeitet haben! Nicht zu vergessen, welcher Blödsinn darin über Sienna und Mourice berichtet wird. Die beiden ein Paar? Das fällt doch definitiv unter das Persönlichkeitsrecht. Und unter den Jugendschutz, da beide noch minderjährig sind. Ohne unser Einverständnis hätte nie über sie geschrieben werden dürfen!«

Offenbar war auch Natalie verblüfft über ihren Verlobten, denn sie entgegnete nichts darauf. Stattdessen fuhr der Vater fort:

»Wo wir schon über mangelnde Kommunikation reden, sag mir doch mal, warum du nicht erzählt hast, dass Frau Naumann an dem Abend, als Mourice nicht nach Hause kam, bei uns angerufen hat?«

»Wovon redest du?«, fragte Natalie ungläubig.

»Ach, spiel jetzt nicht die Unwissende! Sienna hat es mir gesagt. Und als ich heute Mourice´ Vater getroffen habe, hat er es bestätigt. Was hast du dir nur dabei gedacht? Und ich habe an Sienna gezweifelt. Wie soll ich das nur wieder gutmachen?«

›Wow‹, dachte Sienna.

Natalie fand nicht nur ihre Sprache wieder, sondern änderte jetzt offenbar auch ihre Taktik.

»Na schön, dann habe ich eben mit Frau Naumann telefoniert. Was soll´s, du kannst den Jungen doch sowieso nicht leiden, sondern wünschst ihn am liebsten zum Teufel.«

»Wie bitte? Mourice war in Gefahr und du hättest helfen können. Du und Sienna, wenn sie denn eine Chance dazu bekommen hätte. Verdammt. Die Höllenritter haben ihn verletzt. Was, wenn sie ihn getötet hätten? Was dann?« Den letzten Teil schrie ihr Vater. »Und was ist mit seinen Eltern, hast du an die gar nicht gedacht? Sie müssen entsetzliche Ängste ausgestanden haben. Nicht zu wissen, wo das eigene Kind ist, das Schlimmste zu befürchten. Quasi jeden Moment damit zu rechnen, dass das Telefon klingelt und die Polizei einem sagt, es sei tot. Kannst du dir überhaupt vorstellen, wie es für Eltern ist, ein Kind zu verlieren? Kannst du das?«

Es dauerte eine Weile, bis Natalie ihre Stimme wiederfand.

»Was ist mit Sienna?«, fragte sie.

»Sie wurde entführt. Und zwar deinetwegen. Hättest du uns von dem Anruf erzählt, wäre sie nicht auf die falschen Nachrichten hereingefallen. Dann wäre sie nie zu diesem Treffen gegangen und auch nicht entführt worden. Himmel, Sienna hätte ernsthaft verletzt werden können oder sogar Schlimmeres!« Bei diesen Worten überschlug sich die Stimme des Vaters.

Aufgebracht entgegnete Natalie: »Ist doch nicht meine Schuld, dass Sienna auf die Entführer hereingefallen ist!«

Sienna schrak zusammen, als sie einen lauten Knall hörte. Erst nach einigen Sekunden konnte Sienna dieses Geräusch einordnen. ›Paps hat irgendwo draufgehauen.‹

»Sie ist erst vierzehn! Natürlich rechnet sie nicht mit so was! Außerdem ging Sienna davon aus, dass ihr bester Freund ihr die Nachricht geschickt hat!«, schrie Emanuel mit vor Wut bebender Stimme.

Das folgende Geräusch klang, als würde Natalie mit dem Fuß auf den Fußboden stampfen. ›Hoffentlich bricht sie sich keinen Absatz ab‹, dachte Sienna bissig. Ihr Vater sprach weiter, jetzt mit angestrengt ruhiger Stimme: »Zurück zum Thema: Du hast mir nicht nur verschwiegen, dass Mourice´ Mutter hier angerufen hat, nein, zusätzlich dazu hast du mir gerade ohne zu zögern ins Gesicht gelogen. Ich habe Sienna misstraut, weil mir ihre Entführung wie ausgedacht vorkam. Jetzt frage ich mich, ob sie vielleicht auch früher schon die Wahrheit gesagt hat, auch wenn es nicht so wirkte.«

»Aber du musst doch jetzt nicht damit anfangen, in der

Vergangenheit zu wühlen«, erwiderte seine Verlobte besänftigend. Sienna konnte sich lebhaft vorstellen, wie Natalie auf Emanuel zuging, ihm die Arme um den Hals legte und ihm ihr schönstes Lächeln schenkte. ›Genauso schafft sie es jedes Mal, ihn auf ihre Seite zu ziehen. Verdammt, gleich knickt er ein.‹ Das wollte sie lieber nicht hören und machte einen Schritt von der Tür weg.

»Doch, muss ich«, hörte sie ihren Vater sagen. »Ich halte es nämlich mittlerweile für möglich, dass sich die Beziehung zu meiner Tochter nur deswegen so verschlechtert hat, weil du mich manipulierst!«

»So ein Unsinn! Diesen Floh hat sie dir ins Ohr gesetzt«, schnaubte Natalie.

»Genau das meine ich. Du stellst Sienna als die Schuldige dar«, empörte er sich.

»Aber Schatz, das ist doch gar nicht wahr. Ich bin nur realistisch«, behauptete seine Verlobte.

»Realistisch?«

»Natürlich. Ich will damit nur sagen, dass du dich von ihr beeinflussen lässt. Sienna weiß genau, welche Knöpfe sie bei dir drücken muss, damit du tust, was sie will. Sie lässt dich nach ihrer Pfeife tanzen, begreifst du das nicht?«

›Warum sagt er denn nichts? Er glaubt ihr wieder‹, dachte Sienna zugleich traurig und wütend.

Das Schweigen ihres Verlobten verstand Natalie offenbar als Zustimmung, denn sie fuhr fort: »Ich weiß nicht, wie lange ich das noch schaffe. Ich dachte, es wird mit der Zeit besser, aber das ist nicht passiert. Deine Tochter akzeptiert mich nicht, versucht stattdessen, uns auseinanderzubringen. Und du unternimmst absolut nichts dagegen!« Jetzt hatte ihre Stimme einen weinerlichen Ton angenommen. Dieser zeigte Wirkung.

»Und was soll ich deiner Meinung nach unternehmen?«,

erkundigte sich Emanuel.

Mit der Antwort ließ sie sich Zeit, schluchzte erst einmal theatralisch.

›Ich kotz´ gleich‹, dachte Sienna angewidert.

»Ich bin sicher, es würde helfen, wenn Sienna die Chance bekäme, sich die Hörner abzustoßen«, sagte Natalie dann.

»Sie soll sich die Hörner abstoßen?«, wiederholte Emanuel in einem Tonfall, der den Eindruck erweckte, als zweifelte er an Natalies Zurechnungsfähigkeit.

»Nun, ich denke, es ist für alle Beteiligten das Beste, wenn Sienna für eine Weile nicht bei uns wohnt.«

Dieser Eröffnung folgte schier endlose Stille. Siennas Herz klopfte so laut, dass sie Angst hatte, die beiden könnten es hören. Innerlich sagte sie wieder und wieder dasselbe Mantra: ›Bitte nicht, bitte nicht, bitte nicht.‹

»Und wo soll sie sonst wohnen?«, wollte ihr Vater endlich wissen.

»Hast du schon einmal von Schloss Salem gehört?«

»Nein.«

»Das ist eine Schule in Baden-Württemberg mit ausgezeichnetem Ruf.«

»Du willst, dass ich Sienna auf ein Internat schicke?«

»Es ist nicht *irgendein* Internat. Sie bekäme dort die bestmögliche Ausbildung und fände Freunde fürs Leben. Vertrau mir, im Lebenslauf macht es sich gut, wenn Salem mit drinsteht.«

»Du kennst dich ja sehr gut aus«, bemerkte ihr Vater bissig.

Natalie schien das jedoch als Kompliment zu verstehen, wie ihre Reaktion zeigte: »Oh ja, es ist sehr wichtig, informiert zu sein. Außerdem war ich, wie du weißt, selbst auf einer solchen Schule. Salem habe ich mir damals mit mei-

nen Eltern auch angesehen, fand es aber zu provinziell.«
Ihre Stimme hatte einen abschätzigen Ton angenommen.
»Aber zu deiner Tochter passt es bestimmt.« Wütend dachte Sienna: ›Es geht nur um sie! Interessiert denn niemanden, was ich will?‹

»Ich finde …«

Sienna war drauf und dran, ins Wohnzimmer zu stür-
men, als sie ihren Vater wütend sagen hörte: »Genug jetzt!
Denkst du wirklich, ich würde meine Tochter einfach so
abschieben? Ich verliere nicht noch ein Familienmitglied!
Du willst sie doch nur aus dem Weg haben, weil du Sienna
nicht leiden kannst! Sie hat dich sofort durchschaut und
begriffen, dass bei dir alles nur Fassade ist!«

»Was fällt dir eigentlich ein?«, fauchte Natalie.

»Ich brauche Luft zum Atmen. Im Moment weiß ich
nicht, ob das mit uns noch passt«, antwortete der Vater
geradeheraus.

»Du schmeißt mich raus? Hast du den Verstand verloren?«

»Geh jetzt! Raus!«, brüllte Siennas Vater unnachgiebig.

»Pff, du kannst mich mal«, bemerkte Natalie wütend.
Stuhlbeine scharrten über den Boden. »Aber dann musst
du ab jetzt allein mit deiner störrischen Tochter zurecht-
kommen.« Mit den Worten »Erwarte bloß nicht, dass ich
mich zuerst melde!« knallte sie die Tür hinter sich zu.

›Was für ein dramatischer Abgang‹, dachte Sienna, die
noch ganz mitgenommen von den Geschehnissen war.
›Paps denkt, die Geschichte würde sich wiederholen. Dass
er mich verliert, wie er Mum verloren hat. Aber das wird
nicht passieren. Er hat endlich für mich gekämpft.‹

Das stimmte, änderte aber nichts daran, dass er dies
bisher nicht getan hatte und Siennas Vertrauen in ihn er-
schüttert war. Ihr kam ein neuer und äußerst unliebsamer

Gedanke: ›Wahrscheinlich haben sie sich morgen um die Zeit schon wieder vertragen.‹

Wieder scharrten Stuhlbeine, ein Schlüsselbund klirrte, energische Schritte auf dem Parkett, dann fiel die Wohnzimmertür erneut zu. Sienna wusste, wohin ihr Vater ging: in sein Refugium. Nie hatte dieser Ort der Bezeichnung mehr entsprochen.

Gedankenverloren trat Emanuel auf die Straße. ›Heute hat mir Natalie ein Gesicht gezeigt, das ich von ihr bisher nicht gesehen habe. Oder wollte ich nur nicht wahrhaben, was schon immer da war? Himmel, das wäre noch schlimmer. Von allem, was sie gesagt hat, ist am schlimmsten, dass Natalie Sienna und Mourice mutwillig in Gefahr gebracht hat. Wenn Sienna verletzt worden wäre oder …‹ An die möglichen weiteren Folgen wollte Emanuel gar nicht denken. Auch konnte er Natalie nicht bei ihrem Kosenamen nennen. Zu wütend war er auf sie. In Bezug auf seine Tochter entschied er: ›Ich muss mein Mädchen schützen. Mag sein, dass Sienna körperlich keinen Schaden genommen hat. Aber die Albträume, die sie nachts hat, sind mit Sicherheit eine Folge der Entführung. Sie ist traumatisiert.‹ Mehr als einmal hatte Emanuel seine Tochter in den vergangenen Nächten aus dem Schlaf geweckt, weil sie schrie oder laut wimmerte. Sie hatte schreckliche Angst, erneut eingesperrt zu werden, und durchnässte mit ihren Tränen sein Schlafshirt. Schließlich sank sie jedes Mal wieder erschöpft in den Schlaf.

Am nächsten Morgen erinnerte sich Sienna dann nicht mehr an die Schrecken der Nacht.

›Ein Schutzmechanismus‹, dachte der Bildhauer und war froh darüber. ›Ich sollte sie bei einem Traumatherapeuten anmelden. Aber vorher spreche ich mit ihr darüber.

Die Therapie wird nur wirken, wenn sie bereit dafür ist und sich öffnet.‹

Kapitel 19

Auf dem Weg zur Schule erzählte Mourice Sienna davon, dass seine Eltern mit dem Journalisten Erwin Rudolph gesprochen hatten und dieser keinen Gegenartikel schreiben wollte. »Deswegen haben sie ihren Anwalt darauf angesetzt.«

»Gut so, geschieht ihm recht. Aber dafür hat Paps gerade gar keinen Kopf, glaube ich. Natalie und er haben sich nämlich heute Morgen heftig gestritten«, sagte Sienna und konnte den hoffnungsvollen Tonfall in ihrer Stimme nicht vermeiden.

»Erst mal abwarten. Noch ist Natalie nicht weg«, warnte Mo seine beste Freundin.

›Stimmt leider‹, dachte sie und erinnerte sich beunruhigt daran, wie ihr Vater dieser Frau innerhalb kürzester Zeit verfallen war. Um sich selbst Mut zu machen, erwiderte sie: »Mein Tag fing super an. Versau mir das jetzt nicht.«

»Ich bin nur realistisch und will nicht, dass du enttäuscht wirst«, entgegnete ihr bester Freund achselzuckend.

Sie nickte. ›Kein Grund, auch noch auf ihn sauer zu werden.‹ Da waren schon genug widerstreitende Gefühle in ihrem Inneren.

Gerade als Sienna und Mo nach der letzten Unterrichtsstunde das Schulgelände verließen, wurden sie von den Birkenzwillingen aufgehalten.

»Da kommt ja das Traumpaar«, begrüßte Björn sie mit spöttischem Grinsen.

»Was wollt ihr?«, fragte Sienna ungeduldig. Sie wollte nur noch heim. Es war so anstrengend, von allen Seiten angestarrt zu werden. Mo und sie waren noch immer das Gesprächsthema der Schule.

»Ach, wir wollten nur wissen, ob ihr euch im Park wieder vor euren Eltern versteckt«, antwortete Ben mit Unschuldsmiene.

»Warum wusste ich, dass ihr diesen Mist glaubt?«, fragte Sienna augenrollend.

Achselzuckend meinten die Jungen: »Vielleicht, weil du weißt, dass wir mit dem Reporter geredet haben.«

Sienna und Mourice tauschten einen verwirrten Blick.

»Soll das ein Witz sein?«, fragte Mo dann.

Die Brüder lachten spöttisch und schüttelten die Köpfe. »Nee. Seid mal dankbar dafür, dass ihr jetzt nicht mehr heimlich ficken müsst.«

Mo wurde bei diesen Worten rot vor Wut. Sienna erahnte die nahende Katastrophe und wechselte schnell das Thema: »Wie habt ihr überhaupt von der Entführung erfahren?«

»Unsere Schwester ist Polizistin. Sie war bei der Festnahme der Höllenritter dabei und hat uns davon erzählt«, antwortete Björn bereitwillig.

Sienna schwieg, zu verblüfft, um sich dazu zu äußern. Mourice ging es nicht anders. Bisher war er davon ausgegangen, dass die im Artikel erwähnten Bekannten Herrn Rudolphs Fantasie entsprungen waren. Beide erinnerten sich allerdings an die junge Polizistin, die sie nach der Festnahme zum Revier gefahren und Sienna befragt hatte.

»Warum erzählt ihr uns das?«, erkundigte sich Mo schließlich.

»Wir wollten eure Gesichter sehen, wenn ihr es erfahrt. Hat sich übrigens echt gelohnt«, erwiderte Bens selbstzufrieden.

›Diese Arschlöcher‹, dachte Sienna und verlor für einen Moment die Beherrschung. In der Folge fingen sich sowohl Ben als auch Björn eine saftige Ohrfeige ein. Die Jungen, einschließlich Mourice, starrten sie fassungslos an. Abrupt wandte sich Sienna ab und rannte los. Mo holte sie bald ein und zwang seine beste Freundin zum Anhalten.

»Das war klasse. Ich hätte dasselbe getan, war nur langsamer als du«, kommentierte er ihre Tat.

Unwirsch schüttelte das Mädchen den Kopf. »Sie haben Infos von ihrer Schwester bekommen und diese einem drittklassigen Schreiberling als haarsträubende Story aufgetischt! Warum machen die so was? Wir haben ihnen doch nie etwas getan.«

Mo zuckte die Schultern. »Keine Ahnung. Aber vielleicht sind die eifersüchtig, weil du in den meisten Sachen besser bist als sie, oder die beiden wollen sich dafür rächen, dass sie Strafarbeiten erledigen mussten.«

»Aber dafür kann ich doch nichts. Das war ihre eigene Schuld«, widersprach Sienna mit Nachdruck.

»Musst du mir nicht sagen. Ich weiß, wie es wirklich war«, erinnerte Mo. »Wäre ja auch möglich, dass sie einfach zwei verfluchte Mistratten sind, die darauf stehen, ihre Mitmenschen zu quälen«, überlegte er laut.

»Voll.« Dieser Gedanke leuchtete ihr tatsächlich ein.

»Das waren übrigens zwei echt gute Schläge«, fügte er dann anerkennend hinzu.

»Das war Notwehr«, behauptete Sienna.

Darauf erwiderte ihr bester Freund vorsorglich nichts, sondern lächelte nur vor sich hin.

Schlecht gelaunt kam Emanuel nach Hause. Seine Schuhe schleuderte er so heftig ins Regal, dass sie direkt wieder herausfielen.

»Verdammter Zeitungsartikel«, brummte er. Dieser hatte ihn drei wichtige Aufträge gekostet, da seine Kunden das Gelesene ernst nahmen und mit einem Menschen, der alkoholkrank war und seine Tochter unterdrückte, nichts zu tun haben wollten. Er war deswegen arg beschimpft worden. Noch immer wurde seine Anzeige gegen den Journalisten bearbeitet, ebenso wie die der Naumanns.

Aber nicht nur aus diesem Grund war er wütend. Sein Streit mit Natalie lag ihm noch schwer im Magen. Erst an diesem Morgen war ihm aufgegangen, wie fest er unter ihrem Pantoffel gestanden hatte. Gleichzeitig begriff er: ›Sienna hat Natalie vom ersten Tag an durchschaut und seitdem versucht, mich zu warnen.‹ Es tat ihm entsetzlich leid, dass er nicht auf ihre Warnungen gehört, sondern sie stattdessen bestraft hatte. ›Wie konnte ich nur so blind sein? Es muss Anzeichen gegeben haben.‹ Jetzt fiel ihm wieder die Party ein, auf der Natalie von Sienna ein mit Zimt verfeinertes Getränk bekommen hatte, das eine allergische Reaktion bei ihr auslöste. Ihr daraus resultierendes unhöfliches Benehmen hatte womöglich ihr wahres Ich widergespiegelt.

»Sie ist sowieso eine ziemliche Diva«, überlegte Emanuel laut. »So gern, wie sie im Mittelpunkt steht und aus meinen Ausstellungen ein regelrechtes Spektakel macht, mit ihr in der Hauptrolle.« Bisher hatte er das als vorteilhaft empfunden, weil dadurch mehr Besucher und somit potenzielle Kunden angelockt wurden, doch nun sah Emanuel das anders. Während es für ihn am wichtigsten war, mit seinen Werken eine Botschaft zu vermitteln, hatte seine Verlobte nur das Finanzielle im Blick.

»Ich weiß nicht mal, ob Natalie meine Skulpturen überhaupt mag. Sie spricht ja nur davon, welchen Preis wir dafür erzielen können.« Im Allgemeinen schien sowieso sie selbst ihr liebstes Gesprächsthema zu sein. Hierbei insbesondere ihre Frisur, Kleidung und ihr Make-up. »Total oberflächlich. Himmel, wieso habe ich das nicht früher gemerkt? Das hätte niemals funktioniert. Nicht auf lange Sicht jedenfalls.«

Emanuel zweifelte an seinem Urteilsvermögen und begriff nicht, warum er für diese Frau das gute Verhältnis zu seiner Tochter aufs Spiel gesetzt hatte. »Hoffentlich ist es noch nicht zu spät, die Sache mit Sienna geradezubiegen.«

Sienna war neugierig, ob ihr Paps wegen Natalie schon eine Entscheidung getroffen hatte. Als sie die Dachgeschosswohnung betrat, hörte sie jedoch, wie er sich am Telefon mit seinem Anwalt stritt. Aus seinen Worten konnte sie schlussfolgern, dass wohl das Verfahren gegen Erwin Rudolph vorerst hintenan gestellt wurde, da sich die Polizei um die Ermittlung gegen die Höllenritter kümmern musste.

›Shit. Paps verliert dadurch seinen guten Ruf. Hoffentlich kümmern sich die Polizisten bald darum. Dieser Mistsack von einem Reporter. Kann der nicht einfach mit seinen Ordnern in seinem Büro verrotten?‹, dachte Sienna wütend.

Kapitel 20

Die folgenden Tage waren für Sienna und Mourice nicht leicht. Zunächst wurden sie gebeten, auf dem Polizeirevier eine weitere Aussage zu ihrer Entführung zu machen. Dabei wollten sie das Ganze doch vor allem vergessen.

Etwas Gutes gehörte jedoch auch zu diesen drei Wochen: Emanuel erzählte Sienna von seinen Zweifeln am Fortbestehen seiner Verlobung. Dass sie seinen Streit mit Natalie heimlich mit angehört hatte, behielt Sienna für sich. Sie fühlte, wie sich bei diesen Worten der Knoten in ihrem Inneren zu lösen begann, und hoffte inständig, ihre Beinahe-Stiefmutter würde einfach verschwunden bleiben. Gemeldet hatte sich Natalie jedenfalls bislang nicht mehr, ganz so, wie sie es angekündigt hatte.

Ihre Abwesenheit wirkte sich spürbar positiv auf die Beziehung zwischen Sienna und Emanuel aus. Sienna verschwand nun nicht mehr schnurstracks in ihrem Zimmer. Stattdessen verbrachte sie bereitwillig Zeit mit ihrem Vater und unterhielt sich wieder so offen mit ihm wie früher.

Diese Veränderungen blieben auch Emanuel nicht verborgen. Endlich hatte er seine Tochter wieder. ›Ich darf nicht noch mal was zwischen uns kommen lassen‹, dachte er entschieden.

Noch etwas fiel ihm auf, das allerdings alles andere als erfreulich war: Seine Geschäftsbücher waren frisiert worden. Die darin vermerkten Einnahmen stimmten nicht mit der Wirklichkeit überein. Als er dies für drei unterschiedliche Monate festgestellt hatte, stieg sein Misstrauen in ungeahnte Höhen. In mühevoller Recherchearbeit fand der Bildhauer heraus, dass jeder einzelne Bericht verändert worden war – beginnend ab dem Zeitpunkt, da Natalie die alleinige Verantwortung für seine Finanzen übernommen hatte. Emanuel war sich sicher: ›Das kann kein Zufall sein.‹ So ungeheuerlich der Gedanke auch war, führte doch kein Weg daran vorbei: Seine Verlobte trieb ein unlauteres Spiel. Fragte sich nur, woher die Mehreinnahmen stammten. Er verdiente zwar gut mit seinen Ausstellungen und Verkäufen, aber nicht so gut.

Was machte Natalie nebenbei, dass solche Beträge über ihren Tisch gingen? Er hatte ein ganz schlechtes Gefühl bei der Sache. Sein Bauch sagte ihm, dass hier etwas Illegales geschah. Etwas, womit Emanuel nichts zu tun haben wollte. Keinesfalls durfte er riskieren, eventuell eine Mitschuld zugesprochen zu bekommen. ›Ich kann Sienna nicht verlieren. Wenn ich wegen irgendwas hiervon belangt werde, hat sie keine Familie mehr.‹ Innerlich wusste er, dass das nicht stimmte. Die Naumanns würden sich bestimmt um sie kümmern. Und Tanjas Familie genauso. Aber trotzdem …

Emanuel wusste, was er zu tun hatte. Eine leise Stimme in seinem Hinterkopf warnte ihn davor, seine Verlobte an den Pranger zu stellen. Schließlich basierte seine Anschuldigung nur auf einer zufälligen Entdeckung, somit auf Indizien und seinem Bauchgefühl. ›Verrate ich sie? Was, wenn ich mich irre?‹ Aber sein Wunsch, die Wahrheit zu erfahren und seine Tochter zu schützen, war größer. Natürlich könnte Emanuel mit Natalie persönlich über seine Entdeckung sprechen. Doch mittlerweile vertraute er ihr nicht mehr genug, um mit einer ehrlichen Antwort zu rechnen. Wenn er sich wirklich irrte, würde das sehr peinlich für ihn werden. ›Aber dann wäre ich zumindest nicht monatelang von einer Betrügerin ausgenommen worden und ihr auf den Leim gegangen.‹ Allein der Gedanke und die dahinterliegenden Motive bereiteten ihm eine Gänsehaut.

›Ich muss die Wahrheit wissen‹, dachte er und griff entschlossen nach seinem Handy. Allerdings nicht, um sich mit Natalie in Verbindung zu setzen, sondern mit seinem Anwalt. Mit dem hatte Emanuel in den vergangenen Tagen mehr geredet als je zuvor. Mittlerweile war er schon in seiner Kurzwahl.

Siennas Verabredung mit Katharina und damit ihre Hoffnung, mehr über ihre Mum zu erfahren, rückten näher

Ihrem besten Freund blieb ihre zunehmende Aufregung nicht verborgen. Deswegen fragte er sie geradeheraus: »Was ist eigentlich in letzter Zeit mit dir los?«

»Was meinst du?«, hakte Sienna verwundert nach.

»Du bist dauernd mit den Gedanken woanders.«

Da die beiden nun endlich einen ruhigen Moment hatten, weihte sie ihn rasch in ihren Plan ein.

»Ich wusste es!«, rief Mourice hinterher triumphierend aus. Verblüfft fragte Sienna: »Wieso weißt du davon?«

»Tja, du erzählst mir sonst alles. Ich wusste, du hast irgendwas vor«, antwortete er. Worum genau es sich handelte, hatte er allerdings bis eben nur vermuten können. ›Ich dachte, sie heckt was gegen die Birkenzwillinge aus. Aber das hier ist besser. Vielleicht findet Sienna endlich ein paar Antworten auf ihre Fragen.‹ Er wusste, wie sehr es sie belastete, nichts über ihre Mutter zu wissen.

»Ich könnte dich zu dem Treffen begleiten«, bot Mo an.

Darüber dachte Sienna kurz nach, erwiderte dann jedoch: »Das ist voll lieb von dir, aber ich möchte Kat erst mal so kennenlernen. Außerdem glaube ich, dass zu viele Leute Jonah abschrecken würden.«

»Klar, kann ich verstehen. Aber wenn irgendwas ist,

rufst du mich an, okay?«, forderte er mit Nachdruck.

»Das ist bestimmt nicht nötig.«

»Mach es trotzdem.«

»Na schön, wenn du darauf bestehst.«

»Du kennst mich gut«, erwiderte er grinsend.

»Dummi«, brummte Sienna und wandte sich ab, damit Mo ihr Lächeln nicht bemerkte. Er hörte es dennoch und lachte vergnügt.

Die Bahnhofsuhr zeigte 13:20 Uhr an. Sienna wartete auf den Zug aus München. Mit jeder weiteren verstrichenen Minute wurde sie nervöser. ›Er ist jetzt schon vierzig Minuten zu spät.‹ Bereits dreimal hatte sie auf Katharinas Handy angerufen – jedes Mal erfolglos. Mailbox. Am Schalter fragte sie nach.

»Menschenskinder, die Jugend kennt aber auch keine Geduld mehr«, tadelte der ältere Mitarbeiter sie. Was sollte Sienna anderes tun, als weiter abzuwarten?

Es ging bereits auf 14:15 Uhr zu, als der Zug endlich in den Bahnhof einfuhr. Die Türen öffneten sich und plötzlich war Sienna umringt von herausströmenden Passagieren, die ihr die Sicht versperrten und sie zurückdrängten. Gegenwehr zwecklos. In der Hoffnung, von dort besser sehen zu können, stieg sie auf eine Bank. Allmählich leerte sich der Bahnsteig.

›Ist Kat gar nicht erst in den Zug eingestiegen? Warum ist sie nicht an ihr Handy gegangen oder hat mich zurückgerufen? Wenn ihr nun was dazwischengekommen ist? Oder sie hatte in Wirklichkeit nie vor, herzukommen. Vielleicht hab ich sie falsch eingeschätzt‹, dachte sie aufgeregt. ›Ich wollte so dringend glauben, Unterstützung zu haben. Aber es war zu schön, um wahr zu sein.‹

Bedrückt setzte sie sich auf die Bank und vergrub das

Gesicht in den Händen.

»Da bist du ja!«, riss sie wenige Minuten später eine Frauenstimme aus ihren trüben Gedanken.

Verblüfft blickte Sienna auf und bemerkte die breit grinsende Katharina Winters, umringt von allerlei Taschen und Koffern. Sofort war aller Groll vergessen, stattdessen fiel Sienna ihrer Patentante um den Hals.

Nach der Begrüßung musterten sie einander neugierig. Die Fotografin hatte stoppelkurze schwarze Haare, ein schmales Gesicht, eisblaue Augen und wirkte nicht im Geringsten wie eine Frau, die die dreißig überschritten hatte.

»Du siehst genauso aus wie deine Mutter«, verkündete Kat.

»Echt?«, fragte Sienna erstaunt. Zwar war ihr die Ähnlichkeit bereits aufgefallen, als sie Mums Foto in der Holzkiste entdeckt hatte, doch hörte sie es nun zum ersten Mal.

»Klar, du hast ihre Augen. Und denselben verschmitzten Blick«, erwiderte Kat. Nun huschte ein Lächeln über ihr Gesicht. »Und dieselben außergewöhnlichen Ohren. Bitte entschuldige, dass ich erst jetzt komme. Der Zug hatte Verspätung und als ich hier ankam, erfuhr ich, dass mein Gepäck weg ist. Der Typ hat mich allerdings verwechselt, das aber nicht sofort gemerkt. Dir konnte ich leider nicht Bescheid sagen, weil mein Akku leer ist. Perfektes Timing.«

Zum Beweis hielt Kat ihr Handy hoch und tippte auf dem schwarzen Bildschirm herum. Nichts passierte. Sienna glaubte ihr aber auch so. Sie musterte die Vielzahl der mitgebrachten Taschen und fragte vorsichtig: »Wie lange hast du denn vor zu bleiben?«

»So lange wie nötig. Und alles, was ich dabeihabe, ist auch nötig«, behauptete Katharina.

›Na klar‹, dachte Sienna belustigt, verkniff sich aber einen Kommentar. Zumal sie vermutlich gar nicht zu Wort gekommen wäre, denn ihre Patentante redete schon weiter: »Ich habe einen Mordshunger. Wo kann man denn hier gut essen?«

»Wir könnten zu meinem Lieblingsinder gehen. Bis dahin sind es nur drei Minuten zu Fuß«, schlug Sienna vor.

»Perfekt, den nehmen wir. Aber vorher bringen wir noch mein Gepäck ins Hotel. Sonst lassen die uns damit am Ende nicht ins Restaurant«, erwiderte Kat.

Eine Stunde später saßen Katharina und Sienna im Restaurant und ließen sich köstliche Curry-Gerichte schmecken. Sienna hätte am liebsten sofort über ihre Mutter gesprochen, doch Katharina bestand darauf, zuerst alles über die Entführung und deren Folgen zu erfahren. Etwas widerwillig erzählte Sienna von den Erlebnissen der vergangenen Wochen. Hinterher schwieg Kat noch eine Weile betroffen.

Als sie ihre Stimme wiederfand, fragte sie: »Manu hat dir also erst geglaubt, nachdem er den Anrufbeantworter abgehört und mit den Eltern deines Freundes geredet hat?«

»Jep, aber jetzt verstehen wir uns wieder besser. Und er hat sich große Sorgen gemacht, weil ich wegen der Entführung solche Albträume hatte. Ist zu mir ins Zimmer gekommen und hat mich im Arm gehalten, wenn er mich weinen hörte. Er hat mir sogar zu einer Therapie geraten. Aber ich glaube, das ist nicht nötig. Hauptsache, wir sind wieder allein. Er hat eingesehen, dass ich immer ehrlich war. Seit Natalie weg ist, kann er wieder klar denken«, antwortete Sienna erleichtert.

»Natalie, die Verlobte?«, hakte Katharina nach.

»Die hoffentlich baldige Ex-Verlobte«, knurrte Sienna.

»Was hat er nur an ihr gefunden?«, fragte Kat verständnislos.

Sienna antwortete achselzuckend: »Keine Ahnung, darüber wundere ich mich schon seit einem Jahr. Vermutlich werde ich es nie verstehen.«

Ihre Patin schlug vor: »Vielleicht sollte ich mal mit ihm reden. Diese Frau darf er auf keinen Fall wieder in euer Leben lassen.«

Erschrocken schüttelte Sienna den Kopf. »Bloß nicht! Das würde alles kaputt machen. Er käme sich bestimmt betrogen vor, weil ich hinter seinem Rücken Kontakt zu dir aufgenommen habe. Was, wenn er mir verbietet, dich zu treffen?«

»Schon gut, war nur so ´ne Idee«, besänftigte Kat Sienna, verblüfft über deren heftige Reaktion.

»Versprich mir, dass du nicht zu ihm gehst«, verlangte Sienna.

»Okay, wenn es dir so wichtig ist: Versprochen«, gab ihre Patin zurück. Sienna nickte erleichtert.

»Was sagen denn Mourice´ Eltern zu der ganzen Sache?«, wollte Katharina wissen.

»Sie sind wegen des Artikels stinkwütend und können noch immer nicht ganz nachvollziehen, warum gerade uns das passiert ist.« Hierbei verschwieg Sienna, dass die Naumanns keine Ahnung von Mos Vergangenheit bei den Höllenrittern hatten. Er hatte seiner besten Freundin das Versprechen abgenommen, niemandem davon zu erzählen. Sie bezweifelte allerdings, dass Mo sein Geheimnis noch lange vor seiner Familie verbergen konnte. Mittlerweile arbeiteten die zuständigen Beamten nämlich mit dem Freund seiner Schwester, der in einem anderen Polizeirevier tätig war, zusammen und hatten Zugriff auf die Akten der von Mourice unterstützten Ermittlung erhalten. Das befreite Sienna jedoch nicht von ihrem Versprechen. ›Er vertraut mir. Ich werde nichts sagen.‹

Nach dem Essen blieb noch ein wenig Zeit bis zum

Treffen mit Jonah.

»Ich möchte etwas von der Stadt sehen«, verkündete Katharina voller Enthusiasmus.

»Okay, wie wäre es mit dem Völki?«, schlug Sienna vor.

»Was ist das?«

»Lass dich überraschen.«

»Wow, das hat sich wirklich gelohnt«, bemerkte Kat beeindruckt, als sie auf der obersten Plattform des Völkerschlachtdenkmals, einem der Leipziger Wahrzeichen, stand. Sie genoss den kilometerweiten Blick. »Wie lange hat wohl der Bau gedauert?«

»Fünfzehn Jahre«, antwortete Sienna wie aus der Pistole geschossen.

Ihre Patin sah sie erstaunt an und fragte dann weiter: »Okay … Wie lange gibt es das Denkmal schon und wie hoch ist es?«

»Die Arbeiten endeten 1913 und es ist insgesamt einundneunzig Meter hoch. Bevor du fragst: Das Projekt kostete sechs Millionen Goldmark und verbaut wurden 120.000 Quadratmeter Beton. Der Spitzname ist Völki, wie du vorhin schon mitgekriegt hast.«

Ungläubig schüttelte Kat den Kopf. »Woher weißt du das alles?«

Sienna erwiderte: »Natalie spannt mich manchmal ein, wenn es darum geht, Kunden zu gewinnen.«

»Warum gerade dich? Sie weiß doch, dass du sie nicht leiden kannst.«

»Ja schon, aber ich würde meinen Paps nicht hängenlassen. Darauf zählt sie. Deswegen war ich schon voll oft hier und musste dabei immer langweilige Fakten runterrattern«, meinte Sienna ernst.

›Wie manipulativ diese Natalie ist‹, dachte Katharina voller Abneigung. Laut sagte sie: »Das tut mir leid. Aber sieh es so: Womöglich hast du es jetzt für immer überstanden, denn ich habe das Völki nun besucht und Natalie wird bald keine Rolle mehr in deinem Leben spielen.«

›Hoffentlich‹, wünschte sich Sienna inbrünstig. ›Wenn ein Dschinni vorbeikäme wie bei *Aladdin*, würde ich mir das von ihm wünschen. Oder gleich, dass Mum uns nie verlassen hätte.‹ Aber daran wollte sie gerade eigentlich gar nicht denken.

Kat meinte: »Wir sollten uns langsam auf den Weg machen. Jonah war nämlich noch nie sonderlich geduldig. Wenn wir ihn warten lassen, bekommt er bestimmt schlechte Laune und ist dann nicht mehr sehr hilfsbereit.«

›Endlich‹, atmete Sienna auf. Seit dem Moment, als Katharina dem Zug entstiegen war, saß sie wie auf heißen Kohlen und konnte gar nicht erwarten, Jonah zu treffen. Alles seitdem war wie ein Pausieren beziehungsweise Herauszögern gewesen. Weil sie den Mann auf keinen Fall schon vor ihrer ersten Begegnung gegen sich aufbringen wollte, schloss sich Sienna rasch ihrer zielstrebig zur Treppe laufenden Patin an.

Kapitel 21

Als Katharina und Sienna das Café erreichten, in dem das Treffen mit Jonah stattfinden sollte, hielt die Fotografin ihre Patentochter zurück und meinte entschieden: »Lass mich zuerst gehen. Ich schaue, ob er schon da ist, und falls ja, bereite ich ihn vor. Wenn ich winke, kommst du nach. Nicht eher! Verstanden?«

»Lass mich aber nicht zu lange warten!«, verlangte Sienna.

»Du bist echt wie deine Mutter.« Mit diesen grinsend geäußerten Worten verschwand Kat nach drinnen.

Sienna wartete einige Augenblicke, bevor sie ihr nachschlich und sich hinter der Garderobe versteckte. Von dort hatte sie eine gute Sicht auf die Gäste. Kat ging geradewegs auf einen der Tische zu und begrüßte den dort sitzenden Mann. Da er mit dem Rücken zu ihr saß, konnte Sienna sein Gesicht nicht sehen, nur wie groß er war, und sein aschblondes Haar. Zwar verstand sie nicht, was gesprochen wurde, erkannte aber an Katharinas Gesichtsausdruck, dass das Treffen nicht gut verlief. Jonah schien nicht einverstanden zu sein mit dem, was Kat zu sagen hatte, denn er erhob sich und lief kopfschüttelnd in Richtung Garderobe.

›Er will gehen‹, erkannte Sienna entsetzt. ›Ich kann nicht mehr warten.‹

Im Bruchteil einer Sekunde traf sie eine Entscheidung und verließ ihr Versteck.

Bevor Jonah die Garderobe erreichte, versperrte ihm ein Mädchen den Weg. ›Huch, wo kommt die plötzlich her?‹, wunderte er sich. Laut sagte er: »Entschuldige, ich habe dich nicht gesehen« und wollte weitergehen.

Da wandte sie ihm ihr Gesicht zu. »Was, du?«, entfuhr es ihm verblüfft.

›Ich sehe wirklich aus wie Mum‹, schoss es Sienna durch den Kopf. Jonahs Blick verriet eindeutig, dass er sie erkannte oder zumindest ahnte, wer sie war.

›Sie muss es sein. Aber wenn Sienna zeitgleich mit Kat hier ist, kann das kein Zufall sein‹, begriff er. Mit einer explosiven Mischung aus Wut und Empörung wandte sich Jonah zu Katharina um.

Diese lächelte entschuldigend und meinte: »Setzen wir uns. Wir haben einiges zu besprechen.«

Abgrundtief seufzend gehorchte Jonah. Sienna tat es ihm deutlich bereitwilliger gleich.

Er schaute sie unentwegt an, was ihr sehr unangenehm war. Es schien, als könnte Jonah seinen Blick nicht von ihr abwenden. Ohne recht zu wissen, wohin sie schauen sollte, begnügte sich Sienna mit einem Punkt schräg über seinem Kopf.

»Du bist also Emilias Tochter?«, wollte Jonah wissen. Es war mehr Feststellung als Frage.

Sienna nickte und erkundigte sich ihrerseits: »Sie sind Herr Neiler, ein Freund von ihr?«

Er nickte ebenfalls und meinte dann an Kat gewandt: »Ich verstehe allerdings nicht, warum sie hier ist.«

Katharina erklärte: »Sienna hat Kontakt zu mir aufgenommen, um Informationen über Emilia zu erhalten.«

Diese Offenheit überraschte Sienna. Sie hatten schließlich ausgemacht, Jonah nicht in ihren Plan einzuweihen, sondern ihn nur auszufragen. Offenbar hatte es eine inoffizielle Planänderung gegeben.

»Warum fragst du nicht deinen Vater?«, wollte Jonah erstaunt wissen. Eine durchaus berechtigte Frage.

»Er spricht nicht über Mum«, erwiderte Sienna betrübt.

Jonah kniff die Augen zusammen und murmelte: »Dann hat er sicher seine Gründe.«

›Jonah kennt diese Gründe‹, begriff Sienna. Einen Moment lang überlegte sie, ihm das auf den Kopf zuzusagen, entschied sich jedoch dagegen und änderte ihre Strategie: »Ich kenne Mums Namen, aber sonst weiß ich fast nichts über sie. Ihr kennt sie so viel besser«, sagte sie in weinerlichem Tonfall und mit demonstrativ niedergeschlagenen Augen. Sie spürte die Blicke der Erwachsenen auf sich und wusste, dass sie nun ihre volle Aufmerksamkeit hatte.

Ihr kleiner Gefühlsausbruch zeigte die erhoffte Wirkung. Jonah ergriff ihre Hand und sagte mit sanfter Stimme: »Du hast recht. Es ist nicht fair, dass wir deine Mutter besser kennen und mehr Zeit mit ihr verbracht haben als du.«

Sienna vergrub das Gesicht in den Händen und hoffte, ihn dadurch zum Weiterreden zu bringen. Ihr Plan ging auf.

»Bitte hör auf zu weinen. Ich werde dir alles erzählen«, versprach er schicksalsergeben. Einen Moment lang hielt Jonah inne, als erwartete er eine Reaktion von ihr. Sienna wagte jedoch nicht, sich zu rühren. Deswegen fuhr er fort: »Vielleicht hat Katharina dir schon erzählt, dass sie, deine Mutter und ich früher gut befreundet waren?«

Kat nickte bestätigend.

»Was ist dann passiert?«, erkundigte sich Sienna neugierig.

Jonah wirkte, als würde er gern wegrennen, riss sich dann jedoch zusammen und antwortete: »Deine Mutter hat deinen Vater kennengelernt.«

»Das ist alles? Ihr wart Freunde, dann ist sie mit meinem Paps zusammengekommen und eure Freundschaft war zu Ende?«, fragte Sienna ungläubig.

»Könnte man so sagen.«

»Erwarten Sie ernsthaft, dass ich Ihnen das glaube?«, schnaubte Sienna.

Ihre Worte entlockten Katharina ein Kichern und sie murmelte: »Wie die Mutter, so die Tochter.«

Jonah warf ihr einen finsteren Blick zu und zischte: »Hilf mir doch mal!«

Kopfschüttelnd erwiderte Kat: »Du kennst meine Meinung. Ich war nie einverstanden damit, Sienna anzulügen. Wäre es nach mir gegangen, hätte sie von Anfang an die Wahrheit gekannt.«

»Jetzt ist nicht der richtige Moment«, entgegnete er abwehrend.

Kat nickte zustimmend und bemerkte: »Stimmt, der richtige Moment ist es nicht, weil es ihn gar nicht gibt! Emi und Manu haben damals einen Fehler gemacht. Warum sollen wir den ausbaden? Sie waren es, die ihrer Tochter nicht die Wahrheit sagen wollten.«

Sienna horchte auf und fragte mit klopfendem Herzen: »Was meinst du damit? Was haben sie mir nicht gesagt?«

Jonah warf Katharina einen warnenden Blick zu, doch sie ignorierte ihn. »Also schön, alle Karten auf den Tisch: Dein Vater hat dir immer gesagt, du wärst seine einzige Tochter, nicht wahr?« Stumm nickte Sienna, unsicher, worauf Kat hinauswollte. »Nun, das war eine Lüge. Du hattest eine Schwester, eine Zwillingsschwester, genauer gesagt.«

Fassungslos starrte Sienna ihre Patin an. In ihrem Kopf fuhren die Gedanken Achterbahn.

»Das kann gar nicht sein! Ich bin Einzelkind. Immer schon gewesen«, erwiderte sie, als sie ihre Stimme wiedergefunden hatte. »Warum sagst du so was? Du lügst!«

Ihre Patin ignorierte den Vorwurf. »Nein, es ist die

Wahrheit. Du hattest eine Zwillingsschwester.«

Erst jetzt fiel Sienna die Vergangenheitsform des Satzes auf. »Ich *hatte*? Was soll das denn heißen?«

Kat seufzte bedrückt, bevor sie erklärte: »Eure Eltern haben einen Bootsausflug mit euch gemacht. Was genau passiert ist, weiß ich nicht. Ich weiß nur, dass deine Schwester über Bord fiel und ertrank.«

Sienna war zu keiner Reaktion fähig.

»Schätzchen, es tut mir so leid«, fügte ihre Patentante mitfühlend hinzu und ergriff ihre Hand.

›Ein Bootsunfall? Ich würde nie auf ein Boot steigen. Ich habe zu große Angst davor‹, dachte Sienna abwehrend. ›Immer schon.‹ Doch während sie sich dessen selbst versicherte, kam ihr ein anderer Gedanke: ›Warum habe ich solche Angst, auf Boote zu gehen? Dafür muss es irgendwann mal einen Auslöser gegeben haben.‹

»Wann war das?«, fragte sie mit nun brüchiger Stimme.

»Als ihr beide vier Jahre alt wart. Es geschah an eurem Geburtstag«, antwortete Kat mit Tränen in den Augen.

Sienna stockte der Atem. ›Nein, nein, nein.‹ So gern sie diese geleugnet hätte, gab es doch Anhaltspunkte in ihrem Leben, die zu dieser absonderlichen Geschichte passten. ›Durfte ich deswegen nie meinen Geburtstag feiern und bekam keine Geschenke? Paps sagt immer, er will mich nicht von materiellen Dingen abhängig machen.‹ Sienna akzeptierte seine Begründung, da sie diese immer wieder gehört hatte. Noch etwas passte zu Kats Erzählung: ›Paps war nie mit mir schwimmen. Er hat mir ja sogar verboten, zum Schwimmunterricht zu gehen. Ohne Mo hätte ich es nie gelernt.‹ Damals war sie sehr traurig darüber gewesen und hatte geglaubt, ihr Vater traue ihr nicht zu, schwimmen lernen zu können. Aus lauter Trotz hatte sie Mourice, der es bereits konnte, überredet, es ihr beizubringen. ›Ob

175

Paps es mir nur deswegen verboten hat, weil er verhindern wollte, dass mir dasselbe wie meiner Schwester passiert?‹, fragte sie sich stumm. ›Aber voll unlogisch. Es sollte ihm doch umso wichtiger sein, dass ich im Wasser klarkomme.‹ Der Gedankengang ihres Vaters ergab einfach keinen Sinn.

Dann dachte sie an etwas anderes: ›*Meine Schwester*, das klingt so komisch. Aber auch wieder nicht. Als hätte ich es schon oft gesagt, aber seit Ewigkeiten nicht mehr.‹

Bedrückt schluckte Sienna und fragte dann laut: »Ist Mum deswegen gegangen?«

Diesmal antwortete Jonah: »Emilia gab sich die Schuld an Biancas Tod. Bianca – das war der Name deiner Schwester. Deine Mutter hat es nicht ertragen und konnte deinem Vater nicht mehr in die Augen sehen. Sie entschied sich zu gehen, damit du normal aufwachsen kannst. Vorher hat sie Emanuel jedoch noch das Versprechen abgenommen, dir nie den wahren Grund für ihr Fortgehen zu sagen, damit du nicht etwas nachtrauerst, was längst verloren ist. Mit uns hat sie es genauso gemacht. Und sie hat uns verboten, Kontakt zu dir zu haben. Verstehst du? Wir waren, abgesehen von euren Eltern, eure engsten Vertrauten. Ich war Biancas Pate und Kat ist deine Patin.«

Sienna hatte genug gehört. Ohne zu wissen wie, befand sie sich plötzlich auf der Straße und rannte blind vor Tränen fort von dem Café und den Leuten, die ihr soeben Unglaubliches erzählt hatten. Sie lief weiter, bis sie keine Luft mehr bekam, und selbst dann hielt sie nicht an. Es kümmerte Sienna nicht, ob sie lebte oder starb. Zu sterben schien ihr nicht einmal die schlechteste Option zu sein. So entkam sie wenigstens der Schuld, am Leben zu sein, während ihre Schwester im Alter von gerade einmal vier Jahren gestorben war.

Sienna fühlte sich schrecklich. So schrecklich wie noch

nie zuvor in ihrem Leben. ›Mum ist nicht gegangen, weil sie sich die Schuld gab, sondern weil sie Bianca lieber als mich hatte.‹ Sienna zweifelte nicht daran, dass ihre Mutter den Verlust des falschen Kindes nicht ertrug. Zugleich war Sienna wütend, so schrecklich wütend. ›Wieso hat mich Bianca allein gelassen? Wenn wir uns doch so nah waren. Ihretwegen hab ich mich immer unvollständig gefühlt. Und unsere Familie ist auch nur deswegen so kaputt, weil sie nicht mehr da ist.‹

Mittlerweile war es dunkel geworden und Sienna hatte sich etwas beruhigt. Zumindest genug, um zu begreifen, dass sie sich einen Schlafplatz suchen musste. Es wäre leicht gewesen, die nächste Straßenbahn nach Hause zu nehmen, doch das kam nicht infrage. Sie war noch nicht bereit, mit ihrem Vater über das Erfahrene zu sprechen. Auch wollte Sienna seine wütende Standpauke über ihre geheime Kontaktaufnahme zu ihrer Patentante und das folgende Treffen mit zwei ihr bis dahin nahezu vollkommen Fremden noch nicht über sich ergehen lassen. Das kleinere Übel war, eine Nacht wegzubleiben.

Plötzlich fiel ihr ein, dass Katharina und Jonah nicht wussten, wo sie war und ob es ihr gut ging. ›Nicht, dass die noch Paps anrufen und fragen, ob ich gut angekommen bin.‹ Rasch schickte sie Kat eine Nachricht.

Diese antwortete Sekunden später, dass sie Emanuel nicht angerufen hatte. Jonah und sie waren in Kats Hotel gegangen, für den Fall, dass Sienna dort auftauchte. Das hatte Sienna allerdings nicht vor. ›Ich will gerade keinen sehen.‹ Beruhigt steckte sie ihr Handy wieder ein und hielt Ausschau nach einem Schlafplatz. Sie hatte keine Lust, auf einer Parkbank bei den Obdachlosen zu schlafen, und hielt es auch für zu riskant.

Nach einigem Suchen entdeckte sie eine unverschlossene Kirche. Ohne lange zu überlegen, ging sie hinein. Der Innenraum war verlassen. Erleichtert über die Ruhe, ließ sich Sienna auf einer der Bänke nieder. Obwohl sie nicht an Gott und auch keine andere höhere Macht glaubte, betete sie in dieser Nacht, um herauszufinden, was sie nun tun sollte. Sie hätte ihren Vater um Rat fragen können, vertraute ihm aber im Moment nicht. ›Er hat mich mein ganzes Leben lang belogen, mir meine Schwester verschwiegen und mich allein gelassen mit meiner Ungewissheit. Warum nur? Das sind so wichtige Dinge‹, dachte sie wütend und durcheinander zugleich.

Siennas Hoffnung auf göttlichen Beistand ging zwar gegen null, doch sie wollte dennoch jede Möglichkeit in Betracht ziehen. Ohne eine Antwort erhalten zu haben, schlief sie schließlich ein.

Kapitel 22

Sienna schreckte auf und sah sich einen Moment lang orientierungslos um. Dann fielen ihr die Ereignisse des vergangenen Tages wieder ein und schließlich auch der Traum, aus dem sie gerade erwacht war. ›Aber es war gar kein Traum, nicht wahr? Es muss eine Erinnerung gewesen sein.‹ Zwei kleine Kinder waren in einem Pool geschwommen. Sienna schätzte die beiden auf etwa drei Jahre und wunderte sich darüber, wie gut sie schon schwimmen konnten. Ohne jede Hilfe hielten sie sich über Wasser und plantschten begeistert herum. Die beiden Kinder waren zweifellos Mädchen, zwei absolut gleich aussehende Mädchen – eineiige Zwillinge. Um genau zu sein, Bianca und sie selbst. ›Warum erinnere ich mich gerade jetzt daran?‹ Doch ihr kamen plötzlich auch andere Situationen in den Sinn, die sie bislang als Träume eingeordnet hatte. ›Was, wenn das alles in Wirklichkeit Erinnerungen waren?‹ Dieser Gedanke überforderte Sienna maßlos, weswegen sie ihn zunächst von sich schob. Stattdessen überlegte sie: ›Wenn Bianca zu dem Zeitpunkt, als wir den Bootsausflug gemacht haben, bereits schwimmen konnte, wie ist sie dann ertrunken?‹

Verwirrter als zuvor verließ Sienna die Kirche und lief zur nächstgelegenen Straßenbahnstation.

Als Sienna das Haus der Naumanns erreichte, war es noch nicht hell. Nirgendwo brannte Licht, alle schienen zu schlafen. Rasch griff sie in einen der Blumentöpfe, die die Eingangstür säumten, und öffnete mit dem gefundenen Schlüssel die Tür. Leise schlich sie die Treppe hinauf und betrat das Zimmer ihres besten Freundes. Sie hörte seinen ruhigen, gleichmäßigen Atem und bereute bereits, gekommen zu sein.

Als sie gerade wieder gehen wollte, fiel ihr Blick auf den Computer und sie überlegte es sich anders. Inzwischen wusste Sienna, dass das andere Kind, das Katharina in ihrem Brief erwähnt hatte, Bianca gewesen war. Da sie nun die Zusammenhänge kannte, konnte sie die Suche im Internet eingrenzen. Mithilfe eines Onlineübersetzers las sie alte Artikel der Lokalzeitungen von Maspalomas. Es wurden einige Fälle von ertrunkenen Menschen genannt, doch nur einer erschien ihr passend:

September 2000. Die Feier zum vierten Geburtstag eines kleinen Mädchens endete tragisch. Ihre Eltern und Zwillingsschwester hatten gemeinsam mit ihr einen Bootsausflug unternommen. Das kleine Mädchen kletterte an der Reling hinauf. Die Eltern waren kurz abgelenkt und bemerkten nichts. Sie erkannten erst, was passiert war, als die Zwillingsschwester des Mädchens anfing zu schreien. Sie sprangen ins Wasser, um die Kleine herauszuholen, doch sie war verschwunden. Die herbeigerufene Wasserschutzpolizei konnte das Kind ebenfalls nicht finden. Nach eingehender Suche wurde es deshalb für tot erklärt.

Benommen starrte Sienna den Bildschirm an. ›Das kleine Mädchen ist Bianca‹, dachte sie ohne den Hauch eines Zweifels. ›Shit, sie ist also wirklich ertrunken. An unserem Geburtstag. Von allen möglichen Tagen musste es auch noch ein eigentlich so fröhlicher sein.

Aber mit dem Artikel stimmt was nicht. Er lässt zu viele Fragen offen.‹ Beispielsweise ergab es keinen Sinn, warum Biancas Leiche trotz eingehender Suche nicht gefunden wurde. Zurzeit war Sienna nicht gut auf Journalisten zu sprechen und nahm deren Worte deshalb nicht vorbehaltlos hin. Am Ergebnis änderte dies aber nichts. Ein Schluchzen entrann ihrer Kehle. ›Ich hatte eine Zwillingsschwester und hab sie völlig vergessen. Wieso erinnere ich mich an nichts mehr außer an das Schwimmen im Pool aus meinem Traum? Als ich letztes Mal hier übernachtete, hab ich auch schon von ihr geträumt. Bianca hat gesungen und getanzt.‹

Mittlerweile war sich Sienna sicher, dass beides keine Träume, sondern lange verschüttete Erinnerungen gewesen waren. Sie wusste, dass die erste Erinnerung der meisten Menschen irgendwo um deren dritten Geburtstag herum lag. Hingegen war das Erste, woran sie sich erinnern konnte, das Betreten des neuen Ateliers ihres Vaters im Alter von vier Jahren und ein paar Monaten. Emanuel hatte es gerade erst bezogen und wollte es ihr unbedingt zeigen. Für Sienna hatte er extra eine Ecke mit einem gemütlichen Sofa und einer Kissenlandschaft eingerichtet. Ihre Lieblingskuscheltiere und Mal- sowie Bastelutensilien waren ebenfalls bereits da. Die Kleine hatte sich sofort in den magischen Ort verliebt und ab da jede freie Minute mit ihrem Vater dort verbracht. Er wurde ihr gemeinsames Refugium, in dem der Bildhauer noch heute arbeitete.

Weil ihr nichts mehr einfiel, was sie noch hätte tun können, fuhr Sienna den Computer herunter und wandte sich zum Gehen. Gerade, als sie die Tür erreichte, erwachte Mourice. Was er sah, schien ihm nicht zu gefallen, denn er sprang auf und packte ihren Arm.

»Mo, ich bin's!«, beeilte sich Sienna zu sagen. ›Vielleicht hält er mich für einen rachsüchtigen Höllenritter?‹

Überrascht ließ ihr bester Freund sie los und trat einen Schritt zurück.

»Was machst du denn hier?«, fragte er verwundert und noch immer etwas verschlafen.

»Ich wollte gerade gehen. Sorry, dass ich dich geweckt hab«, entschuldigte sich Sienna mit zitternder Stimme. Ihr wurde gerade alles etwas zu viel. Noch mehr Überraschungen vertrug sie erst mal nicht.

Mourice entgegnete bestimmt: »Du gehst jetzt nicht! Erzähl mir lieber, was los ist. Dein Paps hat gestern Abend angerufen und gesagt, dass er sich Sorgen um dich macht, weil du schon wieder nicht zuhause bist. Auf dem Handy hat er dich nicht erreicht und wollte wissen, ob du hier bist. Ich dachte mir, dass du noch bei deiner Patentante bist, und hab dich gedeckt.«

Sienna seufzte erleichtert auf. ›Ein Hoch auf Mo. Er ist der beste Freund, den man haben kann.‹

»Danke, das war super. Seit gestern ist so viel passiert. Ich wollte Paps erst mal nicht sehen. Will ich immer noch nicht.«

»Musst du auch nicht. Erzähl erst mal mir, was passiert ist.«

Sienna war sofort einverstanden. Keine Minute länger konnte sie für sich behalten, was sie seit ihrem letzten Treffen herausgefunden hatte. In den folgenden Minuten hörte Mo Sienna aufmerksam zu und unterbrach sie kein einziges Mal.

Als sie geendet hatte, schwiegen beide und hingen ihren Gedanken nach.

›Ich fass es nicht. Das muss wie eine Bombe eingeschlagen haben. Dass Sienna überhaupt hier sitzt und schon darüber reden kann. Ich würde wahrscheinlich irgendwo zusammengerollt liegen und um das Leben weinen, das ich hätte haben können. Oder den Boxsack verdreschen. Ein Scheiß ey, dass ihr Paps ihr nichts gesagt hat. Der ist so verlogen. Sie denkt, er traut ihr nicht zu, schwimmen zu lernen oder allein draußen zu sein. Wie oft er einfach random[1] anruft, wenn wir unterwegs sind und fragt, ob alles okay ist. Aber gut, jetzt macht es mehr Sinn. Er hat ja schon eine Tochter verloren.‹

Den Schmerz, der damit einherging, mochte sich Mourice gar nicht vorstellen. ›Aber warum hat Emanuel Sienna nie die Wahrheit gesagt? Dann hätte sie ihn doch besser verstanden. Stattdessen erfindet er Ausreden wie die, dass er ihr nichts zum Geburtstag schenkt, weil sie nicht zu viel besitzen soll.‹ Mo wusste, wie sehr Sienna Lügen hasste. Dass ihr Vater sie ihr ganzes Leben lang belogen hatte, noch dazu wegen etwas so Essenziellem, musste sie zutiefst erschüttern. ›Ich weiß nicht, ob sie darüber hinwegkommen kann.‹ Er zweifelte ernsthaft daran. ›Aber wie heuchlerisch ist das auch, dass Emanuel Sienna in den letzten Monaten immer wieder vorgeworfen hat, unehrlich zu sein. Und in Wahrheit ist er selbst der größte Lügner von allen.‹

Kopfschüttelnd versuchte Mo seine stärker werdende Wut zurückzudrängen und sich stattdessen auf die Gegenwart zu konzentrieren. ›Sienna braucht mich jetzt. Und zwar komplett.‹

Vorsichtig fragte er: »Wirst du mit deinem Paps darüber sprechen?«

Sienna stieß hörbar Luft aus. »Keine Ahnung.« Im Moment war sie einfach zu durcheinander, um eine Entscheidung zu treffen. »Ich brauche erst mal Zeit, um das zu verarbeiten«, antwortete sie zögernd.

»Verständlich«, erwiderte Mourice und meinte es auch so. ›Niemand könnte es ihr verdenken, wenn sie nie wieder mit ihrem Paps spricht‹, dachte er bitter. Wenn er könnte, würde er Siennas Vater ordentlich in den Hintern treten.

1 *zufällig, wie beiläufig (Jugendsprache)*

Ohne jegliches Bedauern. Stattdessen erkundigte er sich: »Willst du denn noch mal mit Katharina und Jonah reden?«

»Ich denke schon. Würdest du mitkommen?«, fragte Sienna beinahe flehentlich.

»Na klar, wenn du willst«, antwortete Mo sofort.

Später am Tag machten sich Sienna und Mourice auf den Weg zu Katharinas Hotel. Sienna hatte ihrer Patin eine Nachricht geschickt und sich mit Jonah und ihr verabredet. Als sie im Restaurant des Hotels eintrafen, saßen die beiden noch beim Frühstück und lachten miteinander.

›Heute sind sie viel netter zueinander‹, dachte Sienna erstaunt. Nun glaubte sie endlich daran, dass Jonah und Katharina früher befreundet gewesen waren.

Die vier begrüßten einander. Anschließend entschuldigte sich Sienna dafür, am Vortag weggelaufen zu sein. »Das war nicht okay. Aber ich war so durcheinander.«

Kat schüttelte energisch den Kopf und entgegnete: »Mach dir keine Gedanken, es war allein meine Schuld. Ich hätte dir die Nachricht schonender beibringen sollen. Manchmal bin ich einfach zu direkt. Es tut mir leid.« Offensichtlich meinte sie ihre Worte ernst und machte sich schlimme Vorwürfe.

Sienna wollte nicht, dass sich ihre Patin schlecht fühlte, und sagte schnell: »Aber auf die Weise habe ich es wenigstens erfahren. Ohne dich würde ich immer noch im Dunkeln tappen. Eine andere Wahrheit wäre mir zwar lieber gewesen. Aber es ist trotzdem besser, als weiterhin nichts zu wissen.« Zwischendurch hatte sie allerdings mal gedacht, dass sie lieber nicht vom Unfall ihrer Zwillingsschwester erfahren hätte. Wenn Sienna ganz ehrlich war, wünschte sie sich das immer noch ein bisschen. Nun gab es jedoch kein Zurück mehr.

»Was wirst du jetzt machen?«, fragte Jonah.

»Ich würde Mum wirklich gern kennenlernen«, antwortete Sienna aufrichtig.

»Das kann ich gut verstehen. Bestimmt hast du eine Menge Fragen.«

Mit dieser Vermutung lag er vollkommen richtig.

»Sag mal, hast du noch Kontakt zu ihr?«, erkundigte sie sich neugierig. Das war eigentlich schon gestern die erste Frage gewesen, die Sienna stellen wollte. Dann kam jedoch so vieles dazwischen.

»Schon seit einigen Jahren nicht mehr«, folgte die niederschmetternde Antwort.

Offenbar entging Jonah Siennas Enttäuschung nicht, denn er fügte rasch hinzu: »Vielleicht können wir sie trotzdem finden.«

»Wie soll das gehen?«, mischte sich Kat verwundert ein.

»Na ja, ich weiß, wo Emilias Eltern wohnen. Oder zumindest mal gewohnt haben. Falls sie noch am Leben sind, können sie bestimmt weiterhelfen«, erklärte er.

Sienna lief um den Tisch herum und umarmte ihn stürmisch. »Das ist super!«

Jonah konnte sich ein Grinsen nicht verkneifen. ›Ein Glück habe ich Emi damals gefragt, wo ihre Familie lebt‹, dachte er erleichtert. Zugleich hoffte Jonah inständig, dass die Belzonis tatsächlich noch lebten.

An ihre Großeltern hätte Sienna nie gedacht. Zu fremd waren sie ihr. Womöglich würde sich dies aber bald ändern.

Aufgeregt fragte sie: »Wo leben sie denn?«

»Vielleicht wisst ihr, dass Emilias Familie aus Florenz stammt. Ihre Eltern besitzen dort ein Haus. Ich bin sicher, sie werden dir helfen. Schließlich bist du ihre Enkelin«, antwortete Jonah zuversichtlich.

»Florenz? In Italien?«, fragte Sienna schockiert.

»Natürlich das Florenz, die Hauptstadt der Toskana. Welches sonst?«, entgegnete ihr Pate belustigt.

»Aber wie soll ich dorthin kommen, ohne dass Paps was merkt?« Daran, dass sie einen Weg finden würde, nach Florenz zu gelangen, zweifelte Sienna nicht. Nur konnte ihr Paps wirklich einen Strich durch die Rechnung machen mit seiner Sturheit. ›Warum gibt es dauernd neue Hindernisse?‹, fragte sie sich genervt.

»Wir kriegen dich schon dorthin« entgegnete Mo zuversichtlich. »Meine Eltern wollen noch diese Ferien mit mir wegfahren. Bisher wissen sie aber noch nicht, wohin. Was hältst du davon, wenn ich ihnen Florenz vorschlage und du mitkommst?«

Ein kleiner Freudenschrei entfuhr Sienna und sie umarmte auch ihn. Er lachte über ihren Enthusiasmus. Dann fiel ihr jedoch etwas ein, dass ihrer guten Stimmung einen Dämpfer verpasste: »Das wird Paps niemals erlauben. Er kann dich doch nicht leiden.«

Unglücklich verzog Mourice das Gesicht. Das hatte er tatsächlich kurzzeitig vergessen. »Und wenn meine Eltern mit ihm reden?«, schlug er vor. Noch war er nicht bereit, sich geschlagen zu geben. Dafür war er zu überzeugt von seiner Idee.

»Ich glaube nicht, dass ihn das umstimmen wird«, entgegnete Sienna bedrückt. Nach einem Moment des Nachdenkens fügte sie aber hinzu: »Einen Versuch ist es trotzdem wert.«

Ihr bester Freund nickte heftig.

»Vielleicht solltest du Manu die Wahrheit darüber sagen, dass du jetzt alles weißt und deine Mutter suchen willst«, warf Katharina ein.

Sienna schüttelte entschieden den Kopf. »Paps hat mich

immer belogen. Wieso sollte ich ihm jetzt sofort sagen, was ich vorhabe?«

»Also ich finde die Idee gar nicht so schlecht. Mourice´ Eltern können bestimmt zu Manu durchdringen und ihn überzeugen. Ihr solltet es versuchen. Falls es nichts wird, können wir uns immer noch den Kopf über Alternativen zerbrechen«, meinte Jonah. Dann fügte er hinzu: »Ich schlage vor, wir trennen uns jetzt. Mourice, du redest mit deinen Eltern und du, Sienna, versuchst deinen Vater auf unseren Plan vorzubereiten. Wir bleiben in Kontakt. Einverstanden?«

Die beiden Jugendlichen nickten und verabschiedeten sich anschließend. Katharina und Jonah umarmten Sienna fest.

»Ich bleibe noch ein bisschen. Zumindest, bis alles mit der Reise geregelt ist«, verkündete Kat.

Sienna strahlte und Jonah atmete auf. ›Ein Glück. Wir haben uns ja gerade erst wieder angefreundet. Und es gibt noch so vieles zu sagen‹, dachte er.

Kapitel 23

Als Sienna nach Hause kam, rechnete sie fest mit einer Moralpredigt und war selbst auf Krawall aus. ›Paps kann was erleben. Mich jahrelang belügen und jetzt einen auf Heiligen machen‹, dachte sie bitter.

Doch es sollte anders kommen: Er überraschte sie nämlich mit einem Mittagessen.

»Hast du das gekocht?«, entfuhr es ihr verblüfft.

»Ja, allerdings mit Kochbuch und in stundenlanger Schweißarbeit. Du hättest es sicher viel schneller und besser hinbekommen«, antwortete er mit entschuldigendem Lächeln. Um zu beweisen, wie ernst er seine Aufgabe genommen und wie viel er in ihre Erfüllung investiert hatte, hielt er Sienna seinen rechten Zeigefinger entgegen, den ein frisches Pflaster zierte.

»Wie hast du das denn geschafft?«, fragte sie amüsiert und konnte sich doch den ungeübten Umgang ihres Vaters mit den Küchenmessern lebhaft vorstellen.

»Ich habe echt keine Ahnung, wie du es hinkriegst, dich nicht jedes Mal zu schneiden, wenn du mit diesen Monstern arbeitest. Ein Wunder, dass du noch alle Finger hast!«, bestätigte Emanuel ihren Verdacht, wobei er den Messern einen angewiderten, seiner Tochter hingegen einen beinahe ehrfürchtigen Blick zuwarf.

»Kein Wunder. Die ganze Kunst dahinter ist regelmäßiger Gebrauch. Das kannst du künftig gern üben. Lass dich nicht aufhalten«, erwiderte Sienna grinsend. Dafür erntete sie ein verschmitztes Lächeln. ›Ich krieg dich schon noch dazu, öfter was anderes als Tütensuppen und Fertiggerichte zuzubereiten‹, dachte sie siegesgewiss.

Sienna war verblüfft darüber, wie gut es schmeckte. Sogar die Gewürze waren gut abgestimmt. ›Paps kann also doch kochen, wenn er will. Das muss ich mir unbedingt merken, wenn er mal wieder versucht, sich davor zu drücken. Die Ausrede, dass er immer alles anbrennen lässt, zieht jetzt nicht mehr.‹ Um einen Beweis für zukünftige Diskussionen zu haben, machte sie ein Foto ihres mit Bratkartoffeln, Spiegelei, Tomaten und Schnitzel beladenen Tellers.

Nach einigen Minuten unterbrach ihr Vater die Stille und sagte: »Lauf bitte nie wieder weg. Ich weiß, wie schwer du es in letzter Zeit hattest, aber das ist keine Lösung.« Die Angst um seine Tochter hatte ihn am vergangenen Abend fest im Griff gehabt. Zumindest, bis ihm Mourice Entwarnung gab.

»Ich bin nicht weggelaufen, sondern war bei Mo«, wehrte Sienna ab. Im Prinzip war das nicht mal gelogen. ›Und wenn es so wäre – wer mich mein Leben lang belügt, verdient es nicht anders‹, rief sich Sienna ins Gedächtnis.

»Ich weiß, ich habe ihn gestern angerufen. Er sagte, du seist nach dem Joggen gerade duschen und ich solle mir keine Sorgen machen. Warum bist du denn überhaupt einfach verschwunden?«, wollte Emanuel wissen.

»Ich brauchte ein bisschen Abstand von der ganzen Polizeigeschichte und dem Artikel. Das nervt echt«, gab Sienna zurück. Wieder nicht komplett gelogen.

»Da hast du recht. Vielleicht solltest du ein paar Tage wegfahren, bis sich die Lage beruhigt hat«, überlegte ihr Vater laut.

Sienna horchte auf. Mit einem solchen Sinneswandel hatte sie nicht gerechnet. Dadurch rückte Mos Idee in greifbare Nähe. ›Ich werde Mum sehen‹, dachte sie aufgeregt. ›Wie frage ich ihn am besten?‹

Während Sienna noch nach geeigneten Worten suchte, klingelte das Telefon. Ihr Vater nahm den Anruf entgegen: »Oh, Frau Naumann? Schön, von Ihnen zu hören. Was gibt es denn?«, erkundigte er sich freundlich, während er seiner Tochter einen fragenden Blick zuwarf. Diese zuckte die Schultern, als hätte sie keine Ahnung, worum es ging. Ganz die Unschuld vom Lande.

Einige Minuten hörte ihr Vater aufmerksam zu, bevor er erwiderte: »Zugegebenermaßen ist mir eine ähnliche Idee auch bereits gekommen. Ich spreche mit meiner Tochter, aber ich denke, sie wird nichts dagegen haben. Vielen Dank. Ich melde mich gleich noch mal.« Damit war das Gespräch beendet.

Sienna hatte währenddessen wie auf Kohlen gesessen und nichts anderes tun können, als so unwissend wie möglich auszusehen. Ihr Vater hatte nämlich die Freisprechanlage nicht eingeschaltet. Nun setzte er sich wieder zu ihr an den Tisch und berichtete: »Das war Mourice´ Mutter. Sie meinte, er hätte Probleme, die Entführung zu verarbeiten. Verständlicherweise, so was steckt niemand einfach so weg. Jedenfalls wollen ihr Mann und sie deswegen mit ihm in den Urlaub fahren. Das soll ihn auf andere Gedanken bringen. Sie haben ein Ferienhaus in Italien gemietet und würden dich mitnehmen, falls du möchtest. Platz haben sie auf jeden Fall genug.«

Sienna gab sich alle Mühe, total verblüfft auszusehen. Offenbar gelang ihr das ziemlich gut, denn ihr Vater meinte: »Ja, ich war auch überrascht.«

»Darf ich denn mitfahren?«, fragte sie vorsichtig, während die innere Anspannung sie fast zerriss.

Ihr Vater nickte und sagte: »Es ist eine gute Idee, gegen die ich nichts habe. Dir wird es ebenfalls nicht schaden, mal auf andere Gedanken zu kommen. Aber die Entscheidung liegt ganz bei dir.«

Nun hielt sich Sienna nicht länger zurück, sondern umarmte ihn stürmisch.

»Danke Paps, vielen Dank. Wann geht´s los?«, fragte sie aufgeregt und war drauf und dran, in ihr Zimmer zu stürzen, um zu packen.

Offenbar sah man ihr das an, denn Paps antwortete beruhigend: »Nicht so schnell. Du hast noch genug Zeit.« Als er ihren ungeduldigen Blick bemerkte, fügte er lächelnd hinzu: »Übermorgen Vormittag.«

Kapitel 24

»Pass auf dich auf. Verlauf dich nicht und komm gesund wieder, sonst lasse ich dich nicht mehr weg«, warnte Emanuel seine Tochter halb im Scherz, halb im Ernst.

Sienna umarmte ihren Vater zum Abschied und stieg dann zu Mourice und seinen Eltern ins Auto.

›So lange, wie sie jetzt weg sein wird, war sie noch nie weg‹, dachte Emanuel wehmütig. Bisher hatte er seiner Tochter nie erlaubt, mit auf Klassenfahrten zu gehen – aus Angst, ihr könnte in seiner Abwesenheit etwas geschehen. Zugegebenermaßen hatte Sienna sich nie darüber beschwert. ›Jetzt weiß ich auch endlich, warum.‹ Ihre ruhige Akzeptanz hatte ihn immer verwundert. Erst mit der Offenlegung des jahrelangen Mobbings begriff er, dass sie keine Lust hatte, außerhalb des Unterrichts weitere Zeit mit ihren Mobbern zu verbringen. ›Sienna verdient eine schöne Zeit mit Menschen, denen sie am Herzen liegt‹, sinnierte der Bildhauer, während er dem davonfahrenden Wagen hinterherwinkte.

Katharina und Jonah hatten sich bereits am vergangenen Abend von Sienna verabschiedet, allerdings mit der Bitte, über alle folgenden Ereignisse informiert zu werden. Es lag nun nicht mehr in ihrer Hand, aktiv ins Geschehen einzugreifen, doch wollten sie ihre Patentochter auch weiterhin unterstützen. Sie bestanden darauf, beide Siennas Paten zu sein. Siennas Familie hatte so lange nur aus ihrem Vater und Mo bestanden. Dass nun mehr Leute dazukamen, gefiel ihr ausgesprochen gut.

Ein wenig mulmig war Sienna dennoch zumute. Immerhin plante sie, fremden Menschen ihre Lebensgeschichte zu erzählen. ›Was, wenn die mir nicht glauben? Mich beschimpfen oder auslachen? So fremd, wie sie mir sind, bin ich ja auch für sie eine Fremde. Und wer weiß, ob die überhaupt Deutsch verstehen. Ist mein Italienisch gut genug? Ich hätte die Vokabeln noch mal auffrischen müssen‹, dachte Sienna nervös. Aber welche Vokabeln? Wo hätte sie anfangen sollen? ›Zumindest ein bisschen was werde ich schon noch können‹, versuchte sie sich selbst Mut zuzusprechen. Bisher hatte sie nie begriffen, warum ihr Vater darauf bestand, dass sie in der Schule Italienisch lernte. Ihr war bis vor kurzem schließlich noch nicht einmal bewusst gewesen, dass ihre Mutter aus Italien stammte. Jetzt allerdings ergab es Sinn. ›Vielleicht hat Paps insgeheim gehofft, dass ich diesen Teil unserer Familie kennenlerne und mit ihnen reden kann.‹ Den Gedanken verwarf Sienna jedoch sofort wieder. ›Hätte er das wirklich gewollt, hätte er mich nicht von ihnen ferngehalten. Und nicht nur das – Paps hat mir ja noch nicht mal erzählt, dass wir noch lebende Verwandte haben. So ein Idiot.‹

Das machte Sienna mit am meisten verrückt an der ganzen Sache: Dass sie immer gedacht hatte, es gäbe nur Paps und sie. ›Ich war mir so sicher, allein zu sein, sollte er mich verlassen, so wie Mum es getan hat. Aber es gibt andere. Ich hätte mir nie Sorgen zu machen brauchen.‹ Sienna fürchtete sich auch vor der Reaktion ihrer Großeltern, wenn sie bei ihnen unangemeldet auftauchte. ›Wenn sie mich nun für Mums Unglück verantwortlich machen? Oder mir übelnehmen, dass ich mich nie bei ihnen gemeldet habe? Dabei wusste ich nichts von ihnen.‹ Dafür sprach, dass die Belzonis nie versucht hatten, Kontakt zu ihr aufzunehmen und Sienna kennen zu lernen.

Derlei unerfreuliche Gedanken beschäftigten Sienna

während der Autofahrt. Ohne Mo hätte sie bestimmt die Nerven verloren in diesen langen Stunden erzwungener Untätigkeit auf der Rückbank des Wagens. Er hatte jedoch vorausschauend all seine *Black Story*-Decks eingepackt und hielt sie mit diesen Rätseln auf Trab.

Das Ferienhaus, das die Naumanns gemietet hatten, befand sich nordöstlich von Florenz im Dorf Settignano zwischen Weinbergen, Zypressen und Olivenhainen. Nachdem sie ihre gemütlich gestalteten Zimmer bezogen hatten, trafen sich die Urlauber zum Abendessen auf der Terrasse wieder. Sienna fühlte sich sofort wohl und konnte gut verstehen, warum ihre Mutter ihre Heimat liebte. Von Jonah wusste sie, dass es Mum immer schwergefallen war, in Leipzig zu leben. Sienna liebte diese Stadt trotz all ihrer Macken und der Hektik. Bisher hatte sie nicht nachvollziehen können, was ihre Mutter daran störte, doch nun, da sie ihre Heimat besuchte, begann Sienna zu begreifen.

Nachdem sie köstliche italienische Pasta verdrückt hatten, zogen sich Mourice und Sienna zurück, um das weitere Vorgehen zu besprechen. Das Ganze tarnten sie als Verdauungsspaziergang durch die Weinberge.

»Morgen und übermorgen werden wir leider keine Zeit haben, deine Großeltern zu besuchen«, meinte Mo betrübt.

»Ja, deine Eltern sagten, dass sie mit uns eine Sightseeingtour machen wollen. Ein Quatsch, das könnten wir auch an jedem anderen Tag machen«, brummte Sienna verdrossen, während sie einen Stein fortkickte.

»Musst du mir nicht sagen. Aber du weißt so gut wie ich, dass meine Eltern deinen Paps auf dem Laufenden halten. Und dass er Verdacht schöpft, willst du doch nicht, oder?«, erinnerte Mo seine beste Freundin.

»Pah, was soll er schon machen? Paps ist in Leipzig,

ewig weit weg«, erwiderte Sienna großspurig.

»Er könnte immer noch den nächsten Flug hierher buchen und dich wieder mit heimnehmen«, gab Mo zu bedenken.

Seine Worte verpassten Sienna einen Dämpfer. »Shit, das hätte er drauf«, murmelte sie kleinlaut.

»Also, was machen wir?«, hakte Mourice nach.

»Wir machen diese dumme Sightseeingtour mit deinen Eltern und seilen uns in zwei Tagen ab.«

Mo seufzte innerlich erleichtert auf. ›Wir sind schon so weit gekommen. Jetzt darf nichts mehr dazwischenkommen.‹

Kapitel 25

Die folgenden beiden Tage verbrachten die Naumanns und Sienna in Florenz. Mourice′ Eltern wussten nicht, dass Siennas Mutter aus dieser Stadt stammte, und konnten somit diverse Bemerkungen der Vierzehnjährigen ihrem besten Freund gegenüber nicht nachvollziehen. So sagte sie mehrmals: »Jetzt verstehe ich es!« Oder: »Natürlich! Wieso habe ich das nicht früher bemerkt?«

Im Geschichtsunterricht bei Herrn Witt hatte Sienna von der ereignisreichen historischen und politischen Entwicklung der Stadt erfahren. Im Kunstunterricht war noch die kulturelle Entwicklung hinzugekommen. Beeindruckt vom Gehörten, hatte Sienna beschlossen, Florenz irgendwann einmal zu besuchen, um die großartigen Bauten und Wirkungsstätten der einheimischen Künstler und Dichter mit eigenen Augen zu sehen. Damals hatte sie nicht erwartet, dass sich ihr Traum, die *Wiege der Renaissance* und *Königin des Mittelalters* zu besuchen, so schnell erfüllen würde. Als sie die weiten Gartenanlagen vom südlichen Stadtviertel Oltrarno mit seinen Skulpturen, Wasserspielen, dem Neptunbrunnen und der Medici-Grotte sah, kamen Sienna die Tränen, so überwältigt war sie von dieser Vielfalt und Schönheit. Außerdem zog der Montecuccoli-Hügel ihre Aufmerksamkeit auf sich, auf dem der Palast der von Mozzi stand, welcher bereits seit dem Mittelalter existierte und 1913 vollständig renoviert worden war. Der Laubengang, gesäumt von Hortensien, Glyzinien und Rosen, hatte es ihr besonders angetan, ebenso wie die Belvedere-Terrasse, von der aus man einen wunderbaren Blick auf die umliegenden Gärten genießen konnte.

Nach einer Nacht mit nur wenig Schlaf, dafür aber vielen Gedanken und geflüsterten Gesprächen, machten sich die beiden Freunde früh am darauffolgenden Morgen auf die Suche nach Siennas Verwandten. Es war ihnen nach einigem Bitten gelungen, Mourice´ Eltern zu überzeugen, sie allein gehen zu lassen. Noch waren die Straßen der Stadt ruhig, doch bald würde das tägliche Chaos aus Verkehr, Fußgängern, Marktbesuchern und Touristen Einzug halten. Sienna kramte Jonahs Stadtplan aus ihrer Umhängetasche. Darauf hatte er die Stelle markiert, an der sie suchen mussten. Trotz dieses Hilfsmittels dauerte es einige Zeit, bis sie das richtige Haus fanden. Ursache hierfür war die merkwürdige Nummerierung der Häuser. Manche Nummern tauchten nämlich in derselben Straße zweimal auf, wobei der einzige Unterschied ihre Farbgebung war. ›Wer soll da durchblicken?‹, dachte Sienna genervt.

Doch Genervtheit war nur eine ihrer Empfindungen. Sie wischte sich ihre schwitzenden Hände an der Hose ab und fragte ihren besten Freund besorgt: »Was, wenn die mich nicht mögen?«

Mo blieb ihre Nervosität nicht verborgen. »Das wird nicht passieren. Sie werden dich lieben und gar nicht wieder gehen lassen!«

Er sagte es mit solcher Überzeugung, dass Sienna gar nicht anders konnte als ihm zu glauben. Mit neuer Entschlossenheit wandte sie sich der Tür zum Haus ihrer Großeltern zu und klopfte.

Unruhig trat sie von einem Fuß auf den anderen. ›Warum dauert das denn so lange? Nicht, dass die im Urlaub sind. Shit, was wenn sie nicht zurückkommen, während wir noch hier sind?‹ Ihre Gedanken überschlugen sich und ihr Atem wurde unregelmäßig. Mo ergriff rasch ihre Hand und drückte sie ganz fest.

Da öffnete sich plötzlich die Tür und eine Frau erschien. Sie war klein und hatte graues Haar. Bevor einer der beiden Freunde etwas sagen konnte, begann sie lautstark auf Italienisch zu schimpfen.

Mourice, der kein Wort verstand, schaute ziemlich verwirrt drein und murmelte an Sienna gewandt: »Was sagt sie?«

Sienna verstand unglücklicherweise fast alles problemlos und begriff, dass die Italienerin Mo und sie mit zwei anderen Jugendlichen verwechselte, die täglich bei ihr klingelten und dann wegliefen, um die Frau zu ärgern. Sienna unterbrach die Schimpftirade und erklärte der Dame den Irrtum. Im folgenden Gespräch wurde zu ihrer Erleichterung deutlich, dass sie nicht ihre Großmutter war. ›Die wäre ein ganz schöner Besen als Oma‹, dachte das Mädchen schaudernd. Dummerweise lebte aber die Familie Belzoni nicht mehr in diesem Haus. Ernüchterung machte sich in Sienna breit. Schon wieder eine Sackgasse. Was jetzt?‹

Mit hängenden Schultern und gesenktem Kopf wandte sie sich bereits zum Gehen, als die Frau sie zurückhielt und auf Italienisch sagte: »Ich kenne die Familie nicht, die ihr sucht. Aber ihr könnt es beim Makler versuchen. Dort, dort.« Sie deutete auf das Ende der Gasse.

Sienna bedankte sich und zog Mo den gepflasterten Weg entlang.

»Was hat sie gesagt? Du strahlst plötzlich so«, wollte er wissen.

»Dass uns der Makler helfen könnte«, antwortete Sienna aufgeregt.

Kurz darauf standen die beiden im Büro des Maklers. Dieser erwies sich als freundlicher und hilfsbereiter Mann Anfang sechzig. Auf Siennas Frage nach der Familie Belzoni antwortete Signore Giordano, er kenne sie gut, dürfe aber deren Wohnort nicht preisgeben. Sienna war jedoch nicht bereit, einfach aufzugeben. Dafür war sie nicht den weiten Weg von Leipzig nach Florenz gekommen. Spontan entschied sie sich, ihm ihre Geschichte zu erzählen. Was hatte sie schon zu verlieren?‹

Signore Giordano hörte aufmerksam zu und unterbrach Sienna kein einziges Mal.

»*Penso che tu stia dicendo la verità*[1]«, verkündete er hinterher. Erleichterung durchströmte Sienna bei diesen Worten. »*La sua storia è simile a quella che mi ha raccontato una volta il padre di Emilia, Alessandro. È un mio buon amico.*«[2]

›Mein Großvater hat über mich gesprochen?‹, wunderte sich Sienna. ›Vielleicht möchte er mich ja doch kennenlernen‹, dachte sie aufgeregt.

Der Signore fuhr indes fort: »*La sua famiglia vive vicino al Piazzale di Michelangelo. Le scrivo l'indirizzo.*«[3]

»*Grazie mille!*«[4], rief Sienna aus tiefstem Herzen.

1 Ich denke, du sagst die Wahrheit.
2 Deine Geschichte ähnelt dem, was mir Emilias Vater Alessandro einst erzählte. Er ist ein guter Frewund von mir.
3 Deine Familie lebt in der Nähe der Piazalle Michelangelo. Ich schreibe dir die Adresse auf.
4 Haben Sie vielen Dank!

Kapitel 26

Nachdem sie das Maklerbüro verlassen hatten, folgten Sienna und Mourice der Wegbeschreibung. Zum Glück waren beide gut zu Fuß unterwegs, denn es ging zum Teil steil bergauf. Der Ausblick lohnte sich aber zweifellos – zumindest der nach hinten. Vor ihnen war nämlich aufgrund einer sehr hohen und dichten Hecke nichts zu erkennen. Einige Meter weiter entdeckten sie an einem verschlossenen schmiedeeisernen Tor einen Klingelknopf, um den herum sich ein Lilienwappen rankte.

»Ist das ihr Ernst?«, fragte Sienna mit großen Augen.

»Die müssen ziemlich wohlhabend sein, wenn sie wirklich hier wohnen«, vermutete Mo, während er neugierig durch die Stäbe in einen weitläufigen Garten spähte.

Sienna drückte den Klingelknopf. Ihre Hand zitterte dabei. Einen Kiesweg entlang kam ein Mann zu ihnen. Als er auf Italienisch fragte: »Sie wünschen?«, verwirrte er Sienna damit so sehr, dass sie zunächst keine Antwort gab.

Der Mann neigte ein wenig den Kopf zur Seite und sah sie abwartend an, also erklärte Sienna, dass sie Signora und Signore Belzoni suchten. Ein leichtes Zittern ihrer Stimme konnte sie dabei nicht vermeiden. ›Wenn sie mich nicht sehen wollen, können sie ihm einfach sagen, er soll uns wieder wegschicken.‹ Sollte es dazu kommen, würde Sienna einen anderen Weg aufs Grundstück finden. ›Ich lasse mich nicht abwimmeln. Dafür bin ich zu weit gekommen‹, entschied sie.

Als sich der Butler – dafür hielt sie ihn – erkundigte, in welcher Angelegenheit sie das Ehepaar sprechen wollten, erwiderte Sienna, es handele sich um etwas Familiäres. Er musterte sie intensiv.

Schließlich öffnete er das Tor und ließ sie eintreten. Während die drei dem Kiesweg folgten, stellte er sich ihnen als »Signore Guidice« vor und berichtete, dass er schon lange für die Familie Belzoni arbeitete. Sienna versuchte ihm zuzuhören, doch ihre Aufmerksamkeit schweifte immer wieder ab. Der Garten war größer als ursprünglich vermutet. Auf dem gepflegten Rasen wuchsen verstreut Palmen und Obstbäume. Hecken waren zu kunstvollen Figuren geschnitten. Ein Bach bahnte sich seinen Weg durch den Garten und mündete in einen mit Seerosen bedeckten Teich. Ein Pavillon stand ganz in der Nähe, leicht erhöht, sodass man von dort eine gute Sicht auf das Wasser hatte. An seinen Säulen rankten sich Rosen empor. Der Weg teilte sich vor ihnen und Signore Guidice wählte die rechte Abzweigung. Sie tauchten in eine Allee ein, die aus einem mit Schatten spendenden Pflanzen bewachsenen Gestell bestand.

»Wow, deine Familie ist definitiv reich«, stieß Mo staunend hervor und sprach damit aus, was auch Sienna gerade gedacht hatte. Vor ihnen lag das unangefochtene Herz des Grundstücks. Eine andere Bezeichnung würde dem in hellem Orange gestrichenen und mit Bogenfenstern bestückten Gebäude nicht gerecht werden. An der Fassade rankten sich Weinreben hinauf. Der Eingangsbereich wurde von Säulen getragen, die mit der Florentiner Lilie verziert waren. Rechts und links der fünfstufigen Treppe wachten zwei steinerne Löwenstatuen.

Durch eine Flügeltür gelangten sie ins Atrium, dessen Boden mit terracottafarbenen Steinplatten ausgelegt war. Die gleiche einladende Wirkung hatten die mit Landschaftsmosaiken verzierten Wände. Vom Eingangsbereich aus wurden sie ins Wohnzimmer geführt. Ein cremefarbe-

nes Sofa mit passenden Sesseln und einem Glastisch bildeten das Zentrum des Raums. Sie waren auf eine Schrank-
wand mit Fernseher und Stereoanlage ausgerichtet. An
den Wänden hingen einige Bilder moderner Künstler. Ein
Kamin erzeugte einen gemütlichen Eindruck, ebenso wie
mehrere Grünpflanzen und Blumenvasen, die im Zimmer
verteilt waren. Eine kleine Treppe führte auf ein Podium
mit Bibliothek. Deckenhohe Regale standen dort und waren komplett mit Büchern und Zeitschriften gefüllt.

Sienna, die selbst sehr gerne las, war beeindruckt. Wer
immer diesen Raum eingerichtet hatte, hatte Tradition und
Moderne auf angenehme Weise verbunden. Durch eine
Glastür gelangten sie auf eine Terrasse, die man vom Eingang der Villa aus nicht einsehen konnte. Ein Sonnensegel
spendete Schatten. Von der Terrasse aus erreichte man über
eine Treppe den Garten. Signore Guidice machte durch ein
dezentes Räuspern auf sich aufmerksam.

»*Cos'è? Chi è?*[1]«, fragte eine ältere Frau, die sich bisher
gesonnt hatte und nun auf die Neuankömmlinge zukam.

»*Signora, i due vogliono parlare con te*«[2], antwortete Signore Guidice.

»*Parla, per favor*«[3], sagte die Frau.

»*Sei Francesca Belzoni?*«[4], fragte Sienna mit klopfendem
Herzen. Die Frau mit den üppigen dunklen Haaren nickte.

›Sie ist es. Sie ist meine Oma‹, begriff Sienna und war
zugleich komplett überfordert von dieser Information.
Dennoch gelang es ihr, Mo und sich vorzustellen: »*Questo
è Mourice e io sono Sienna.*«[5]

1 *Was gibt es? Wer ist das?*

2 *Signora, die beiden wollen mit Ihnen reden.*

3 *Sprecht bitte.*

4 *Sind Sie Francesca Belzoni?*

5 *Das ist Mourice, und ich bin Sienna.*

Aufmerksam beobachtete sie ihre Großmutter. Diese wandte sich dem Signore zu und gab ihm durch ein Nicken zu verstehen, dass er sich zurückziehen konnte.

›Mist, jetzt hab ich nicht gesehen, wie sie guckt‹, ärgerte sich Sienna. ›Warum musste sie sich gerade jetzt wegdrehen?‹

Ihren Gästen reichte Francesca nun die Hand und wollte wissen: »*Di dove sei?*«[1]

Sienna antwortete: »*Dalla Germania.*«[2]

»Wie kann ich euch helfen?«, erkundigte sich Signora Belzoni plötzlich auf Deutsch.

Mo und Sienna blickten erst sie und dann einander erstaunt an. Damit hatten sie nicht gerechnet. Ein erleichtertes Lächeln erschien auf Siennas Gesicht. Es vereinfachte die Sache enorm, wenn sie ihre Geschichte auf Deutsch erzählen konnte.

»Ich bin bei meinem Paps aufgewachsen und suche nun nach meiner Mum, zu der ich keinen Kontakt hab«, begann sie.

Die Signora meinte verwundert: »Soso. Aber warum kommst du dann hierher?«

Sienna atmete tief ein. Das war er, der entscheidende Moment. Als sie zu einer Antwort ansetzen wollte, kam kein Wort heraus. Panisch blickte sie zu Mo.

Mourice nahm ihre Hände in seine und sagte: »Tief einatmen. Und wieder aus.« Das wiederholte er noch einige Male und machte es parallel vor. Sienna folgte seiner Anweisung. Nach ein paar Versuchen beruhigte sich ihre Atmung wieder. Sie nickte Mo dankbar zu und wandte sich wieder zu ihrer Großmutter.

»Geht es dir gut?«, fragte Francesca besorgt, bevor Sien-

1 *Woher kommst du?*
2 *Aus Deutschland.*

na zu Wort kam. Ihre Sorge rührte Sienna.

»Ja, es geht schon wieder. Ich war nur sehr nervös.«

Die Frau entspannte sich sichtlich. Erst jetzt bemerkte Sienna, wie steif ihre Großmutter dagestanden hatte. ›Ich hab sie wohl auch erschreckt. Shit, das ist kein guter erster Eindruck‹, dachte sie.

Um sich nicht noch mehr Blöße zu geben, erklärte sie rasch: »Ich bin hier, weil mir Signore Giordano sagte, dass die Familie meiner Mum hier wohnt. Sie heißt Emilia Belzoni. Das macht dich zu meiner Oma.«

Francesca begann bei diesen Worten zu lächeln. ›Sie glaubt mir‹, erkannte Sienna erleichtert. Mourice drückte ihre Hand und grinste sie an.

Nun kam Francesca auf ihre Enkeltochter zu und schloss sie fest in die Arme. Erleichtert hielt sich Sienna an ihr fest und dachte: ›Ich hab mir umsonst Sorgen gemacht.‹

Nachdem sie ihre Enkelin wieder losgelassen hatte, forderte Francesca die beiden auf: »Setzt euch, setzt euch.« Dann verschwand sie kurz im Haus.

Mo hatte gerade genug Zeit, um seiner besten Freundin zu gratulieren: »Gut gemacht.« Schon tauchte die Hausherrin wieder auf, diesmal mit einem Krug eisgekühlter Zitronenlimonade und drei Gläsern auf einem Tablett.

»Erzähl mir alles!«, verlangte sie gebieterisch von Sienna, sobald sie allen Limonade eingegossen hatte. Den Gefallen tat diese ihr nur allzu gern. Sie berichtete von ihrem Leben mit ihrem Vater, wie sie Kontakt zu ihrer Patentante Katharina aufgenommen und sich kurze Zeit später mit ihr und Jonah getroffen hatte.

Ihre Großmutter nickte begeistert und sagte: »Die beiden kamen mir schon damals sehr nett vor.«

»Damals?«, wiederholte Sienna mit fragendem Blick.

»Auf der Hochzeit deiner Eltern, meine ich. Da haben

wir uns kennengelernt.«

»Ach so, klar.«

Als Sienna von Mos Vorschlag, in Florenz Urlaub zu machen erzählte, kommentierte dies Francesca mit den Worten: »Hervorragende Idee.« Dabei prostete sie Mo anerkennend zu. Der grinste selbstzufrieden.

»Du hast wirklich viel erlebt«, bemerkte Siennas Großmutter dann an ihre Enkelin gewandt. »Und dein Vater weiß nicht, warum ihr wirklich hier seid, ebenso wenig wie deine Eltern?«, wandte sie sich an den besten Freund ihrer Enkeltochter. Mourice nickte mit verschmitztem Grinsen.

»Was habt ihr ihnen denn gesagt, was ihr hier macht?«, wollte sie wissen.

»*Sightseeing*«, antwortete er mit Unschuldsmiene.

Francesca nickte und klopfte ihm anerkennend auf die Schulter. »Du bist ein *bravo ragazzo*.«[1]

Sienna, die bisher wie auf heißen Kohlen gesessen hatte, stellte jetzt die wichtigste Frage von allen: »Versteh das bitte nicht falsch. Ich freue mich riesig, dich endlich kennen zu lernen, aber ich, ähm … Wohnt meine Mum hier?«

Francesca wurde ernst. »Ich kann dich gut verstehen, *mia ciccina*[2]. Du hast schon so lange darauf gewartet, sie zu sehen. Aber nein, Emilia wohnt schon seit Jahren nicht mehr bei uns. Sie kommt an den Feiertagen vorbei, aber sonst lebt sie ziemlich abgewandt von ihrer Familie.« Das Bedauern war ihr deutlich anzuhören.

»Was? Warum?«, erkundigte sich Sienna verständnislos.

»Na ja, weißt du, deine Mutter hat Einiges hinter sich. Es hat sie tief getroffen und sie hat es nie überwunden«, antwortete Francesca ausweichend. Dabei vermied sie, ihrer Enkelin in die Augen zu sehen.

1 *guter Junge*
2 *mein Schnuckelchen*

›Sie verbirgt etwas‹, erkannte Sienna und ahnte zugleich, was es sein könnte.

»Es geht um Bianca, richtig?«, fragte sie geradeheraus.

»Du weißt von ihr?« Die Verblüffung stand Siennas Großmutter ins Gesicht geschrieben. »Ich dachte, deine Eltern haben dich behandeln lassen?!«, rief sie aufgebracht.

»Behandeln? Was meinst du damit?«

Francesca seufzte tief und schloss für einen Moment die Augen. Als sie ihre Augen wieder öffnete, erklärte sie: »Jetzt habe ich es ja eh verraten. Ihr, also deine Zwillingsschwester Bianca und du, standet euch so nah, dass du ihren Tod überhaupt nicht verkraftet hast. Du wolltest nichts mehr essen oder trinken, hast entweder die ganze Zeit geschrien oder warst unnatürlich still. Du hattest schlichtweg jeden Willen, weiterzuleben, verloren. Deswegen kontaktierten deine Eltern einen Traumatherapeuten, der ihnen zu einer unorthodoxen Behandlung riet. Wie die genau aussah, kann ich nicht sagen. Ich weiß nur, dass du dich danach an nichts mehr erinnern konntest. Du solltest eigentlich niemals wieder Erinnerungen an die Zeit vor dem Eingriff haben. Aber das hat wohl nicht funktioniert.«

Sienna hatte es die Sprache verschlagen. Dafür überschlugen sich ihre Gedanken. ›Das kann nicht stimmen. Unmöglich, so was gibt´s nicht. Man kann doch keinen Menschen komplett vergessen. Aber Moment, vergessen – ich habe ja nicht nur Bianca vergessen, sondern auch keine Erinnerungen mehr an Mum. Oder zumindest fast keine. Das würde erklären, warum ich mich an nichts erinnere, bevor ich vier Jahre alt war. Aber verdammt. Ich habe meinen Zwilling nicht einfach vergessen. Nein, meine Erinnerungen wurden künstlich entfernt. Dazu hatten Mum und Paps kein Recht. Und noch dazu haben sie mich belogen.‹

Francesca schien die Gedanken ihrer Enkelin zu erraten, denn sie ergriff Siennas Hand und sagte: »Emilia und Emanuel wollten, dass du eine normale Kindheit hast.«

Bitter erwiderte Sienna: »Es hat funktioniert. Ich habe keine Erinnerungen an Bianca.«

Ihre Großmutter blickte sie mitfühlend, aber auch verwirrt an. »Woher weißt du denn dann von ihr?«

»Kat«, war alles, was Sienna dazu sagte. Mehr war aber auch gar nicht nötig. Bestimmt fügte sie hinzu: »Trotzdem hätten sie es nicht tun dürfen.«

Als Sienna sah, dass Francesca etwas erwidern wollte, wechselte sie rasch das Thema: »Wer wohnt alles hier?« Sie wollte jetzt nicht weiter darüber nachdenken, was sie verloren hatte. ›Sonst rolle ich mich gleich hier zu einem Ball zusammen und weine ohne Ende.‹

Ihre Großmutter antwortete: »Deine Tante Martina und dein Onkel Roberto mit ihrem Sohn Lorenzo und ihrer Tochter Carina, dein Großvater Alessandro und Stefano, der Sohn deines Onkels Ricardo.«

Bislang war nur der Name ihres Großvaters aufgekommen. Plötzlich hörte Sienna so viele neue Namen. So viel Familie, von deren Existenz sie bisher nichts gewusst hatte. Es war überwältigend. Noch etwas, das sie durch den Fortgang ihrer Mutter verloren hatte.

»Wie könnt ihr euch diese Villa leisten?«, platzte es nun aus ihr heraus. Diese Frage war ihr schon seit Betreten des Grundstücks im Kopf herumgespukt.

»Uns gehören einige Weinberge außerhalb der Stadt. Dein Großvater ist ein guter Geschäftsmann und ich habe Talent darin, unsere Trauben anzupreisen. So hat sich unser Geschäft immer weiterentwickelt und heute sind wir führend in dieser Gegend«, erklärte Francesca mit unverhohlenem Stolz.

»Wow, wirklich bemerkenswert«, äußerte Sienna ehrfürchtig. Dann erkundigte sie sich: »Und warum sprichst du so gut deutsch?«

»Weil wir viele Abnehmer in Deutschland haben. Es ist eine höfliche Geste, mit ihnen in ihrer Muttersprache zu verhandeln. Zumindest sah ich das vor vierzig Jahren so. Irgendwann besuchte ich aber nicht mehr nur deswegen den Sprachkurs, sondern weil ich Gefallen daran fand.« Die Begeisterung war ihr deutlich anzumerken.

»Und wo lebt Mum, wenn nicht hier?«, sprach Sienna aus, was ihr am längsten auf der Seele gelegen hatte.

»In Rom«, erwiderte ihre Großmutter, ohne zu zögern. Ganz offensichtlich hatte sie diese Frage bereits erwartet.

›Shit, Mum lebt in Rom? Warum kann sie nicht auch in Florenz wohnen? Aber na gut, so weit ist das jetzt auch nicht weg. Ich könnte in wenigen Stunden dort sein‹, sinnierte Sienna. ›Ich kenne sogar schon jemanden dort und hätte eine Unterkunft. Verdammt, ich hätte Mum längst besuchen können, wenn Paps mich nur eher fortgelassen hätte. Aber nein, ich durfte ja nie ohne seine Aufsicht verreisen und mit nach Italien wollte er ja nicht. Wobei das mittlerweile sogar ein bisschen Sinn ergibt, aber scheiße ist es trotzdem. Zum Glück hat mich Tanja immer in Leipzig besucht.‹ Sienna hätte es ihrem Vater sehr übel genommen, wenn die Beziehung zu ihrer besten Freundin darunter gelitten hätte, dass er ihr nie erlaubte, Tanja an ihrem neuen Wohnort in Rom zu besuchen.

Francesca durchbrach Siennas Gedanken, indem sie fortfuhr: »Emilia hat dort ihr eigenes Hotel. Nachdem sie euch verlassen hat, ging es ihr nicht gut. Sie kapselte sich ab, arbeitete nicht mehr und hatte starke Depressionen. Aber dann ist irgendetwas mit ihr passiert. Sie stürzte sich plötzlich wieder in die Arbeit, hängte sich richtig rein, ging nach Rom und begann in einem Hotel zu arbeiten. Sie verstand sich so gut mit der Besitzerin, dass diese sie zu ihrer Nachfolgerin machte und, nun ja, seitdem gehört das Hotel Emilia. Sie verbringt die meiste Zeit des Jahres dort. Ich glaube, sie geht uns aus dem Weg. Und zwar, weil sie weiß, dass wir mit ihrer Entscheidung, dich zu verlassen, nicht einverstanden sind.«

»Weiß die ganze Familie, was ihr passiert ist?«, fragte Sienna neugierig.

»Nein, nur dein Großvater, Emilias Geschwister und ich«, entgegnete ihre Großmutter.

›Wenigstens bin ich nicht die einzig Unwissende‹, dachte Sienna. Ein kleiner Trost. »Wie konntet ihr das geheim halten?«

Seufzend erwiderte Francesca: »Deine Mutter hat uns das Versprechen abgenommen, das Geschehene für uns zu behalten. Ich vermute, sie hat sich einerseits für ihre Entscheidung geschämt, andererseits aber auch gehofft, auf diese Weise mit der Vergangenheit abschließen und neu anfangen zu können.«

»Verdammt«, entfuhr es Sienna, die von ihrem Platz aufsprang. »Sie wollte neu anfangen? Sich frei machen von altem Ballast? Von Paps und mir? Wie selbstsüchtig ist das bitte? Sie hat Paps ganz allein damit gelassen, die Scherben hinter ihr aufzulesen. Und mich. War ihr denn ganz egal, was aus mir wird? Ich brauchte meine Mum. Ich war so allein. Und ihr habt euch auch nicht um mich gekümmert. Alles wegen eines beschissenen Versprechens.«

Die letzten Worte schrie sie heraus. All der Schmerz und die Ungerechtigkeit lagen darin. Tränen liefen ihr Gesicht herab und die Beine knickten ihr weg. Sienna sank zu Boden und ergab sich ihren Gefühlen. ›Mum hat dieses beschissene Versprechen echt jedem abgenommen. Sie ist feige abgehauen.‹

Plötzlich schlossen sich Arme fest um sie. Für einen Moment dachte sie, es seien die von Mo, doch es war Francesca, die sie zu trösten versuchte.

So wütend Sienna auch auf ihre Großmutter war, sank sie doch in ihre haltenden Arme hinein und verlor jegliches Zeitgefühl.

Irgendwann hatte sie sich so weit beruhigt, um mit heiserer Stimme zu fragen: »Hast du je versucht, mich zu finden?«

Traurig gestand die Signora: »Nein, nie.« Als sie den niedergeschmetterten Gesichtsausdruck ihrer Enkelin sah, beeilte sie sich zu sagen: »Es ist nicht so, dass ich es nicht gewollt oder keine Möglichkeit dazu gehabt hätte. Jedoch habe ich es Emilia versprochen und wollte sie nicht noch unglücklicher machen.«

Sienna spürte, wie ihre Augen bei diesen Worten erneut feucht wurden. Ihre eigene Mutter hatte ihrer Familie verboten, Kontakt aufzunehmen, weil sie fürchtete, Siennas Anwesenheit könnte sie traurig machen. ›Mum wird sich niemals freuen, mich kennen zu lernen‹, begriff sie plötzlich. ›Sie hat vor Jahren damit abgeschlossen, meine Mum zu sein, hat das freiwillig aufgegeben. Wie konnte ich nur glauben, nach so langer Trennung eine Beziehung zu ihr aufbauen zu können? Ich bin so dumm.‹ Ohne dass sie es bemerkte, rannen ihr wieder Tränen über die Wangen.

Francesca zog ihre Enkelin erneut an sich. Erst jetzt merkte Sienna, dass auch ihre Großmutter weinte.

»Ich habe so lange darauf gewartet, dich zu treffen und tatsächlich *dich* zu berühren statt immer nur deine Fotos«, murmelte Francesca in Siennas Haar.

Abrupt löste sich Sienna von ihr und wiederholte verwirrt: »Du hast Fotos von mir?«

Francesca nickte, erhob sich und verschwand im Haus.

Wenige Augenblicke später kam sie mit einem Briefumschlag in der Hand zurück und reichte ihn ihrer Enkelin.

Sienna holte zehn laminierte Fotos hervor und starrte sie fassungslos an. Jedes einzelne zeigte *sie*. Beim Spielen mit einem Hund, während Emanuel und sie im Urlaub auf einem Bauernhof waren.

›Wie lange sich Paps dagegen gesträubt hat, bis er schließlich mir zuliebe nachgab‹, erinnerte sie sich. Auf dem nächsten Foto machte sie gerade eine Standwaage mit Schlittschuhen auf dem Eis. Dann war sie am Tag ihrer Schuleinführung mit Zöpfen und Zuckertüte zu sehen. Sienna nach einem Sieg über eine gegnerische Fußballmannschaft mit stolz nach oben gereckter Faust, Sienna lesend in einer Hängematte, Sienna beim Bergsteigen in den Alpen. Die Fotos reichten neun Jahre zurück und wirkten wie eine Chronologie ihres Lebens.

»Warum hast du die?«, brachte Sienna mühsam hervor.

»Weil dein Großvater und ich diese Bedingung an deine Eltern gestellt haben, als sie sich trennten. Wir halten uns nur dann fern, wenn wir jedes Jahr ein Foto von dir bekommen. Zwar hat sich Emanuel nie bei uns gemeldet, aber jedes Jahr an deinem Geburtstag hat er Wort gehalten und uns eins geschickt«, erklärte Francesca.

Sienna schüttelte stumm den Kopf. ›Meine Großeltern haben auf Kontakt mit mir für ein Foto im Jahr verzichtet! Ein verdammtes Foto, mehr war ich ihnen nicht wert.‹ Der Schmerz darüber reichte tief.

›Und als wäre das nicht schon bescheuert genug, hat mir Paps eiskalt ins Gesicht gelogen, als ich ihn fragte, wo Mums Eltern leben. Angeblich weiß er es nicht. Dass sie keinen Kontakt mehr haben. Worüber hat er eigentlich nicht gelogen? Wie soll ich ihm jemals wieder was glauben?‹

Sienna wusste hierauf keine Antwort und das wurmte sie. Sie wollte sofort ihren Vater anrufen und ihn zur Rede stellen. Als sie nach ihrem Handy griff, fiel ihr Blick auf das aktuellste Foto aus der Sammlung. Darauf war sie im Malerkittel abgebildet, von oben bis unten voller Farbtupfer und mit Farbpalette und Pinsel bewaffnet. Hinter ihr stand ihre Staffelei. ›Seitdem hab ich mich nicht verändert. Höchstens meine Haare sind etwas länger.‹

Laut wollte sie von ihrer Großmutter wissen: »Hast du mich erkannt, als ich vorhin angekommen bin?«

Francesca nickte schicksalsergeben.

»Warum hast du nicht gleich was gesagt?«, hakte Sienna verständnislos nach.

»Ich wollte erst herausfinden, ob du überhaupt weißt, wer ich bin. Natürlich wäre es ein riesiger Zufall gewesen, wenn du unwissend hier aufgetaucht wärst, aber ich musste ganz sichergehen.«

›Das ist doch absurd‹, dachte Sienna und öffnete bereits den Mund, um ihren Gedanken Luft zu machen. In diesem Moment klingelte jedoch Mourice´ Handy. Er entschuldigte sich und meldete sich mit: »Ja, hallo Papa?« Nach kurzem Zuhören entfuhr ihm plötzlich ein »Scheiße« und er wurde kreidebleich.

Sienna lief zu ihm und drückte unterstützend seine Hand. Ihr bester Freund schien sie gar nicht zu bemerken. Das hielt sie aber nicht davon ab, ihm beizustehen. ›Es muss was mit seiner Familie sein. Sonst würde er nicht so ängstlich gucken‹, dachte sie besorgt.

Schließlich sagte er mit zitternder Stimme: »Wir sind unterwegs«, und legte auf.

»Was ist passiert?«, erkundigte sich Sienna sofort.

Mo wischte sich über die verräterisch feuchten Augen, räusperte sich und erklärte dann: »Maya liegt im Krankenhaus.«

»Was?«, entfuhr es Sienna schockiert.

»Ja. Irgendein Idiot ist bei Rot über die Fußgänger-ampel gefahren und hat sie erwischt. Sie liegt auf der Intensivstation, aber die Ärzte sagen, sie kommt durch. Papa sagt, wir sollen sofort kommen. Meine Eltern wollen zurück nach Deutschland fahren. Maya braucht uns jetzt.«

Sienna schaute ihn betroffen an. Es tat ihr so leid um seine Schwester. Diese war sechs Jahre älter als Mourice und hatte schon immer eine gute Beziehung zu ihm und seiner besten Freundin. Als die Freunde noch kleiner gewesen waren, hatte Maya nachmittags öfter auf sie aufgepasst und mit ihnen allerlei Abenteuer erlebt. Sienna erinnerte sich gern daran und freute sich immer, Mos Schwester zu sehen, auch wenn das seit deren Umzug in eine eigene Wohnung deutlich seltener geschah. ›Hoffentlich geht's ihr schnell wieder gut‹, dachte sie inständig. ›Ein Glück hat Maya ihren Freund bei sich und bald ihre Familie. Aber ich hab meine eigene Familie eben erst gefunden und noch kaum jemanden davon kennengelernt. Ich will noch nicht gehen.‹ Sie fühlte sich schuldig, in einem solchen Moment überhaupt an sich und ihre Bedürfnisse zu denken. Doch was sollte sie machen – die Gedanken waren nun einmal da.

Ihr bester Freund schien ihren inneren Konflikt zu erraten, denn er sagte: »Alles okay. Ich erkläre es meinen Eltern. Bleib du hier und finde mehr über deine Familie heraus.«

Seine Worte rührten Sienna. Fragend blickte sie ihre Großmutter an. Diese nickte, sichtlich erleichtert über den Entschluss ihrer Enkeltochter.

»Bleib, so lange du möchtest.« Das waren willkomme-ne Worte in Siennas Ohren.

»Das Ferienhaus ist bezahlt, du kannst deine Sachen

also noch holen«, meinte Mourice hilfsbereit.

Dann stand er auf und verabschiedete sich von Francesca. Schließlich wandte er sich erneut seiner besten Freundin zu. Diese umarmte ihn fest und sagte: »Ich danke dir. Für alles. Und das mit Maya tut mir unglaublich leid. Bitte wünsch ihr gute Besserung von mir.«

Mo nickte und erwiderte: »Viel Glück! Du kriegst das hin, ganz sicher. Und halt mich ja auf dem Laufenden!«

Sie versprach es ihm. Dann setzte er sich in Bewegung, begleitet von Signore Guidice, dem Francesca inzwischen die Anweisung gegeben hatte, Mourice zu seinen Eltern nach Settignano zu fahren.

Kapitel 27

»Sehr nett, der Junge«, meinte Francesca, sobald Signore Guidice und Mourice gegangen waren. »Ist er dein fester Freund?«

Ihre Enkelin verdrehte bei diesen Worten die Augen. Dass Erwachsene immer gleich an so was denken mussten.

»Nein, wir sind nur Freunde. Beste Freunde, genauer gesagt«, antwortete sie mit Nachdruck.

»Seit wann?«

»Seit ich fünf Jahre alt war. Wir haben uns beim Fußballtraining kennengelernt. Anfangs konnte ich Mo nicht leiden, weil er größer und schneller war als ich. Total albern, wie ich heute weiß.«

»Wie seid ihr denn dann Freunde geworden, wenn du ihn gar nicht mochtest?«, fragte ihre Großmutter erstaunt.

Versonnen lächelnd erwiderte Sienna: »Ein Junge hat sich über meine Haare lustig gemacht, mich Struwwelpeter genannt und herumgeschubst. Mo hat sich eingemischt und ihm gesagt, er soll mich in Ruhe lassen.«

»Und, hat er?«

»Nein, er hat mich weitergeärgert und sogar zu Boden gestoßen. Dabei hab ich mir das Handgelenk verstaucht«

»Oh, wie gemein«, empörte sich Francesca.

»Das dachte Mo auch. Er hat ihm eine geknallt, woraufhin der Typ abgezogen ist und mich von da an in Ruhe gelassen hat.«

»Der Beginn einer wunderbaren Freundschaft«, kommentierte die Großmutter lachend.

»Irgendwie schon. Ich fand Mo zumindest nicht mehr doof, sondern hab ihm eine Chance gegeben. Heute bin ich echt froh darüber. Ich weiß nicht, ob wir ohne diesen Fiesling Freunde geworden wären.«

»Oh, da bin ich ganz sicher. Vielleicht nicht an diesem Tag und unter solchen Umständen, aber ganz bestimmt auf andere Art. Wahre Verbundenheit, wie sie in einer Freundschaft vorherrscht, lässt sich nicht aufhalten. Sie zieht zwei Menschen magnetisch an, ohne dass sie es überhaupt bemerken und dann wie von selbst Freunde werden«, entgegnete ihre Großmutter überzeugt.

›Interessante Sichtweise‹, fand Sienna.

»Du hast auf jeden Fall die richtige Entscheidung getroffen, ihm eine Chance zu geben. Ich finde ihn sehr sympathisch.«

»Mit dieser Meinung stehst du aber ziemlich allein da. Natalie manipuliert Paps, so zu denken wie sie«, erwiderte das Mädchen seufzend.

»Pff, was diese Natalie denkt, interessiert mich nicht im Geringsten. Und was deinen Vater angeht, der hat sich eindeutig nie Mühe gegeben, Mourice besser kennen zu lernen.«

›Hm, stimmt eigentlich. Paps hat doch fast immer gearbeitet, wenn Mo bei uns war‹, überlegte Sienna. Man konnte also durchaus sagen, dass er ihren besten Freund nicht besonders gut kannte.

Kurze Zeit später kehrte Signore Guidice aus Settignano zurück und brachte Siennas Koffer mit. Francesca hatte mittlerweile den anderen Familienmitgliedern Bescheid gegeben, dass sie umgehend nach Hause kommen sollten. Sie war sehr aufgeregt, ihnen Sienna vorzustellen. ›Alle werden das Mädchen lieben.‹ Daran zweifelte die Signora keine Sekunde. Ihre Enkelin hatte ihr Herz im Sturm erobert, ohne es überhaupt zu bemerken.

»Komm, ich zeige dir dein Zimmer«, sagte sie und führte Sienna eine zweiseitige Treppe hinauf in den dritten Stock des Hauses. Dort zeigte sie ihr das Gästezimmer.

»Was hast du?«, fragte sie, als sie Siennas nachdenkliche Miene bemerkte. »Fehlt irgendwas? Brauchst du noch etwas?«

Mit belegter Stimme antwortete ihre Enkelin: »Nein, es ist alles in Ordnung. Sogar mehr als das. Du bist so unglaublich nett zu mir, nimmst mich sogar in dein Haus auf, obwohl du mich gar nicht kennst.«

»Das ist doch nicht der Rede wert. Wir sind schließlich eine Familie«, bemerkte ihre Großmutter voller Vertrauen.

›Sie sieht mich wirklich als Teil ihrer Familie‹, erkannte Sienna. Francesca hatte zwar schon mehrfach Andeutungen in diese Richtung gemacht, aber so richtig angekommen war es bei ihrer Enkelin noch nicht. Wie auch – über zehn Jahre ohne erweiterte Familie ließen sich nicht von einer Sekunde zur nächsten auslöschen. ›Ich weiß ja noch nicht mal, ob mich die anderen akzeptieren werden.‹ Sie schluckte und schüttelte dann den Kopf, um alle trüben Gedanken zu vertreiben.

Anschließend erkundigte sich Sienna: »Wann lerne ich den Rest der Familie kennen?«

Kapitel 28

Zwei Tage waren seit der überstürzten Abreise der Naumanns vergangen. Mourice hatte Sienna angerufen und ihr erzählt, dass seine Eltern jetzt die Wahrheit darüber kannten, warum Florenz als Urlaubsort so geeignet war und Sienna unbedingt dortbleiben wollte.

»Ich musste es ihnen sagen. Sonst wären sie nicht ohne dich gefahren«, meinte er kleinlaut.

»Ist okay«, erwiderte Sienna besänftigend. Sie verstand, warum Mo so gehandelt hatte, und war ihm nicht böse. Das sagte sie ihm auch, woraufhin er erleichtert aufatmete.

»Mama und Papa haben versprochen, deinem Paps nichts zu sagen«, versicherte er. Und es stimmte: bisher hielten seine Eltern Wort.

Emanuel erwartete die Urlauber erst in drei Wochen zurück. Er brauchte nichts von der vorzeitigen Rückkehr der Naumanns zu wissen. Unter anderen Umständen hätten Mourice´ Eltern nie mitgespielt, doch mussten sie sich um ihre eigene Tochter kümmern.

»Maya nervt zwar die ganze Aufmerksamkeit, aber sie kann nicht wirklich was dagegen machen. Gegen zwei Ärzte als Eltern kommt sie einfach nicht an«, kommentierte Mourice.

Sienna lachte über seinen trockenen Tonfall. »Sei nur froh, dass es dich nicht getroffen hat. Du fändest es genauso doof wie sie.«

»Aber ich würde mich zumindest mehr wehren«, behauptete er überzeugt.

Sienna schüttelte nur den Kopf und dachte bei sich: ›Er spuckt jetzt große Töne, hätte allerdings genauso wenig eine Chance wie Maya. Wenn sich seine Eltern was in den Kopf gesetzt haben, sind sie ebenso stur wie er. Noch sturer sogar, weil sie zu zweit sind.‹

Sienna wohnte nun im Haus ihrer Großeltern und lernte ihre italienische Verwandtschaft näher kennen. Die anderen Familienmitglieder hatten bei ihrem ersten Aufeinandertreffen unterschiedlich reagiert. Ihr Großvater Alessandro beispielsweise war zur Salzsäule erstarrt, als er sie am Esstisch auf der Terrasse sitzend erblickt hatte. Sobald er sich wieder bewegen konnte, war er wortlos im Haus verschwunden und kurze Zeit später mit einem nur noch mit Eis gefüllten Whiskeyglas erneut aufgetaucht. Der Alkohol schien ihm über den Schock hinweggeholfen zu haben, denn nun umarmte er seine Enkeltochter fest und lange.

Anschließend beurteilte er ihre Erscheinung mit den Worten: »Du bist zu dünn.«

Sienna war davon so überrascht, dass sie anfing zu lachen. Ihr Großvater legte daraufhin seinen prüfenden Blick ab und lachte ebenfalls. Dabei traten die Fältchen um Augen und Mund deutlicher hervor, ein Beweis dafür, dass Alessandro oft und gern lachte. Obgleich er es nicht laut äußerte, wusste Sienna, dass er sich sehr über ihre Anwesenheit freute. In scheinbar unbeobachteten Momenten wischte er sich Tränen aus den Augen.

Ihre Tante Martina umarmte Sienna, als würden sie sich bereits seit Jahren kennen, und erläuterte ständig Ähnlichkeiten zwischen der Leipzigerin und deren Mutter Emilia, die angeblich auffällig waren. Allerdings bezweifelte Sienna, dass ihre Linkshändigkeit sonderlich viel Familienzugehörigkeit aufzeigte. ›Dann wäre ich ja auch mit Björn Birke verwandt‹, dachte sie schaudernd.

Stefano, Siennas nur unwesentlich älterer Cousin, murmelte hingegen nur etwas, das verdächtig nach »*Siete tutti pazzi*«[1] klang. Mit einem letzten, seltsam herablassenden Blick auf sie verschwand er ins Haus. Niemand äußerte sich zu seinem Verhalten. ›Ist das normal für ihn?‹, wunderte sich Sienna.

Im Gegensatz zu Stefano geriet Siennas Cousine Carina vollkommen aus dem Häuschen und erzählte jedem voller Stolz, dass sie nun endlich eine gleichaltrige Spielgefährtin in der Familie hatte. Dabei kamen ihr die Worte in so schnellem Italienisch über die Lippen, dass Sienna sie kaum verstand. Keiner hielt es für nötig, der Kleinen begreiflich zu machen, dass Sienna acht Jahre älter war als sie und somit kaum als gleichaltrig gelten konnte. Ohnehin hätte sie es wohl kaum gehört, denn sie plapperte immer noch aufgeregt vor sich hin. Dagegen erfüllte Carinas Bruder Lorenzo dieses Alterskriterium. Er war nämlich nur ein knappes halbes Jahr älter als Sienna. Ihre Geschichte wollte er in allen Einzelheiten hören. An seinem aufmerksamen Blick erkannte Sienna, dass er aufrichtig daran interessiert war, dieses »Mysterium«, wie er es nannte, zu verstehen und zu lösen. Sie mochte ihn auf Anhieb.

In den folgenden Tagen übernahm Lorenzo die Rolle des Stadtführers. Er zeigte seiner Cousine die Touristenmagnete, die sie mit den Naumanns noch nicht besucht hatte, und zusätzlich noch die Geheimtipps der Einheimischen. Ihr erster Eindruck hatte sie nicht getäuscht: Lorenzo war ein guter Freund.

[1] *Ihr seid alle verrückt.*

Kapitel 29

Nach Einbruch der Dunkelheit betraten Sienna und Lorenzo die Dachterrasse. Unter ihnen ausgebreitet lag die Stadt, deren herausragende Wahrzeichen von Flutlicht beleuchtet wurden.

»Schau mal da, das ist die Santa Maria del Fiore. Sie wurde 1296 von Arnolfo di Cambio entworfen und ist eine der größten Kirchenbauten Europas. Die rote Kuppel stammt von Filippo Brunelleschi. Er beendete sie zu Beginn der Herrschaft der Medici. Ich wurde übrigens nach Lorenzo de Medici benannt, dem *il Magnifico*, also *dem Prächtigen*. Er war Politiker und Stadtherr in Florenz und aktiver Förderer von Literatur, Malerei, Bildhauerei und Architektur. Wegen seines Einsatzes für die schönen Künste erhielt er auch seinen Titel«, erklärte Lorenzo voller Enthusiasmus. »Das da ist Bartolomeo Ammanatis Neptunbrunnen auf der *Piazza della Signoria*, dem Zentrum der Stadt. Daneben ist die *Galleria degli Uffizi*, die Gemäldegalerie, mein absolutes Lieblingsgebäude. Kennst du die? Sie beinhaltet eine Fotothek und ein ikonografisches Archiv, das allerdings nur von Kunsthistorikern betreten werden darf. Normalsterblichen Augen verborgen bleiben dadurch die Zeichnungen von Leonardo da Vinci, Pietro da Cortona, Peter Paul Rubens und Michelangelo Buonarotti. Kannst du dir das vorstellen? Total fies!«, empörte sich der Junge. »Es gibt einen Gang, der von dort zur Ostseite der Ponte Vecchio verläuft. Außerdem verbindet er den Palazzo Pitti mit dem Palazzo Vecchio, dem Sitz der Regierung zur Zeit des Fürsten Giorgio Vasari. Du erinnerst dich an Arnolfo? Er entwarf auch dieses Gebäude. Im Innenhof befinden sich ein Säulengang und viele Fresken. Wirklich prächtig. Und die Quartieri Monumentali, die Monumentalräume, musst du gesehen haben. Nichts geht über den *Raum der Karten* und den Liliensaal. Lass dir auch die Ponte Vecchio nicht entgehen. Das ist die älteste Brücke der Stadt und Verbindung zum Viertel Oltrarno.«

»In Oltrarno war ich schon!«, rief Sienna triumphierend. Zumindest einen kleinen Beitrag konnte sie zu seinem Vortrag leisten.

»Und wie gefallen dir die Gärten?«, fragte Lorenzo neugierig.

Sich ihrer Überwältigung erinnernd, antwortete sie begeistert: »Einfach unglaublich. Ich hab noch nie einen so schönen Ort gesehen.«

»Woher kommst du noch mal?«

»Leipzig, in Deutschland.«

»Ich weiß, wo das liegt«, versicherte Lorenzo nachdrücklich. Sienna schmunzelte nur.

»Erzähl mir davon«, bat ihr Cousin, als sie seine Vorlage nicht aufgriff.

Das tat sie, und zwar sehr ausführlich. Sie war gut darin, Dinge zu beschreiben, für die sie sich interessierte.

»Ich glaube, das würde mir gefallen«, meinte Lorenzo im Anschluss. »Eine gelungene Mischung aus Tradition und Moderne. Aber wie gefällt es dir eigentlich bei uns?«, wechselte er das Thema.

»Ich finde euren Zusammenhalt toll. So hab ich das noch nie erlebt«, antwortete Sienna aufrichtig. Das war ihr an dieser Familie sofort aufgefallen – alle kümmerten sich umeinander, waren ehrlich am Wohlergehen der anderen interessiert. Zunächst war sie hoffnungslos überfordert davon gewesen, dass alle Aufmerksamkeit auf ihr lag. Sie war die Neue, über die die anderen Bescheid wissen wollten.

Sie hatte kaum einen Moment für sich gehabt, was für Sienna ganz und gar ungewohnt war.

Dadurch war es auch zu ein paar kleineren Zusammenstößen gekommen, da sie sich überbehütet und eingeengt gefühlt hatte. Sie war gereizt gewesen und hatte ihre Gefühle nicht so ausdrücken können, wie sie es eigentlich wollte. Tatsächlich hatte Sienna befürchtet, weggeschickt zu werden, sobald sie es tat. ›Ich gehöre noch nicht zu ihnen.‹ Aber als sich ihre Großeltern mit ihr zusammengesetzt und in Ruhe über alles geredet hatten, fanden sie zu Siennas Überraschung einen Kompromiss. Seitdem hatte sie auch zwischendurch mal Zeit für sich. Die verbrachte sie am liebsten am Seerosenteich im Garten der Familie und zeichnete. Dabei waren mittlerweile einige Skizzen der Stadt, aber auch der Belzonis entstanden. Sienna hatte den Eindruck, ihrer Familie dadurch näher zu kommen, dass sie diese geduldig zu Papier brachte. »In den Details liegt die Lösung«, sagte ihr Vater gern. Daran glaubte auch sie.

»Vermisst du dein Zuhause?« Mit dieser Frage holte Lorenzo Sienna in die Gegenwart zurück. Inständig hoffte sie, ihr würde eine andere Antwort einfallen als: »Nein, eigentlich nicht. Zuhause hab ich meistens Stress mit meinem Paps. Er schreibt mir vor, was ich zu tun und zu lassen hab. Das nervt.«

Lorenzo nickte verständnisvoll. »Ich weiß, was du meinst. *Mia mamma*[1] ist auch so. Wenn ich sie darauf anspreche, sagt sie immer, sie will nur das Beste für mich. Da frage ich mich doch, wie sie darauf kommt, dass es das Beste für mich ist, wenn sie mich bevormundet. Ich finde, du solltest die Zeit, die du hier bei uns bist, richtig genießen. Und weil ich ein furchtbarer Stadtführer wäre, wenn ich sie dir vorenthalten würde, gehen wir jetzt zur *Ponte Vecchio*«,

---

1 *meine Mutter*

entschied er.

Sienna hatte nichts dagegen, im Gegenteil, es machte ihr Spaß, sich herumführen zu lassen.

»*Ponte Vecchio* ist italienisch für *Alte Brücke*. Ich hab sie vorhin schon mal erwähnt, erinnerst du dich? Fürst Giorgio Vasari ließ einen Gang an ihrer Ostseite bauen, der den Palazzo Pitti, die Gemäldegalerie und den Palazzo Vecchio miteinander verbinden sollte. Damals und auch heute noch durften sich ausschließlich Goldschmiede darauf ansiedeln. Sie ist die älteste Brücke, die über den Arno führt«, erklärte Lorenzo, während die beiden über der Brüstung lehnten. »Nachdem 1333 die hier stehende Holzbrücke zerstört wurde, beschloss man, stattdessen diese Steinbrücke zu bauen, die dann 1345 fertiggestellt wurde. Sie ist auch die einzige Brücke, die im zweiten Weltkrieg nicht zerstört wurde.«

»Du bist ein wandelndes Lexikon«, staunte Sienna.

»Na ja, ich bin hier aufgewachsen und interessiere mich, wie du sicher schon gemerkt hast, sehr für Geschichte und Architektur. Außerdem ist mein Vater Reiseleiter. Es liegt mir also im Blut«, scherzte Lorenzo.

Dass ihr Onkel Roberto Reisegruppen begleitete, wusste Sienna bereits, schließlich war dies der Grund, warum sie ihn noch nicht getroffen hatte. Er befand sich zurzeit beruflich in San Marino.

»Wie viel wusstest du eigentlich über meine Familie, bevor ich hierherkam?«, erkundigte sie sich neugierig.

Ihr Cousin schaute weiterhin gedankenverloren ins dunkle Wasser, während er antwortete: »Nicht besonders viel. Wenn ich dabei war, wurde eigentlich nie über euch gesprochen. Ich wusste nur, dass *Zia Emilia*[1] mal mit einem Deutschen verheiratet war, die Ehe aber nicht gehalten hat

1 *Tante Emilia*

224

und sie zurück nach Italien kam. Ende der Geschichte«, meinte er achselzuckend.

»Da warst du aber ziemlich schlecht informiert. Du wusstest also nichts von mir? Dass es mich gibt, meine ich?«, hakte Sienna nach.

Lorenzo nickte stumm, was nur dank des Lichtes der Straßenlaternen zu erkennen war. »Jetzt verstehe ich viele Dinge besser. Zum Beispiel, warum *mia mamma* und *Zia Emilia* sich nicht verstehen, obwohl sie als Kinder und, auch später noch, unzertrennlich waren. Als ich *mamma* mal danach fragte, sagte sie nur, ihre Schwester hätte etwas getan, das sie nicht nachvollziehen kann und für völlig daneben hält. Ich glaube, sie meinte, dass *Zia Emilia* dich und *Zio Emanuel*[1] verlassen hat.«

Sienna betrachtete eine Weile schweigend das dunkle Wasser. ›Also bin ich nicht die Einzige in unserer Familie, die nicht Bescheid wusste. Immerhin. Wobei es mir doch eher zugestanden hätte als Enzo, die Wahrheit zu erfahren.‹ Es wurmte Sienna nach wie vor, jahrelang belogen worden zu sein. Nun sogar noch mehr als zuvor, denn sie bedauerte, ihre italienische Verwandtschaft nicht schon früher kennengelernt zu haben. Ja, die Belzonis mochten laut und enthusiastisch sein in allem, was sie taten, und mitunter eine anstrengende und überfürsorgliche Horde. Nichtsdestotrotz würde Sienna ihr Treffen niemals rückgängig machen. In den wenigen Tagen, die sie hier war, hatte sie bereits so viele schöne Erfahrungen gemacht. Mit Carina Blaubeermuffins zu backen, mit Lorenzo die Stadt zu durchstreifen, mit ihren Großeltern den ersten Schluck Wein aus der familieneigenen Kelterei zu trinken – all das waren nur einige Beispiele. Diese Erinnerungen würde sie für immer in ihrem Herzen tragen.

1 Onkel Emanuel

Endlich ergriff Sienna wieder das Wort: »Ich dachte immer, Mum kam mit mir nicht klar und ist deswegen gegangen. Ich hab mir die Schuld gegeben.«

Lorenzo sah sie mitfühlend an und erwiderte bestimmt: »Du bist nicht der Grund. Und ich denke, du solltest dringend mal mit deiner *mamma* sprechen.«

Heftig nickte Sienna, wandte dann jedoch ein: »Aber wie? Sie kommt wohl kaum zufällig hier vorbei, wenn sie Florenz normalerweise meidet. Ich kann sie auch nicht einfach anrufen. Da kriegt sie ja ´nen Schock. Wahrscheinlich hält sie mich für eine Lügnerin und legt sofort auf.«

Ihr Cousin ließ sich diese Einwände einige Augenblicke durch den Kopf gehen. »Stimmt wahrscheinlich. Wir machen das anders. Hm … Wir fahren nach Rom und mieten uns als Gäste in ihrem Hotel ein«, schlug er begeistert vor.

Sienna klappte vor Überraschung der Mund auf. »Meinst du das ernst?«

»Na klar!«, versicherte Lorenzo sofort.

»Du würdest also mitkommen?«

»Machst du Witze? Einen Ausflug nach Rom lasse ich mir doch nicht entgehen! Man merkt, dass du noch nicht dort warst, sonst würdest du das nicht fragen!«

Sein empörter Tonfall war der Knackpunkt – Sienna brach in Lachen aus. Zufrieden grinste ihr Cousin.

»Aber was sagen wir deinen Eltern und unseren Großeltern? Die lassen uns doch bestimmt nicht einfach so wegfahren«, wandte Sienna dann ein.

»Lass mich nur machen. Vertrau mir, die werden nachgeben. Es geht schließlich um die Familie«, versicherte Lorenzo voller Zuversicht.

»Aber du sagtest doch, dass sich unsere Mütter nicht so gut verstehen. Wieso sollte Tante Martina uns helfen?«, fragte Sienna verwundert.

»*Mamma* war immer der Meinung, dass *Zia Emilia* einen Fehler gemacht hat, als sie euch verließ. Bestimmt hilft sie uns jetzt gern, diesen zu korrigieren.«

Sienna war davon nicht so überzeugt wie ihr Cousin, vertraute jedoch auf seine Überredungskünste. Er war der Typ Mensch, der jedem einfach alles aufschwatzen konnte. ›Und falls er es nicht schafft, fahre ich eben allein nach Rom.‹

Der Gedanke, sich mit ihren eben erst gefundenen Verwandten zu streiten, behagte Sienna nicht. Aber noch dringender, als sich mit ihnen gutzustellen, wollte sie ihre Mutter finden.

Kapitel 30

Während Lorenzo mit seiner Mutter sprach, suchte Sienna das alte Zimmer ihrer Mutter auf. Es war das erste Mal, dass sie den nötigen Mut fand, in ihre Privatsphäre vorzudringen. Bisher hatte sie zu große Angst vor den Gefühlen gehabt, die dieser Schritt in ihr auslösen könnte.

›Was, wenn ich zu wütend auf Mum werde und ihre Sachen kaputtmache? Das wäre ein beschissener erster Eindruck, wenn wir uns begegnen. Wobei – viel kann es ihr ja nicht bedeuten, wenn sie nie hier ist.‹ Aber noch mehr fürchtete Sienna, wie folgt zu reagieren: ›Und wenn ich gar nichts fühle beim Anblick ihrer Sachen, weil Emilia eine Fremde für mich ist?‹

»Du wirst es nur herausfinden, wenn du es ausprobierst«, flüsterte ihr Mos Stimme aus der Vergangenheit zu. Damit hatte er ihr öfter den nötigen Tritt in den Hintern gegeben, wenn sie mal wieder ihre fünf Minuten Selbstzweifel hatte.

Sienna atmete ein paarmal tief durch und öffnete dann die Tür. Hellgelbe Wände empfingen sie. Die linke Wand, an der ein Bett und eine Kommode standen, zierte ein Fischernetz voller Muscheln. An der rechten Wandseite fand ein großer Kleiderschrank mit Spiegel Platz. Auch ein Korbsessel gehörte zur Einrichtung. Über diesem hing eine große sternförmige Korkplatte, bestückt mit Unmengen von Fotos.

Als Sienna die Bilder näher betrachtete, erkannte sie ihre Großeltern in jüngeren Jahren, die Geschwister ihrer Mutter – Martina und Ricardo – und schließlich ihre Mutter selbst. Auf den Fotos wirkte sie jünger, unbeschwert und sehr glücklich. ›Wow, ich sehe aus wie sie damals‹, er-kannte Sienna.

Damit ging noch ein anderer Gedanke einher: ›Wenn wir uns begegnen, wird sie sofort wissen, wer ich bin. Ich muss nichts sagen.‹ Dies wirkte schon fast beruhigend auf Sienna, denn es war ihr komisch vorgekommen, sich ge-genüber dem Makler Signore Giordano und ihrer Groß-mutter Francesca vorstellen und erklären zu müssen, war-um sie hergekommen war.

Doch die Fotos lösten noch etwas anderes in ihr aus: ›Hier sind so viele Erinnerungen zu sehen. Solche hätte ich auch mit unseren Verwandten haben können, wenn Mum nicht abgehauen wäre und mir diese Möglichkeit komplett verbaut hätte.‹ Wut und Bedauern lieferten sich ein Gefecht in Siennas Herzen. Früher hatte sie sich zwar manchmal einsam gefühlt, war aber im Großen und Gan-zen zufrieden damit gewesen, Emanuel und Mo um sich zu haben. Inzwischen dachte sie darüber etwas anders. ›Hier ist es nie langweilig, jeder unterstützt jeden, keiner lässt je-manden zurück. Mum ist die Ausnahme hiervon, nicht die Regel. Warum haben sie nicht stärker für mich gekämpft?‹

Erst jetzt bemerkte Sienna, dass ihr Tränen über die Wangen liefen. Unwirsch wischte sie sie fort und betrach-tete den Schreibtisch vor der Fensterfront, um sich abzu-lenken. Dieser Tisch war zweifellos oft benutzt worden, denn er wies etliche Gebrauchsspuren auf, von Kratzern über Leimrückstände bis hin zu Brandflecken. Ein ge-trockneter Strauß Blumen stand in einer selbst getöpferten und bemalten Vase neben einem Gedichtband. ›Sieht aus, als hätte Mum auch eine kreative Ader. Vielleicht hab ich meine doch nicht nur von Paps geerbt‹, sinnierte Sienna.

»Hier bist du!«, rief Lorenzo hinter ihr und riss sie da-mit aus ihren Gedanken.

Erschrocken zuckte Sienna zusammen. Ihm blieb ihre Reaktion verborgen, denn er erzählte aufgeregt: »*Mamma* ist einverstanden. Wir dürfen nach Rom fahren, aber sie schlägt vor, *Zia Emilia* nicht gleich in ihrem Hotel zu überfallen, sondern uns vorerst woanders einzuquartieren«, berichtete er strahlend.

›Endlich bekomme ich Antworten‹, dachte Sienna, während eine wilde Mischung aus Enthusiasmus, Wut, Traurigkeit und Nervosität in ihrem Inneren wütete. Dennoch erwiderte sie: »Das ist ja perfekt. Ich hätte nicht gedacht, dass sie so schnell zusagt.«

»Also echt mal! Du solltest wirklich aufhören, mich zu unterschätzen«, gab Lorenzo halb beleidigt, halb belustigt zurück.

Sienna ignorierte seinen Einwand und verkündete stattdessen freudestrahlend: »Ich weiß schon genau, bei wem wir wohnen können.«

Kapitel 31

»Du bist endlich da!«, kreischte Tanja begeistert, als sie ihre beste Freundin Sienna erblickte. Sienna musste unwillkürlich grinsen. Tanja hatte sich seit ihrem letzten Treffen in Leipzig vor einem halben Jahr kaum verändert. Sie war noch genauso laut, schrill und wunderbar wie immer, nur ein wenig größer als zuvor.

Als sie ihre Freundin ausreichend mit Umarmungen beglückt hatte, wandte sich Tanja an Lorenzo: »Du bist der Cousin?« Wie üblich ignorierte sie Höflichkeitsfloskeln. In dieser Beziehung ähnelte sie Mourice.

Lorenzo nickte, woraufhin Tanja Sienna mit vorwurfsvoller Stimme beschuldigte: »Du hast gar nicht erwähnt, wie süß er ist!«

Als Lorenzo begriff, dass das rothaarige Mädchen mit den Korkenzieherlocken und den niedlichen Sommersprossen im Gesicht ihn meinte, errötete er bis an den dunklen Haaransatz. Sienna fand das absolut liebenswert.

»Das kann ich nicht beurteilen«, meinte sie achselzuckend.

Tanja verdrehte die Augen.

Um ihren Cousin vor noch größerer Verlegenheit zu bewahren, wechselte Sienna rasch das Thema: »Ich soll dich übrigens herzlich von Mo grüßen. Er wäre gern mitgekommen. Aber Maya braucht ihn gerade dringender. Du weißt ja, wie überbehütend ihre Eltern sind. Er spielt den Puffer.«

Die Ablenkung wirkte, wie Tanjas nächste Worte zeigten: »Ja, das kann ich mir vorstellen. Hoffentlich wird sie schnell wieder ganz gesund! Ist aber auch echt schade, dass Mo nicht hier sein kann. Es ist immer so lustig, wenn er dabei ist.« Kurz hielt sie inne und erinnerte sich vergnügt an ihre vielen gemeinsamen Abenteuer als Kinder. Sie drei gegen den Rest der Welt. Okay, zugegebenermaßen waren manchmal auch noch ihr Bruder Mark und Mourice´ Schwester Maya dabei gewesen, doch galten sie eher als gern gesehene Gäste. »Wir werden allerdings auch ohne ihn eine tolle Zeit haben.« Dabei strahlte Tanja solche Zuversicht aus, dass keiner auch nur eine Sekunde daran zweifelte. Besonders Lorenzo nicht, dem sie ganz ungeniert zuzwinkerte. »Aber jetzt kommt erst mal rein. Es gibt gleich Mittagessen. Mutti hat gekocht und ihr wisst ja, was das heißt.«

Tanjas prüfender Blick wanderte von einer zustimmend nickenden Sienna zu einem ratlos dreinblickenden Lorenzo.

»Dummerchen, es bedeutet natürlich, dass ihr gleich von der großartigsten Köchin der Welt bewirtet werdet«, erklärte sie mit unverhohlenem Stolz in der Stimme.

In der Tat beherrschte Tanjas Mutter ihr Handwerk ganz hervorragend und war schon mit diversen Preisen ausgezeichnet worden, die dies belegten.

Tanjas Eltern freuten sich ebenfalls, Sienna wiederzusehen. Das letzte Mal war schon einige Jahre her, da Sienna noch nie nach Rom gekommen und Tanja immer in Begleitung ihres älteren Bruders zu Besuch nach Leipzig gefahren war.

Am darauffolgenden Mittag betraten Sienna, Lorenzo und Tanja das Hotel *Leone d´oro*. Tanja hatte darauf bestanden, ihre Freundin als »moralische Unterstützung« zu begleiten. Obgleich Sienna ihre guten Absichten nicht infrage stellte, glaubte sie doch, dass Tanja nicht ganz uneigennützig handelte. ›So wie sie Enzo anhimmelt, ist Tanja eher seinetwegen mitgekommen. Um noch mehr Zeit mit ihm zu verbringen. Ob ihm das gefällt? Mag er sie genauso?‹ Sienna wusste es nicht. Noch kannte sie ihren Cousin nicht gut genug, um es einschätzen zu können, und fragen wollte sie ihn nicht. ›Nicht, dass ich noch was durcheinanderbringe. Die kriegen das schon selbst hin.‹

Interessiert ließ Sienna den Eingangsbereich des Hotels auf sich wirken. Die Einrichtung war freundlich und hell. Ein rubinroter Teppich dämpfte ihre Schritte und vermittelte einen heimeligen Eindruck. Einige Gäste saßen in gemütlichen Sesseln und lasen Zeitung, telefonierten oder unterhielten sich miteinander. Neben dem Aufzug waren Schilder angebracht, die zur Bibliothek, zum Frühstücksraum und Wellnessbereich wiesen. ›Das ist also Mums Reich. Hier versteckt sie sich vor ihrer Familie und der Vergangenheit.‹ Eine leise Stimme in ihrem Inneren warnte Sienna davor, so zynisch zu denken. Aber der wesentlich lautere Teil ihrer Gedanken hieß die Negativität willkommen, denn sie lenkte effektiv von ihrer Nervosität ab.

›Wenn Mum mich wegschickt, schreie ich das ganze Hotel zusammen‹, entschied Sienna. ›Abwimmeln lasse ich mich nicht. Ich hab ein Recht darauf, mit ihr zu sprechen. Das muss sie einsehen.‹

Zielstrebig ging Lorenzo zur Rezeption und begrüßte den Portier wie einen alten Bekannten. Die beiden sprachen in raschem Italienisch miteinander, sodass Sienna nur Wortfetzen verstand. Aus dem Wenigen schlussfolgerte sie, dass Lorenzo wissen wollte, ob seine Tante im Haus sei. Der Portier verneinte dies jedoch und erwiderte, Signorita Belzoni sei auf einer Tagung in Verona und werde erst in zwei Tagen zurück sein. Die drei Jugendlichen ließen sich daraufhin ein wenig ratlos in die Sessel fallen und überlegten, wie sie weiter vorgehen sollten. Sienna spürte erneut den wohlbekannten Zweifel an ihrem Plan in sich aufsteigen.

Lorenzo schien ihr anzusehen, was sie beschäftigte, denn er meinte: »Ich verstehe, dass du enttäuscht bist.«

»Enttäuscht?«, wiederholte Sienna ungläubig. Dann verbesserte sie ihn: »Versuch´s mit frustriert oder genervt.«

Er nickte. »Macht auch Sinn. Aber es sind ja nur zwei Tage. Die überstehst du auch noch.« Tanja ergänzte: »Besonders mit uns an deiner Seite. Wir werden das Beste draus machen.«

»Und das heißt?«, fragte Sienna misstrauisch.

»Ich bin nicht nur der beste Fremdenführer von Florenz, sondern kenne mich auch in Rom ziemlich gut aus. Das solltest du auf jeden Fall nutzen. Schließlich hast du nicht jeden Tag die Chance, eine toll organisierte und noch dazu kostenlose Stadtführung zu bekommen«, antwortete Lorenzo selbstsicher.

Sienna konnte sich ein Grinsen nicht verkneifen. ›Er leidet eindeutig unter übersteigertem Selbstbewusstsein. Da geht´s ihm wie Mo. Die beiden hätten sich sicher gut verstanden.‹ Als Sienna an ihren besten Freund dachte, wurde sie irgendwie traurig. Gern hätte sie ihn bei ihrer Suche dabeigehabt.

»Jetzt gib dir einen Ruck!«, forderte Tanja.

Lorenzo schlug vor: »Wir schauen uns den Petersplatz mit dem Petersdom an.« Um zu beweisen, dass er sich tatsächlich auskannte, fügte er rasch hinzu: »Das ist die größte Kirche des Christentums, unter anderem ausgestaltet von Michelangelo und Bernini. Sie wurde über der vermuteten Grabstätte des Apostels Petrus erbaut und ist die Hauptkirche des Papstes. Der Petersdom wird auch *Peterbasilika, Vatikanische Basilika, Basilika St. Peter* oder *Templum Vaticanum* genannt.«

»Super Idee. Der Dom wird dir gefallen. Und auf dem Platz gibt es köstliches *gelato*[1]«, meinte Tanja begeistert.

Sienna seufzte. ›Ich bin wohl überstimmt. Aber was soll's, ist immer noch besser als Däumchendrehen in meinem Zimmer.‹ Allein die Vorstellung, jetzt mit ihren Gedanken allein zu sein, war ausreichend Antrieb, sich den anderen beiden anzuschließen.

»Dann los«, sagte Sienna und erntete dafür anerkennende Blicke.

1 *Eis*

Kapitel 32

Zwei Tage später zeigte Siennas digitale Armbanduhr 14:24 Uhr an. Allmählich wurde sie unruhig. Es waren bereits zwanzig Minuten vergangen, seit Lorenzo den Rezeptionisten des *Leone d'oro* gebeten hatte, seiner Chefin, Emilia Belzoni, mitzuteilen, dass ihr Neffe sie zu sprechen wünsche. ›Will Mum Enzo nicht sehen? Ist sie sauer, weil er sich nicht vor seiner Ankunft hier angekündigt hat? Das wäre so albern.‹

Erneut ließ Sienna ihren Blick über die weitläufige Dachterrasse des Hotels schweifen. Mehrere Gäste saßen entspannt bei *Caffè Americano*[1] und *Cantuccini*[2]. Sie unterhielten sich, lachten zusammen und hatten keine Ahnung, wie kurz Sienna davorstand, die Nerven zu verlieren.

»Ich frag selbst noch mal an der Rezeption«, platzte es aus ihr heraus.

Lorenzo schaute seine Cousine erstaunt an. »Denkst du, du hast mehr Glück als ich?«

»Ich kann jedenfalls nicht länger hier sitzen und nichts tun«, zischte sie.

»Boah, ganz ruhig. Ich bin auf deiner Seite«, erinnerte er Sienna.

Sie schüttelte über sich selbst den Kopf und beeilte sich zu sagen: »Ich weiß. *Scusi.*[3] Ich bin nur so aufgeregt.«

»Schon okay, ist ja verständlich«, meinte Lorenzo großzügig.

»Dann mal los.« Mit diesen Worten sprang die Sienna

---

1 ›Amerikanischer Kaffee‹ (Kaffee-Spezialität)

2 toskanisches Mandelgebäck

3 Es tut mir leid. / Entschuldige.

auf und lief schnellen Schrittes zum Ausgang der Dach-terrasse, welcher zurück ins Hotel führte. Sie hörte ihren Cousin hinter sich herrufen, achtete jedoch nicht mehr auf ihn. Sie hatte ein neues Ziel vor Augen.

Ihre Mission wurde abrupt zum Stillstand gebracht, als sie mit einer Person zusammenstieß, die gerade die Terrasse betreten wollte.

»*Scusi*«, murmelte Sienna geistesabwesend und warf ei-nen flüchtigen Blick auf die sich ebenfalls entschuldigende Frau.

Mitten in der Bewegung erstarrte Sienna. Sie war direkt in ihre Mutter hineingelaufen und stand ihr nun, unfähig, sich zu rühren, gegenüber.

›Sie hat Sommersprossen‹, war das Erste, was Sienna in den Sinn kam. Sogleich schüttelte sie über sich selbst den Kopf ›Das ist echt das Erste, woran ich denke? Shit, ich bin wirklich durch.‹ Ein Schnauben entfuhr ihr bei dem Gedanken. ›Mo wird sich kaputtlachen, wenn er das hört.‹ Dass sie in diesem besonderen Moment an ihren besten Freund dachte, bewies nur einmal mehr, wie wichtig er für sie war. Ein sicherer Hafen gewissermaßen, aus dem sie Kraft schöpfen konnte.

In echt war ihre Mutter noch hübscher als auf Fotos. Sie hatte ein freundliches Gesicht, mit denselben Lachfält-chen um die Augen wie ihr Vater Alessandro und etwas dunklerem Haar als Sienna, das sie zu einem Knoten zu-sammengebunden hatte, der sie nicht streng, sondern viel-mehr professionell erscheinen ließ. Die gleiche Wirkung entfaltete die weiße Bluse, die sie mit einem knielangen weinroten Rock und schwarzen Absatzschuhen kombiniert hatte. Abgesehen von perlmuttfarbenen Ohrsteckern trug Emilia keinen Schmuck, was sie allerdings auch gar nicht nötig hatte. Ihre grauen Augen fixierten Sienna und weiteten sich vor Überraschung.

»Das, das kann doch gar nicht sein«, murmelte sie fassungslos. Jetzt gab es kein Zurück mehr.

»Weißt du, wer ich bin?«, erkundigte sich Sienna überflüssigerweise. Sie musste die Antwort einfach ausgesprochen hören.

»Sienna«, murmelte ihr Gegenüber leise. »Du bist Sienna, meine Tochter.«

»Also erinnerst du dich daran, eine Tochter zu haben?«, blaffte Sienna. Das Wort aus dem Mund ihrer Mutter zu hören, hatte ihre altbekannte Wut erneut angefacht.

»Natürlich. Ich habe dich nie vergessen.«

»Und warum hast du dich dann nie gemeldet? War ich dir so egal? Was habe ich dir jemals getan?«, verlangte Sienna zu erfahren. Dabei überschlug sich ihre Stimme.

Die Hotelgäste um sie herum wurden auf sie aufmerksam, doch das war ihr egal. Zum ersten Mal in ihrem Leben kümmerte es Sienna nicht, im Mittelpunkt zu stehen oder was andere von ihr denken mochten. Zu viele andere Empfindungen kämpften gerade in ihrem Inneren miteinander.

Von den hasserfüllten Worten überrumpelt, schwankte die Mutter, als würde sie gleich das Bewusstsein verlieren. Instinktiv griff Sienna nach ihrem Arm und stützte sie. Sie gewann das Gleichgewicht zurück und zog Sienna an sich.

»Lass mich«, fauchte Sienna und versuchte sich loszumachen. Die andere lockerte jedoch ihren Griff keinen Millimeter.

»Shhh. Ich weiß, es tut weh. Aber du wirst so sehr geliebt, dass der Schmerz keine Chance hat«, murmelte die Mutter beruhigend in Siennas Ohr.

Sie erstarrte bei diesen Worten und dem Tonfall, in dem sie gesprochen wurden. ›Das hat sie schon mal zu mir gesagt. Nach Biancas Tod‹, begriff Sienna. ›Warum fällt mir das ausgerechnet jetzt ein?‹ Der Gedanke an ihre Schwester und alles Verlorene überwältigte sie und machte jede Fluchtabsicht zunichte. Ein Schluchzen entfuhr ihr.

Emilia drückte ihre Tochter noch fester an sich, nicht minder überwältigt. ›Sienna ist hier. Endlich kann ich sie wieder im Arm halten. Es fühlt sich an wie beim ersten Mal. Und zugleich auch nicht. *Mio Dio*[1], warum habe ich darauf so lange verzichtet?!‹ Innerlich verwünschte Emilia ihr früheres Handeln, das sie von ihrer Tochter entfremdet hatte.

Irgendwann löste sich Emilia von Sienna und wischte sich Tränen aus den Augen. Dabei kaute sie nervös auf ihrer Unterlippe. Sienna musste unwillkürlich darüber lächeln, dass ihre Mutter dieselbe nervöse Angewohnheit wie sie hatte.

»Ich kann gar nicht glauben, dass du hier bist. Wie ist das nur möglich?«, fragte Emilia voller Verwirrung.

»*È colpa mia*«[2], gestand Lorenzo, während er zu den beiden trat. Bislang hatte er sich diskret zurückgehalten und war sitzen geblieben.

Emilia schien ihren Neffen erst jetzt zu bemerken, wie ihr überraschter Gesichtsausdruck zeigte. Auch Sienna hatte die Anwesenheit ihres Cousins kurzzeitig vergessen.

»Lorenzo, du hast Kontakt zu Sienna aufgenommen?«

»Nein«, wehrte er die ungläubige Frage seiner Tante ab. »Wir sollten uns setzen. Diese Geschichte zu erzählen, dauert eine Weile.«

Die anderen beiden folgten seinem Vorschlag und nahmen an einem Tisch mit Blick auf den hoteleigenen

1 *Mein Gott.*

2 *Es ist meine Schuld.*

Garten Platz. Emilia hörte die ganze Zeit aufmerksam zu und unterbrach die beiden Jugendlichen nur, um eine thematisch passende Frage zu stellen. Sienna gefiel dieses Verhalten, denn sie hasste es, ständig grundlos unterbrochen zu werden. Natalie tat das zu gern. Aber Emilia war eine ausgezeichnete Zuhörerin. Ab und zu entfuhr ihr jedoch ein ungläubiger Laut oder ein Schluchzen. Als Sienna ihrer Mutter das Schmuckstück zeigte, das den ganzen Plan erst ins Rollen gebracht hatte, ergriff Emilia die Kette und ließ sie nachdenklich zwischen ihren Fingern hin und her gleiten.

»Ich habe dir die Kette vor meiner Abreise abgenommen, aber du hast bitterlich angefangen zu weinen und gar nicht wieder aufgehört. Erst als ich sie dir wieder umgebunden habe, hast du dich beruhigt.«

»Gut, dass du sie nicht behalten hast. Sonst hätte ich vielleicht nie begonnen, nach dir zu suchen«, meinte Sienna entschieden.

»Du sagst, du hast die Truhe geöffnet und Katharinas Brief gefunden. Wie genau hast du ihn gelesen?«, fragte Emilia vorsichtig.

Sienna sah ihrer Mutter direkt in die Augen – Grau in Grau –, während sie antwortete: »Ich weiß von Bianca. Jonah und Kat haben mir die ganze Wahrheit gesagt.«

Als Emilia das hörte, erhob sie sich, ging um den Tisch herum und umarmte ihre Tochter fest. Nun war es Sienna, der die Tränen kamen. Sie fand es erstaunlich, nie im Beisein ihres Vaters die Fassung verloren und um ihren toten Zwilling getrauert zu haben. Erst hier geschah es, in den Armen ihrer Mutter, die sie kaum kannte. Vielleicht stimmte es ja doch, dass man Fremden gegenüber offener war, weil sie einen nicht verurteilten.

»Warum habt ihr mir die Erinnerungen an meine

240

Schwester genommen?«, verlangte Sienna zu erfahren, nachdem sie sich wieder einigermaßen beruhigt hatte.

Nach einigen Augenblicken antwortete Emilia traurig: »Nach Biancas Tod hattest du dich stark verändert. Vorher warst du immer sehr fröhlich und laut, danach still und in dich gekehrt. Du wolltest nicht mehr essen, konntest nicht schlafen und hast manchmal stundenlang bewegungslos auf eine Stelle gestarrt. Dein Vater und ich mussten etwas unternehmen. Nach unzähligen Arztbesuchen wurde uns schließlich klar, dass eine Behandlung, durch die du die Erinnerungen an die ersten Jahre deines Lebens verlierst und somit auch an den Unfall, die einzige dauerhafte Lösung für dieses Problem ist.«

Sienna sah in den Ausführungen ihrer Mutter bestätigt, was ihr ihre Paten und Großmutter bereits berichtet hatten. Das machte die Sache allerdings nicht besser.

»Ihr konntet nicht wissen, ob es mir mit der Zeit nicht von selbst wieder besser gehen würde! Was, wenn ihr zu früh gehandelt habt und meine Erinnerungen ganz umsonst fort sind?!«, fragte sie wütend.

Emilia zuckte bei ihrem Tonfall zusammen. »Du hast so gelitten. Das konnten wir nicht länger mit ansehen«, verteidigte sie sich.

»Ihr konntet es nicht mehr mit ansehen? Dabei ging es aber nicht um euch! Und überhaupt – du warst dann ja sowieso nicht mehr da, um es dir anzusehen.«

›Sie hasst mich‹, schoss es Siennas Mutter durch den Kopf. ›Dafür, dass sie sich nicht an Bianca erinnern kann, und dafür, dass ich gegangen bin.‹

»Meinetwegen bist du gegangen«, stellte Sienna unglücklich fest.

›Das glaubt sie?‹, dachte Emilia erschrocken. Sie beeilte sich zu sagen: »Oh nein, das darfst du niemals denken.

Mit dir hatte das überhaupt nichts zu tun. Ich habe Biancas Tod ebenso schlecht verkraftet wie du und war nicht mehr in der Lage, mich um dich zu kümmern. Die meiste Zeit lag ich wach im Bett und durchlebte immer wieder das Bootsunglück. Es war eine Endlosschleife in meinem Kopf. Ich hatte schlimme Depressionen und Halluzinationen von deiner Schwester oder davon, dass dir ebenfalls etwas zustößt. Verstehst du? Meine Trauer und Verunsicherung blieben auch dir nicht verborgen, gingen zum Teil auf dich über. Ich war einer der Gründe, warum sich dein Zustand nicht besserte.«

Emilia seufzte abgrundtief, bevor sie weitersprach.

»Nach deiner Behandlung habe ich eine mehrmonatige Therapie begonnen, die mir sehr half. Ich begriff dabei allerdings auch, dass ich nicht länger die Mutter für dich sein konnte, die du verdienst. Deswegen und nur deswegen bin ich gegangen. Du hast nichts getan, das diese Entscheidung herbeiführte.«

»Du hättest nicht für immer gehen müssen. Ich wäre glücklich gewesen, dich ab und zu mal zu sehen, dich wenigstens ein bisschen zu kennen«, entgegnete Sienna.

›Was habe ich ihr nur angetan? Ich wollte ihr helfen, alles besser zu verarbeiten, indem ich gehe und meinen Schmerz mitnehme. Aber in Wahrheit habe ich Siennas Schmerz dadurch nur vergrößert. Nicht die Trauer um ihre Schwester, aber um mich. Sie scheint jahrelang gedacht zu haben, dass unsere Familie ihretwegen zerbrochen ist. Ich bin die schlechteste Mutter der Welt‹, verfluchte sich Emilia. Nicht zum ersten Mal wünschte sie, die Zeit zurückdrehen zu können. ›Dann würden weder Bianca noch Sienna Schaden nehmen.‹

Bei einem war sich Emilia absolut sicher: ›Sienna wird mir nie verzeihen.‹ Diese Erkenntnis brach ihr das Herz.

›Aber ich werde trotzdem versuchen, mir ihre Liebe zu verdienen‹, entschied sie. Es mochte ein selbstsüchtiger Wunsch sein, aber manchmal musste man so handeln. Zweifellos hätte sie keine ruhige Minute mehr, wenn sie es nicht probierte. ›Die Schuldgefühle würden mich auffressen wie damals nach Biancas Tod‹, dachte sie schaudernd.

Emilia atmete tief durch und räumte dann ein: »Du hast recht. Es war nicht notwendig, völlig aus deinem Leben zu verschwinden, und ich habe keine nachvollziehbare Entschuldigung dafür.«

»Versuch es«, verlangte ihre Tochter trotzig.

Emilia schloss für einen Moment die Augen, um sich zu sammeln. Dann fuhr sie fort: »Es dauerte Jahre, bis ich wieder einigermaßen hergestellt war. Als ich mich endlich bereit fühlte, auf dich zuzugehen, begriff ich plötzlich, dass du mich gar nicht brauchtest.«

»Das ist nicht wahr! Ich hätte dich gebraucht«, widersprach Sienna aufgebracht.

Ihre Mutter drückte gerührt ihre Hand, bevor sie seufzend erwiderte: »Ich schätze, ich fürchtete mich einfach vor deiner Reaktion und vermied deswegen ein Treffen. Ich war einige Male in Leipzig und habe unter anderem eines deiner Fußballspiele, einen *Tag der offenen Tür* deiner Grundschule, bei dem Zeichnungen von dir ausgestellt waren und einen Vorlesewettbewerb besucht. Du hast gewonnen. Ich war so unsagbar stolz auf dich und wollte unbedingt mit dir sprechen. Aber im entscheidenden Moment fehlte mir dann jedes Mal der Mut. Es tut mir schrecklich leid.« Aufrichtige Reue sprach aus ihren Worten.

Sienna starrte ihre Mum sprachlos an. ›Sie war da? Auch bei dem Vorlesewettbewerb vor zwei Jahren?‹ Sienna hatte damals aus einem *Harry Potter*-Buch vorgelesen und sich durch ihre »hervorragende Betonung und lebhafte Darstellung« – so die Einschätzung der Jury – gegen die Konkurrenten durchgesetzt. Dass ihre Mutter diesen besonderen Moment miterlebt hatte, bedeutete Sienna mehr, als sie zugeben wollte. Unwillkürlich fiel ihr wieder ein, wie sie sich damals gewünscht hatte, ein zweites Elternteil würde ihr gratulieren und sich mit ihr freuen. Und nun erfuhr sie, dass Emilia in all den Jahren an sie gedacht hatte, sogar Kontakt aufnehmen wollte.

›Ich wünschte, sie hätte es getan‹, dachte Sienna mit Bedauern. Zugleich begriff sie, dass sie ihrer Mutter nie gleichgültig gewesen war. Kurz schloss sie die Augen und lauschte dem Vogelgezwitscher.

Als sie ihre Augen wieder öffnete, sah sie ihrer Mutter direkt ins Gesicht. Aufrichtige Reue und die stumme Bitte um Verzeihung sprachen daraus.

Sienna gab sich einen Ruck und meinte mit verschmitztem Lächeln: »Sieh es positiv: Du hast den Rest deines Lebens Zeit, es wieder gut zu machen.«

Bei diesen Worten brach Lorenzo in glucksendes Lachen aus, während Emilia erleichtert aufatmete und auf eine ihrer Tochter sehr ähnliche Weise lächelte.

Kapitel 33

Die darauffolgenden Tage vergingen wie im Flug. Obgleich Lorenzo nie weit weg war, ließ er seiner Tante und Cousine genug Freiraum zum Kennenlernen. ›Sie brauchen die Zeit für sich. Und ich will Tanja besser kennenlernen‹, dachte er verschmitzt. Siennas beste Freundin faszinierte ihn ungemein. Emilia hatte sich frei genommen und zeigte ihrer Tochter die *Ewige Stadt* – ein Rom, das über die bekannten Touristenmagneten hinausging und Lorenzos sogenanntes Fachwissen vernichtend gering erscheinen ließ.

›Das sollte ich ihm besser nicht sagen‹, überlegte Sienna. ›Außer, er wird zu abgehoben. Dann kann er einen Dämpfer gut gebrauchen.‹ Sie ahnte, dass ihr Cousin nur deswegen Abstand hielt, weil er dem Kennenlernen mit ihrer Mutter nicht im Weg stehen wollte. Anfangs wünschte sie sich ihn allerdings herbei. ›Er könnte die unangenehme Stille überbrücken.‹

Sienna wusste nicht, was sie sagen sollte, ohne ihren negativen Gefühlen zu unterliegen, und Emilia wusste nicht, was sie sagen sollte, ohne diese negativen Gefühle hervorzurufen. Also schwiegen beide. Bis Emilias Blick auf Siennas Handyhülle fiel.

»Du magst immer noch Pferde?«, fragte sie erfreut.

Sienna folgte ihrem Blick und erwiderte: »Das ist eine Untertreibung.« Pferde waren mittlerweile ein so wichtiger Teil ihres Lebens. Nirgendwo konnte sie ihren niederdrückenden Gedanken besser entkommen als im Pferdestall.

»Reitest du denn selbst auch?«, erkundigte sich ihre Mutter neugierig.

»Ja, seit ein paar Monaten.«

»Wie schön. Hast du zu einem bestimmten Pferd eine besondere Bindung?«

»Bisher noch nicht. Ich reite immer unterschiedliche Tiere, je nachdem, welches gerade frei ist.« Ehe sich Sienna versah, erzählte sie von ihrer Arbeit auf dem Gestüt und ihrem Arrangement mit der Besitzerin.

»Wow, du wolltest das wirklich unbedingt«, meinte Emilia anerkennend. »Aber ich verstehe dich da sehr gut. Ich kann nirgendwo besser abschalten als auf dem Rücken eines Pferdes.«

»Du reitest auch?«, entfuhr es Sienna verblüfft.

»Seit ich sieben Jahre alt war«, bestätigte Emilia versonnen. Da kam ihr plötzlich eine Idee: »Möchtest du meine Stute kennenlernen?«

Sienna klappte vor Überraschung der Mund auf. »Du hast dein eigenes Pferd?«

»Ja. Sie ist ein Traber und das liebste Pferd, das ich je geritten bin.«

»Ich will sie sehen«, verkündete Sienna aufgeregt.

Emilia lächelte wegen dieser Begeisterung und sagte: »Dann mal los.«

Vierzig Minuten später standen Sienna und ihre Mum im Reitstall und verwöhnten die Stute mit Snacks und Streicheleinheiten. Sienna war hin und weg von dem kastanienbraunen Traber.

»Wie heißt sie?«, wollte die Vierzehnjährige wissen.

»Epona.«

Sienna lachte ungläubig auf. »Du hast sie nach der Pferdegöttin benannt?«

Achselzuckend erwiderte Emilia: »Der Name erschien mir passend.«

Als Sienna einen weiteren Blick auf das Tier warf und

erneut hingerissen wurde von dessen Anmut und Schönheit, musste sie zugeben, dass da was dran war.

»Epona«, wiederholte sie und kraulte den Hals der Stute. »Seit wann hast du sie?«

Es dauerte einen Moment, bis ihre Mutter antwortete. ›Muss Mum erst überlegen, weil es schon so lange her ist?‹, fragte sich Sienna.

»Seit ich wieder in Italien bin. Sie war Teil meines Therapieprogramms«, erklärte Emilia nun.

Sienna begriff, was ihre Mutter zu sagen versuchte und warum es ihr so schwerfiel, dies zu tun. ›Die Therapie nach Biancas Tod.‹ Sie schluckte schwer und verbarg ihr Gesicht in Eponas Mähne. Stumm dankte sie der Stute dafür, dass diese ihrer Mum in einer so schwierigen Lebensphase beigestanden hatte.

»Darf ich sie mal reiten?«, erkundigte sich Sienna hoffnungsvoll. Erleichtert wegen des Themenwechsels nickte Emilia. Gemeinsam suchten sie passende Reitkleidung für die Vierzehnjährige. Kurz darauf saß sie auf. Sogleich überkam Sienna ein Gefühl von Heimat. Es blieb für diesen Tag bei einem vergleichsweise kurzen Ritt über das Gestüt. Doch Emilia versprach fest, am übernächsten Tag einen längeren Ausritt ins Umland mit ihrer Tochter zu unternehmen. Diese freute sich riesig darauf und konnte es kaum erwarten.

Dass Sienna zurück zu ihrem Vater nach Deutschland fahren musste, ließ sich leider nicht ewig ignorieren. Es mochte ihr gelungen sein, diesen Umstand zwischenzeitlich zu vergessen, aber am Tag der Abreise war Sienna sehr schweigsam. ›Ich hasse Abschiede‹, dachte sie bedrückt. Ihren Großeltern und den anderen florentinischen Verwandten nach so kurzer Zeit Adieu zu sagen, hatte ihr schon gereicht. Zu viele Tränen und Wehmut. ›Aber ich werde sie wiedersehen.‹ Diese Worte sagte sie sich seitdem immer wieder und hatte sie auch von ihnen mehrfach gehört. Dass alle im gemeinsamen Familienchat Kontakt zu ihr hielten, war ein gutes Zeichen und gab Sienna Hoffnung, dass sie es ernst meinten.

Emilia umarmte ihre Tochter lange und flüsterte ihr ins Ohr: »In einem Monat komme ich nach und dann sprechen wir gemeinsam mit Emanuel und erklären ihm alles. Einverstanden?«

Statt einer Antwort schniefte Sienna laut.

»Du hast meine Handynummer und kannst mich jederzeit anrufen. Egal wie früh oder spät – ich werde rangehen. Ich mache bestimmt nicht noch mal den Fehler, kein Teil deines Lebens zu sein«, versicherte Emilia mit sanfter Stimme. Ihre Worte zauberten Sienna ein zaghaftes Lächeln ins Gesicht.

»Das will ich auch hoffen«, verkündete sie, bevor sie ihre Mutter ein letztes Mal umarmte. Anschließend verabschiedete sie sich von Tanja und Lorenzo, die bislang wortlos und händchenhaltend daneben gestanden hatten. Aufrichtig meinte sie: »Ich danke euch für eure Hilfe und eure aufmunternden Worte, wenn ich mal wieder Zweifel an meinem Plan hatte. Danke für alles.«

Tanja erwiderte lächelnd: »Ich danke dir auch. Dafür, dass du mich an deiner Suche beteiligt hast und ich so Enzo getroffen habe.« Sie zwinkerte ihrem Freund zu, worauf er errötete.

›Wie süß‹, dachte Sienna erfreut. Zwei Menschen, die sie sehr gern hatte, als Paar – was konnte besser sein?

»Vergiss nicht, dass wir morgen Abend videochatten«, erinnerte Tanja ihre beste Freundin. Sie brannte darauf, in Ruhe alle Details der letzten Tage zu besprechen.

»Würde ich nie«, erwiderte Sienna grinsend. »Du fehlst mir schon jetzt«, gestand sie dann.

Tanja ließ Lorenzos Hand los und umarmte Sienna stürmisch. »Du mir auch. Immer wenn ich Leipzig verlassen hab, wollte ich am liebsten direkt wieder umkehren.«

»Diesmal bin ich die, die geht«, schluchzte Sienna. Das war für beide eine Premiere.

»Aber nicht für lang«, erinnerte Tanja sie, während sie ihre tränenfeuchten Augen in Siennas Locken verbarg.

»Nicht für lang«, wiederholte Sienna zustimmend. Bevor sie noch einen völligen Zusammenbruch erlitt, stieg sie rasch in den Fernbus nach Leipzig. Von ihrem Sitzplatz aus winkte Sienna den dreien ein letztes Mal zu.

Kapitel 34

Als Sienna den Fernbus am Leipziger Hauptbahnhof verließ, warteten ihre Patentante Katharina, ihr Patenonkel Jonah und ihr bester Freund Mourice bereits ungeduldig auf sie. Sie lief ihnen entgegen und wurde auf halbem Weg von Mos luftraubender Umarmung willkommen geheißen, wodurch es sich sofort zuhause fühlte. Er hatte Sienna genauso vermisst wie sie ihn.

»Endlich bist du wieder da«, flüsterte er. Sie strahlte ihn an und erwiderte: »Ich freu mich auch, dich zu sehen.«

»Du musst mir alles erzählen! Was ist noch passiert die letzten Tage?«

»Ich weiß gar nicht, wo ich anfangen soll«, erwiderte Sienna, von purer Freude erfüllt.

»Wir wollen es aber auch hören«, beschwerte sich jetzt Kat. Jonah nickte zustimmend. Die beiden waren herangetreten und hatten die letzten Worte der Freunde mit angehört.

Grinsend gab Sienna zurück: »Natürlich. Ohne euch hätte ich meine Familie gar nicht kennengelernt. Und ihr gehört ja auch dazu!« Inzwischen zweifelte sie nicht mehr daran.

Ihre Paten wirkten sehr zufrieden mit dieser Antwort und umarmten sie herzlich. Katharina staunte dabei: »Wow, wie braun du geworden bist! Jetzt wirkst du wie eine echte Italienerin.«

Sienna freute sich über dieses Kompliment, denn in den vergangenen Wochen hatte sie die italienische Kultur ins Herz geschlossen. Grinsend antwortete sie: »Es liegt mir im Blut.«

»Da hast du wohl recht.«

»Wie geht es Maya?«, erkundigte sich Sienna jetzt ernst bei Mo. Als sie zuletzt geschrieben hatten, war seine Schwester gerade von der Intensivstation entlassen worden und hatte sich pausenlos über das schlechte Angebot an Fernsehsendern beschwert. ›Sie hat sich doll gelangweilt. Echt schade, dass Maya nicht gern liest. Ich hätte ihr einige gute Bücher empfehlen können‹, dachte sie bedauernd.

Mo antwortete: »Schon besser. Zumindest gut genug, um allen Leuten in ihrer Nähe auf die Nerven zu gehen. Du weißt, dass sie nicht lange stillsitzen kann, sondern immer zu viel Energie hat. Wird sie die nicht los, langweilt sie sich. Gestern hat sie angefangen, mit Krücken zu gehen und ist fest entschlossen, binnen weniger Tage wieder ohne Hilfe zu laufen.« Seine Zweifel an diesem Vorhaben waren unüberhörbar.

Sienna musste unwillkürlich lächeln. Mo merkte gar nicht, wie ähnlich sich die Geschwister waren. Mit Sicherheit wäre er an Mayas Stelle genauso stur.

Eine Viertelstunde später saßen die vier in einem gemütlichen kleinen Café nahe der Thomaskirche und besprachen bei wunderbar erfrischenden Milchshakes Siennas »Abenteuer in Italien«, wie Katharina die Operation getauft hatte. An mehreren Stellen der Geschichte kamen der Fotografin Tränen, woraufhin sie die Hand ihrer Patentochter ergriff und fest drückte. Mourice wusste zwar schon vieles durch die Nachrichten, die Sienna und er ausgetauscht hatten. Da sie sich jedoch ganz auf die gemeinsame Zeit mit ihrer Familie konzentrieren sollte und Mo ebenfalls gut beschäftigt gewesen war, hatten sie nicht miteinander telefoniert. Aus diesem Grund erfuhr auch er nun noch einige bislang unbekannte Details.

»Ich will unbedingt Enzo kennenlernen«, verkündete er. ›Er hat Sienna so viel geholfen, dafür möchte ich ihm danken.‹

»Das wirst du«, versicherte Sienna zwinkernd.

›Allein, dass sie sich so sicher ist, zeigt, wie gut ihr die Zeit bei ihrer Verwandtschaft getan hat. Vorher hätte sich Sienna gefragt, ob die sich überhaupt an sie erinnern werden, wenn sie weg ist‹, dachte Mo. Er freute sich sehr für Sienna und war stolz auf sie.

Kat und Jonah stellten viele Fragen zu Emilia und schienen sich mit jedem Wort, das Sienna sagte, ein wenig mehr zu entspannen.

Als Sienna sie darauf ansprach, erwiderte Kat: »Bei unserem letzten Treffen war Emi in einem bedauernswerten Zustand. Offen gestanden hielt ich es für möglich, dass sie versuchen könnte, sich etwas anzutun.«

»Und da hast du Mum einfach im Stich gelassen?«, rief Sienna fassungslos aus.

»Emi hat mich immer und immer wieder von sich weggestoßen. Ich wusste einfach nicht mehr, wie ich ihr helfen konnte«, verteidigte sich Kat.

Jonah kam ihr zu Hilfe: »Mir erging es nicht besser. Deine Mutter wollte keinen von uns sehen, hat sogar unsere Anrufe und Nachrichten ignoriert. Ich habe sie schließlich unangemeldet besucht und davon überzeugt, eine Therapie zu beginnen.« Betrübt fügte er hinzu: »Hätte ich damals allerdings gewusst, dass mein Vorschlag nach sich zieht, dass sie dich und deinen Vater verlässt, hätte ich den Mund gehalten.«

›Von ihm kam also diese Idee‹, erkannte Sienna. ›Aber er konnte wirklich nicht wissen, welche Schlussfolgerung Mum aus dem Ganzen ziehen würde.‹ Enthusiastisch schüttelte sie den Kopf und sah Jonah direkt an.

»Nein, mach dir keine Vorwürfe. Du hast Mum dadurch möglicherweise das Leben gerettet und einen Neuanfang ermöglicht.« An Katharina gewandt sagte sie entschuldigend: »Tut mir leid, dass ich dir vorgeworfen hab, nicht für sie da gewesen zu sein. Das war total dumm von mir. Ich weiß, du hast dein Bestes gegeben, um ihr zu helfen.«

»Du bist deiner Mutter ähnlicher, als dir bewusst ist«, verkündete Kat lächelnd.

Nur mit Mühe konnte Sienna verhindern, zusammenzuzucken. So sicher, dass dies eine gute Sache war, war sie sich nämlich nicht. ›Mum ist abgehauen, als Paps und ich sie am meisten gebraucht hätten. Hoffentlich mache ich nie so was Dummes‹, dachte sie mit Nachdruck. Zwar hatte sie sich mit ihrer Mum ausgesprochen und die beiden hatten ein paar wundervolle Tage zusammen verbracht. Dennoch reichten die alten Wunden tief. Aber vielleicht war das gar nicht so schlecht, denn auf diese Weise wussten alle Beteiligten den Neuanfang wirklich zu schätzen. Die Zeit würde es zeigen.

Nachdem Siennas Bericht haarklein auseinandergenommen worden war, tauschten die vier noch weitere Neuigkeiten aus. Sienna freute sich sehr darüber, dass Jonahs Anstellung als Tontechniker an der Leipziger Oper noch mehrere Monate dauern würde. Katharina ihrerseits hatte beschlossen, ihren Wohnsitz auf unbestimmte Zeit in ein Appartement nach Leipzig zu verlegen.

›So kann ich Sienna und Jonah sehen – zwei Fliegen mit einer Klappe‹, dachte Katharina vergnügt. ›Jetzt fortzugehen, wäre eh denkbar schlecht, denn gleich zu Beginn eine Fernbeziehung zu führen, funktioniert nicht.‹ Davon war sie fest überzeugt. Die Sache mit Jonah erschien ihr noch zu frisch, um durch lange räumliche Distanzen und seltenes

Sehen erschwert zu werden. Da Kat beruflich selbstständig war, fiel es ihr nicht schwer, diese Entscheidung zu treffen. »Arbeiten kann ich von überall aus und ein Tapetenwechsel beflügelt schließlich die Kreativität«, äußerte sie. Aufgrund dieser Entscheidungen würde Sienna ihre Paten zukünftig häufiger sehen.

Mit dieser Gewissheit im Hinterkopf, bereitete ihr der Abschied von beiden keine Probleme.

Mourice begleitete Sienna nach Hause. Zum Abschied umarmte er sie und flüsterte ihr »Hals und Beinbruch« ins Ohr. Dann lief er mit schnellen Schritten die Treppe hinunter und war Sekunden später aus ihrem Blickfeld verschwunden.

Mit klopfendem Herzen betrat Sienna die Dachgeschosswohnung. Einerseits freute sie sich riesig darauf, ihren Vater wiederzusehen. Immerhin waren die beiden noch nie so lang voneinander getrennt gewesen wie jetzt. Andererseits fürchtete sie sich auch. In den vergangenen Wochen war so viel um Sienna herum geschehen, wieso also nicht auch im Leben ihres Vaters? ›Vielleicht hat Natalie meine Abwesenheit genutzt, um Paps wieder in ihren Kokon einzuspinnen?!‹ Dieser Gedanke ließ sie erschaudern.

Der Flur sah zumindest aus wie immer. Als Sienna jedoch das Wohnzimmer betrat, erstarrte sie unwillkürlich. Ihr Vater stand auf dem Esstisch und befestigte gerade eine Lampe an der Decke. An sich nichts Ungewöhnliches – missachtete man, dass die Raumaufteilung und -einrichtung völlig anders waren als bei Siennas Aufbruch vor beinahe einem Monat. ›Was zum Teufel?‹, dachte Sienna fassungslos.

Als sie zur Fensterseite blickte, musste sie allerdings unwillkürlich lächeln. Der alte Schrank mit dem Blumenmuster, den Emanuel mit ihrer Hilfe selbst restauriert hatte und der bis vor einem Jahr Fotoalben beherbergte, stand wieder an seinem gewohnten Platz und vermittelte Sienna sofort ein heimisches Gefühl. Eine Vermutung nahm Gestalt an: Natalie, Verlobte und Schreckgespenst, war endgültig aus dem Leben der Familie Herzog verschwunden.

›Hoffentlich stimmt das.‹ Nichts wünschte sich Sienna in diesem Moment mehr. Weil Natalie ständig an der unmodernen und »unstylischen« Möblierung herumnörgelte, hatte Emanuel alle Wohnzimmermöbel einlagern und den Raum stattdessen nach ihren Vorstellungen einrichten lassen. Dies hatte er vorher nicht mit Sienna abgesprochen. Deswegen war sie total geschockt gewesen, als sie aus der Schule nach Hause kam und statt der gemütlichen und größtenteils selbst gezimmerten Möbel hochmoderne, absolut unpersönliche Einrichtungsgegenstände vorfand. Am meisten hatte sie die schwarze Ledercouch gehasst. ›Die war stockhässlich und steinhart‹, erinnerte sie sich. Ab diesem Tag hatte Sienna bereits beim Betreten des Wohnzimmers immer den Eindruck gehabt, Natalie sei allgegenwärtig und es bestünde keine Möglichkeit, ihr zu entkommen. Aus diesem Grund mied Sienna den Hauptraum des familiären Beisammenseins immer häufiger. Ihr eigenes Zimmer wurde ihr Versteck und Zufluchtsort. Oft genug hatte sie sich aber auch vorübergehend bei Mourice einquartiert. Dessen Eltern hatten nichts dagegen, denn längst betrachteten sie Sienna als Teil der Familie.

Emanuel hingegen missfiel die enge Verbindung seiner Tochter zu dem Jungen. Allerdings lenkte ihn Natalie effektiv ab. Sie äußerte ihm gegenüber mehr als einmal: »Sieh es doch mal so: Wenn Sienna bei Mourice ist, haben wir mehr Zeit für uns und müssen nicht befürchten, dass sie unerwartet hereinplatzt.« Damals hatte er diese

Argumentation sehr einleuchtend gefunden. Mittlerweile zweifelte er daran. ›Natalie wollte nie von sich aus Zeit mit Sienna verbringen. Das hat sie nur gemacht, wenn ich sie darum gebeten habe. Am liebsten war es ihr, wenn Sienna nicht dabei ist. Himmel, wie viele Warnsignale ich einfach ignoriert habe.‹

Plötzlich fiel Sienna ein, dass bereits beim Betreten der Wohnung etwas ungewöhnlich gewesen, ihr zunächst aber entgangen war: ›Ich bin mal nicht über Natalies Pumps gestolpert. Und gleich sieht der Flur viel besser aus‹, dachte sie.

Emanuel hatte die Glühbirne mittlerweile festgeschraubt, stieg vom Tisch herunter und betrachtete stolz sein Werk. Zufrieden drehte er sich einmal um sich selbst, um alles im Blick zu haben. Nun jedoch bemerkte er eine entscheidende Veränderung: Seine Tochter stand in der Tür und schaute ihn verwundert an.

Mit wild klopfendem Herzen erkannte er: ›Sie ist endlich zurück.‹ Einen Moment lang hätte er Sienna fast nicht erkannt. Sie war braun gebrannt und trug ihre sonst unbändigen Locken zu einem langen Zopf geflochten, wodurch sie erwachsener als vor ihrem Aufbruch wirkte.

›Sienna sieht ihrer Mutter noch ähnlicher als früher‹, dachte er wehmütig. Über sich selbst den Kopf schüttelnd, konzentrierte er sich darauf, wie zufrieden und erholt seine Tochter wirkte, fast so, als wäre eine große Last von ihr abgefallen. Um ihren Mund spielte ein aufrichtig erfreutes Lächeln.

Als sich Sienna in seine Arme warf, wie sie es seit einem Jahr nicht mehr getan hatte, wusste Emanuel, bezüglich Natalie die einzig richtige Entscheidung getroffen zu haben. ›Von nun an werde ich ruhig schlafen können.«

»Du bist ja schon da. Warum hast du denn nicht angerufen? Ich hätte dich doch abgeholt«, meinte er erstaunt.

»Ach, alles gut. Mo hat mich herbegleitet.«

»Na klar«, lachte Emanuel. »Ihr beide – unzertrennlich wie eh und je.« Seit er wusste, welche Stütze Mourice seiner Tochter in den vergangenen Jahren, insbesondere gegenüber ihren Mobbern, gewesen war, betrachtete er den Jungen mit anderen Augen. ›Mourice hat getan, was ich hätte tun sollen: Sienna geholfen, sich selbst zu helfen.‹ Dafür konnte sich Emanuel nicht genug bedanken. ›Ich stehe tief in seiner Schuld.‹

»Warum hast du umgeräumt?«, wollte Sienna wissen. Dabei konnte sie einen hoffnungsvollen Unterton in ihrer Stimme nicht verbergen.

»Das, was du wohl schon vermutest. Ich habe mich von Natalie getrennt. Und zwar endgültig«, erklärte Emanuel. Dabei spürte er kein Bedauern mehr. In den vergangenen Wochen hatte er seinen Frieden damit gemacht. Oder besser gesagt, seine Gefühle waren hinreichend erkaltet, um seine Ex-Verlobte nicht zu vermissen. Insbesondere, als sich sein Verdacht gegenüber Natalie und deren Verwicklung mit den Höllenrittern bestätigt hatte. Ihm graute bereits davor, Sienna davon zu erzählen. Er wusste schließlich, wie sehr sie die Entführung und das daraus resultierende Medienspektakel bclastet hatten. ›Aber es ist immer noch besser, sie erfährt das Ganze von mir als von jemand anderem. Wie beim letzten Mal aus der Zeitung beispielsweise.‹

Beim Gedanken an den Journalisten Erwin Rudolph stieg nach wie vor eine ordentliche Portion Wut in Emanuel auf. Stärker jedoch war die Wut über Natalies Verrat. Nie zuvor hatte er sich so ausgenutzt gefühlt. ›Sie war nur mit mir zusammen, um in Ruhe ihr illegal erwirtschaftetes Geld zu waschen. Ich war ein Mittel zum Zweck. Geliebt hat sie mich nie, alles nur geschauspielert.‹ Emanuel wusste nicht, wie er einer anderen Frau je wieder vertrauen sollte. Oder seinem eigenen Bauchgefühl. Dieses hatte sich nämlich monatelang überhaupt nicht negativ zu Wort gemeldet.

›Ich muss völlig vernebelt gewesen sein vor Liebe.‹ Nach wie vor begriff er nicht, wie ihm das in seinem Alter passieren konnte. ›Es gibt offenkundig wirklich für alles ein erstes Mal.‹ Ein winziger Trost. Was ihm aber noch größeres Kopfzerbrechen bereitete als sein fehlendes Misstrauen, war die Sorge, selbst polizeilich belangt zu werden.

›Wenn sie mich nun für einen Mittäter halten? Immerhin hat Natalie ihr schmutziges Geld in meiner Firma gewaschen.‹ Sein Anwalt hatte Emanuel zwar versichert, dass es keinerlei Hinweise darauf gab, dass der Bildhauer Natalie geholfen hatte, aber das mulmige Gefühl blieb dennoch. ›Zumindest kann niemand sagen, ich hätte sie gedeckt, nachdem ich davon erfahren habe.‹ Zumindest hoffte Emanuel, dass ihm seine Anzeige gegen Natalie positiv ausgelegt wurde. ›Ich habe alle meine Einnahmen und Ausgaben offengelegt und der Polizei auch Zugang zu sämtlichen Dokumenten gewährt. Das muss doch was wert sein.‹

Seine größte Angst bestand darin, Sienna zu verlieren. ›Falls mich die Polizei für mitschuldig hält und mir das Sorgerecht entzogen wird … Aber nein, das wird nicht passieren. Ich habe mir nichts zuschulden kommen lassen‹, sprach er sich selbst Mut zu. Emanuel war mittlerweile auch völlig klar, dass er Sienna auch ohne Einwirken von außen verloren hätte, wäre er weiterhin mit Natalie zusammengeblieben. Zu lange hatte er geglaubt, seine Tochter wolle seiner Verlobten einfach keine Chance geben.

Inzwischen wusste der Bildhauer, dass Sienna von Anfang an mehr gesehen hatte als er. Ihr auch jetzt prüfender Blick blieb ihm nicht verborgen. ›Sie hat allen Grund, misstrauisch zu sein. Ich habe zu lange gebraucht, um zu kapieren, dass ich mit der falschen Frau zusammen bin. Die Richtige hätte nie von mir verlangt, meine Tochter wegzuschicken oder mich zu verbiegen‹, dachte er und schüttelte über seine eigene Blindheit den Kopf. Natalie hatte ja nicht nur die Wohnungseinrichtung verändert, sondern auch seinen Kleidungsstil und seine Gewohnheiten. ›Das hat sie auch bei Sienna probiert. Nur hat die sich gewehrt. So hätte ich es auch machen sollen.‹

Dass er keinerlei Widerstand geleistet hatte, bedauerte Emanuel wirklich. Zu dem Zeitpunkt war ihm allerdings gar nicht aufgefallen, dass er zu jemandem gemacht wurde, der er nicht war. ›Ich glaube, ich war zu lang allein. Deswegen wollte ich Natalie unbedingt gefallen und habe ihr freie Hand gelassen.‹ Er schwor sich, nie wieder jemanden oder etwas zwischen Sienna und sich kommen zu lassen.

Sienna schien nichts in seinem Gesicht zu entdecken, das die Glaubwürdigkeit seiner Worte infrage stellte, denn sie begann breit zu grinsen.

»Endlich. Ich wusste, du schaffst es irgendwann«, versicherte sie.

Er lachte. ›Natürlich wusste Sienna Bescheid. Und gesagt hat sie mir auch oft genug, dass Natalie nicht zu mir passt.‹ Laut fragte er: »Hast du Hunger? Wir könnten essen gehen und deine Rückkehr feiern.« Natalies dauerhafte Abwesenheit und die Rückkehr seiner Tochter versetzten ihn schlagartig in großartige Stimmung.

Sienna stimmte zu, denn sie bemerkte, wie wichtig es ihrem Paps war. Außerdem war sie immer hungrig.

Kapitel 35

Das gemeinsame Abendessen verlief gut. Emanuel stellte Sienna viele Fragen zum Italien-Urlaub. Er wollte genau wissen, was sie erlebt hatte.

›Vielleicht kann ich mir dadurch einbilden, mit dabei gewesen zu sein‹, dachte er beinahe hoffnungsvoll. Sienna freute sich zwar über sein Interesse, fand es aber auch schwierig, sich unter diesen Bedingungen nicht zu verplappern. Deswegen erzählte sie hauptsächlich von den Florentiner Sehenswürdigkeiten und der Landschaft sowie den guten italienischen Speisen (besonders dem unvergleichlichen *gelato*).

Nachdem Sienna geendet hatte, fragte er freundlich: »Du hast Mourice nur zweimal erwähnt. Habt ihr euch gestritten und hast du daraufhin alles allein gemacht?«

›Mist, Paps ist wirklich interessiert‹, dachte Sienna ertappt. Ausweichend antwortete sie: »Nein, zwischen uns ist alles wie immer.«

»Warum hast du dann an deinem Rucksack Plaketten, die besagen, dass du einen Bus von Florenz nach Rom und von Rom nach Leipzig genommen hast?«, wollte er wissen.

Shit, die Plaketten hatte sie vollkommen vergessen. Lorenzo und sie hatten nach eingehender Recherche erkannt, dass Busfahren die preisgünstigste Fortbewegungsart war.

»Wieso hättest du Bus fahren sollen, wenn die Naumanns doch ein funktionstüchtiges Auto haben?«, wunderte sich ihr Vater.

›Warum muss er mich so genau beobachten. So müssen sich Zootiere fühlen‹, kam es Sienna in den Sinn. ›Er wird nicht aufhören, bevor ich ihm eine nachvollziehbare Antwort gegeben habe‹, erkannte sie. Schicksalsergeben antwortete sie: »Weil ich tatsächlich nach Rom gefahren bin.«

»Warum das denn?«

»Mos Schwester hatte, wenige Tage nach unserer Ankunft im Ferienhaus, einen Unfall und die Naumanns sind zurück nach Hause gefahren, um sich um sie zu kümmern.«

»Und dich haben sie allein zurückgelassen? Wie verantwortungslos«, empörte sich ihr Vater.

»Nein, nein, ich war nicht allein«, erwiderte Sienna rasch. »Ich hab Tanja in Rom besucht und bei ihrer Familie gewohnt.«

Ihr Paps schien sich wieder etwas zu beruhigen. Zumindest wirkte er nicht mehr, als wollte er gleich jemanden verprügeln.

»Warum hast du mir nicht Bescheid gesagt?«, verlangte er zu erfahren.

»Ich dachte, du brauchst vielleicht ein bisschen Zeit für dich«, folgte die halbwahre Antwort. »Du hattest dich gerade erst mit Natalie gestritten. Dann noch die Sache mit dem Zeitungsartikel. Da kam einiges zusammen.«

»Sehr rücksichtsvoll von dir«, bemerkte er mit einem wissenden Lächeln. Sienna betrachtete ihn genau und kam dann zu dem Schluss, dass er ihr diese Fragen nicht aus reiner Neugier gestellt, sondern damit einen bestimmten Zweck verfolgt hatte.

»Wie hast du es herausgefunden?«, fragte sie geradeheraus.

»Dass du nach deiner Mutter suchst?«, bestätigte er ihren Verdacht.

Das senkte ihre Überraschung allerdings kein bisschen.

»Nun, erstens bin ich dein Vater und kenne dich ziemlich gut. Und zweitens war nicht zu übersehen, wie angespannt du vor deinem Aufbruch warst. Es wirkte, als würdest du etwas Wichtiges erwarten, wärest dir aber nicht sicher, ob es dir auch gefallen würde.«

Gedankenverloren nickte Sienna. Das traf es ziemlich gut. »Wie lang weißt du es schon?«

»Vermutet habe ich es seit einer Weile. Sicher war ich allerdings erst, als die Naumanns vorschlugen, dich mit in den Urlaub nahe Florenz zu nehmen. Sehr offensichtlich, schließlich weiß ich, dass Emilias Familie von dort stammt.«

Sienna lächelte entschuldigend: »Ich hatte gehofft, dass du das für einen Zufall hältst.«

Ihr Paps zuckte die Schultern, ging aber nicht weiter darauf ein.

»Warum hast du mich überhaupt fahren lassen?«, wollte sie wissen. Das ergab bisher keinen Sinn für sie. ›Er redet so ungern über Mum. Wieso hat er mich nicht aufgehalten, wenn er doch wusste, dass ich sie suche?‹

Ihr Vater seufzte, bevor er antwortete: »Weil ich die Meinung deiner Mutter, jeglichen Kontakt zu dir abzubrechen, nie geteilt habe. Als ich merkte, dass du planst, sie zu suchen, war ich, ehrlich gesagt, erfreut.«

»Aber wenn du eigentlich wolltest, dass ich Kontakt zu Mum hab, warum hast du mir dann nie etwas über sie erzählt, nie meine Fragen beantwortet?« Den verständnislosen und wütenden Tonfall in ihrer Stimme konnte Sienna nicht verhindern. Nicht, dass sie es überhaupt gewollt hätte.

An seinem gequälten Gesichtsausdruck konnte sie ablesen, dass ihn ihre Worte nicht unbeeindruckt ließen.

»Ich wollte dich nicht noch trauriger machen«, gestand er. Als ihn Sienna nur verwirrt anschaute, sah er sich genötigt, seine Gedanken genauer auszuführen: »Wenn du gewusst hättest, was für ein wunderbarer Mensch Emilia ist, hättest du unter ihrer Abwesenheit noch mehr gelitten.«

Da Sienna ihre Mutter inzwischen persönlich kennengelernt und ein wenig Zeit mit ihr verbracht hatte, konnte sie ihm aus vollem Herzen zustimmen. Zugleich musste sie aber relativieren: ›Dass sie uns im Stich gelassen hat, war allerdings scheiße hoch zehn.‹

Ihr Vater hatte noch mehr zu sagen: »Hinzu kommt, dass ich nicht ständig an sie denken wollte. Die Wahrheit ist, dass ich Emilia, auch Jahre nachdem sie uns verlassen hatte, noch schrecklich vermisst habe.« Nach einigen Sekunden fügte er hinzu: »Sie war die Liebe meines Lebens.«

»Aber ihr könnt wieder zusammenkommen!«, rief Sienna aufgeregt.

Traurig schüttelte ihr Paps den Kopf.

»Das ist unmöglich. Als Emilia ging, hatten wir uns bereits auseinandergelebt. Seitdem sind über zehn Jahre vergangen. Wir haben uns beide verändert und das mit uns würde nicht mehr funktionieren.«

Ungläubig schüttelte Sienna den Kopf und meinte: »Aber du hast doch gerade gesagt, sie ist die Liebe deines Lebens.«

»Nein, ich sagte, sie *war* die Liebe meines Lebens«, korrigierte er ihre Aussage. Leiser fügte er hinzu: »Weißt du, uns ist damals etwas geschehen, von dem wir uns nie wieder vollständig erholt haben. Danach waren wir nicht mehr dieselben.«

›Er meint Biancas Tod‹, erkannte Sienna. ›Warum ist Kat eigentlich die Einzige, die das tatsächlich ausspricht? Alle anderen umschreiben es immer nur‹, ärgerte sie sich. Sie war neugierig, ob ihr Vater sie weiterhin belügen würde. »Wieso, was ist denn passiert?«

Er seufzte abgrundtief und überlegte: ›Wie soll ich es ihr nur erklären? Sienna wird am Boden zerstört sein. Und ob sie mir glaubt, sei auch mal dahingestellt.‹ Seine Tochter blickte ihn mit hochgezogenen Augenbrauen an. ›Sie verdient die Wahrheit. Ich habe viel zu lang geschwiegen.‹

Kopfschüttelnd erhob sich Sienna. »Ich dachte, es hätte sich was zwischen uns geändert. Aber du hast nach wie vor Geheimnisse vor mir«, zischte sie und wandte sich zum Gehen.

»Warte«, sagte er schnell. »Ich werde dir alles erzählen. Nur nicht hier.« Er hatte den Eindruck, ihm würde die Decke auf den Kopf fallen, wenn er dieses Thema nicht unter freiem Himmel besprach.

»Dann los«, meinte seine Tochter in herausforderndem Tonfall.

›Erstaunlich, wie sich Sienna verändert hat. So hätte sie noch vor kurzem nicht mit mir geredet.‹ Eine Ausnahme fiel ihm ein: Natalie. Wenn es um seine Ex-Verlobte ging, hatte Sienna einiges zu sagen. Noch war er sich nicht sicher, wie er das veränderte Verhalten seiner Tochter finden sollte.

Emanuel führte Sienna in einen nahegelegenen Park, wo sie sich auf eine Bank am Wasser setzten. Sichtlich nervös atmete er einige Male tief ein und aus. Dann brach er sein jahrelanges Schweigen. Er legte alles auf den Tisch, was an diesem schicksalhaften vierten Geburtstag seiner Töchter geschehen war.

Sienna wusste zwar schon, was sie erwartete, doch die Worte noch einmal zu hören, diesmal aus seiner Perspektive, machte die Sache auch nicht besser. Beide weinten, während Emanuel sprach. Sie weinten um die Vergangenheit und die Zukunft, die Bianca hätte haben sollen.

»Warum hast du es mir nicht früher erzählt?«, wollte Sienna irgendwann wissen, als ihre Tränen halbwegs versiegt waren.

Emanuel schluckte. »Ich wusste nicht, wie. Du hast Bianca so sehr geliebt und so unter ihrem Tod gelitten. Diese Wunden wollte ich nicht erneut aufreißen. Jetzt habe ich das wohl doch getan«, murmelte er resigniert.

»Du hast recht. Es macht mich fertig zu wissen, dass wir sie verloren haben. Und wirklich darüber hinwegkommen werde ich wohl nie. Zumal eure Behandlung nicht ganz gewirkt hat.«

»Was meinst du?«, fragte ihr Vater verwundert.

»Ich kann mich noch an sie erinnern. Nur ausschnitthaft zwar, aber doch ein bisschen.«

»Was, warum hast du nie was gesagt?«, rief er erschrocken aus.

»Ich dachte, es wären nur Träume, keine Erinnerungen. Aber als Kat mir dann von ihr erzählt hat …«

»Kat hat dir von Bianca erzählt? Du wusstest bereits von ihr?«

Stumm nickte Sienna.

»Wie lange schon? Und wieso hast du mich gezwungen, es dir zu sagen, wenn du doch schon alles wusstest?«, verlangte er zu erfahren.

Sein vorwurfsvoller Tonfall ging Sienna gegen den Strich. »Ich hab dich zu überhaupt nichts gezwungen. Hättest du nicht so ein Geheimnis draus gemacht, wäre auch nicht Kat diejenige, die es mir erzählt hat. Du hast keinen Schimmer, wie beschissen es war, das von *ihr* zu hören!«, fauchte sie.

Zu aufgebracht, um weiterhin sitzen zu bleiben, sprang Sienna auf und lief vor der Bank hin und her.

»Sie hat mich damit völlig überrumpelt. Und natürlich hab ich ihr zunächst nicht geglaubt. So was Wichtiges hättest du ja wohl nicht vor mir geheim gehalten! Dachte ich zumindest.« Ein bitterer Unterton hatte sich in ihre Stimme geschlichen.

Emanuel zuckte zusammen. ›Ich hatte gehofft, dass mich Sienna verstehen würde. Aber wahrscheinlich ist es einfach nicht zu verstehen‹, dachte er. ›Jetzt ist die Suppe jedenfalls angerichtet.‹ Er konnte sich vorstellen, wie unangenehm es für sie gewesen war, die Wahrheit von einer nahezu fremden Person zu erfahren. Jetzt, da er genauer darüber nachdachte, hatte es sich für Sienna vermutlich wie ein Schlag ins Gesicht angefühlt. Galle stieg in ihm auf. ›Sie muss sich so allein gefühlt haben. Ich war zu feige, ehrlich zu ihr zu sein. Verfluchte Kat!‹ Gleichzeitig wusste er aber auch, dass Katharina richtig gehandelt hatte. Zwar war ihre Methode fragwürdig, aber die Absicht nicht. ›Sienna verdient es, von ihrer Schwester zu wissen und sie zu kennen.‹ Mit diesen Erkenntnissen erhob er sich ebenfalls und trat vor seine Tochter.

»Eigentlich müsste ich dich auf Knien um Vergebung bitten«, setzte er an. Sienna hob überrascht die Augenbrauen und musterte ihn skeptisch. »Du hast recht damit, wütend auf mich zu sein. Es steht dir zu, die Wahrheit zu kennen, und ich hätte nicht sauer werden dürfen.«

»Das stimmt«, gab sie herausfordernd mit vorgerecktem Kinn zurück.

Er nickte nur und fragte dann neugierig: »An was erinnerst du dich von Bianca?«

Ein versonnenes Lächeln erschien auf Siennas Gesicht, bevor sie zu erzählen begann.

Kapitel 36

In den folgenden vier Wochen wuchsen Sienna und Emanuel wieder zusammen, womöglich sogar enger als zu der Zeit, bevor Natalie in ihr Leben getreten war. Nun standen keine Geheimnisse mehr zwischen ihnen. Sienna war zugleich schockiert gewesen, als sie erfahren hatte, welche Funktion ihre Beinahe-Stiefmutter bei den Höllenrittern ausgeübt hatte. Gleichzeitig aber auch irgendwie nicht. ›Ich fand immer, dass Paps deutlich verliebter wirkte als sie‹, überlegte sie. Dass Natalie sie allerdings offenen Auges in die Arme ihrer Entführer hatte laufen lassen, würde Sienna der Frau nie verzeihen. ›Das war pure Berechnung. Sie wollte mich aus dem Weg haben, weil ich ihr zu kritisch war.‹ Daran zweifelte sie keine Sekunde. Etwas Gutes hatte die Sache, so klein es auch sein mochte: ›Auf mein Bauchgefühl ist Verlass.‹

»Natalie wollte noch einen großen Coup durchziehen und sich dann absetzen«, berichtete Emanuel kopfschüttelnd. »Sie wäre einfach wortlos aus unserem Leben verschwunden. Und hätte mich mit dem Schaden zurückgelassen.«

Diese neue Information hatte die Polizei von Natalie selbst erfahren. Zum Glück war es dazu nicht mehr gekommen. Inzwischen befand sie sich in Untersuchungshaft, wo sie ihren Höllenritter-Komplizen Gesellschaft leistete. Für eine mildere Strafe kooperierte Natalie mit der Polizei. Dem Gefängnis würde sie dadurch trotzdem nicht entgehen.

Emanuel störte sich daran nicht: ›Gut so. Sie verdient es, für ihre Taten zu bezahlen. Sie hat mich zum Narren gehalten und meinen guten Ruf beinahe zerstört.‹ Aber das waren in seinen Augen nicht ihre schlimmsten Handlungen. ›Ihretwegen hätte ich Sienna verlieren können.‹ Das würde er ihr nie verzeihen. Glücklicherweise hatten die ermittelnden Beamten Emanuel grünes Licht gegeben. Ihn verdächtigten sie nicht, Natalie bei deren illegalen Geschäften unterstützt zu haben. Diese Gewissheit stellte eine große Erleichterung für ihn dar. Und auch für Sienna.

So konnten sie den Sommer doch noch genießen. Da fast jeden Tag herrliches Wetter war, unternahmen sie viele Ausflüge, auch ins Leipziger Umland. Davon schickte Sienna ihrer Mutter viele Fotos und kurze Videos, sodass Emilia fast den Eindruck hatte, dabei zu sein. Die beiden telefonierten täglich miteinander oder schrieben sich Nachrichten. Obwohl ihre Mutter nicht persönlich anwesend war, wurde sie doch Stück für Stück wieder ein Teil von Siennas Leben.

Emanuel blieb nicht verborgen, wie fröhlich seine Tochter seit ihrer Rückkehr aus Italien war. Er hatte befürchtet, die jahrelange Trennung von ihrer Mutter könnte ein Problem zwischen Sienna und Emilia darstellen, doch offenkundig spielte sie keine große Rolle. Oder zumindest wusste er nichts davon, sollte es doch ein Thema sein.

›Aber gut, warum sollte Sienna auch mit mir drüber reden, wenn sie Mourice, Kat und Jonah hat, denen sie sich anvertrauen kann?‹ Ein bisschen eifersüchtig war Emanuel schon darauf, wie sehr seine Tochter den dreien vertraute. ›Ich muss mir dieses Vertrauen erst wieder erarbeiten‹, dachte er betrübt.

Und es stimmte. Sienna zeigte ihm ihre Gefühle offen genug, dass Emanuel wusste, wie wütend sie nach wie vor und wie misstrauisch ihm gegenüber sie war. ›Was beschwere ich mich eigentlich? Das habe ich mir doch selbst zuzuschreiben.‹ Nicht nur hatte er viel zu lange geschwiegen – sowohl über Emilia als auch über Bianca. ›Außerdem war ich nicht für Sienna da im letzten Jahr. Das werde ich für immer bereuen.‹

Statt aber den Kopf in den Sand zu stecken, kämpfte er um die Liebe und das Vertrauen seiner Tochter. Und die meiste Zeit lief es ja auch richtig gut zwischen ihnen. Auch wenn es manchmal schwer war, die eigene Perspektive zu verlassen, freute er sich darüber, dass Sienna jetzt so viele Menschen auf ihrer Seite hatte. Dem wollte er auf keinen Fall im Weg stehen. ›Nie wieder.‹

Aus diesem Grund hatte er trotz inneren Grolls dem bevorstehenden Treffen mit seiner Exfrau zugestimmt. ›Nicht, dass sich Sienna davon abhalten ließe.‹ Daran, dass sie tun würde, was sie für richtig hielt, zweifelte Emanuel keine Sekunde. Mittlerweile hatte sie die nötige Willensstärke erlangt.

Eine Grundnervosität hatte von ihm Besitz ergriffen. ›Wie wird Emi auf mich reagieren? Was, wenn sie es sich anders überlegt hat und Sienna jetzt doch haben will?‹ Das war seine größte Sorge.

Umso entschlossener war Emanuel, seine Tochter zu dem Treffen zu begleiten. ›Ich lasse mir nicht mein Kind wegnehmen!‹ Sienna gegenüber wollte er seine Bedenken nicht äußern, denn sie wirkte so glücklich darüber, bald mit beiden Elternteilen etwas zu unternehmen. Keinesfalls würde er ihre Vorfreude dämpfen.

Kapitel 37

Emanuels Hände waren schweißnass und er spürte die Schweißtropfen auch auf seiner Stirn. Möglichst unauffällig versuchte er, sie fortzuwischen. Himmel, warum war er so nervös? Emilia kam doch nicht seinetwegen. Es ergab keinen Sinn. Von den Fotos, die seine Exfrau mit Sienna in Rom gemacht hatte, wusste er, dass Emilia noch immer sehr attraktiv war. Seitdem er sie das erste Mal nach vielen Jahren wiedergesehen hatte – wenn auch nicht vis-á-vis –, fragte er sich, ob sie über ihn dasselbe denken würde. ›Es ist so viel Zeit vergangen. Was, wenn Emi mich alt findet?‹ Emanuel wusste, dass es ihm egal sein sollte, was sie über ihn dachte. Aber das war es nicht.

In diesem Moment öffneten sich die Türen des Fernbusses aus Rom. Eine große Menge Menschen strömte heraus, alle sehr bereit, endlich frische Luft zu schnappen.

Sienna stellte sich auf eine Bank, um besser sehen zu können. ›Hätte Paps sich mal nicht geweigert, mich auf die Schultern zu nehmen. Der Spielverderber‹, dachte sie schmollend. Dieser Gedanke wurde plötzlich von grenzenloser Freude verdrängt, als sie ihre Mutter entdeckte.

»Mum«, rief sie, laut genug, um das Geschnatter der anderen Reisenden zu übertönen.

Emilia, die eben aus dem Bus stieg, hörte sie und winkte begeistert. Es dauerte noch einige Sekunden, bis sich die Menschentraube genug verteilt hatte. Es waren die längsten Sekunden in Siennas Leben. Dann endlich lag sie wieder in den Armen ihrer Mutter.

»Ich habe dich vermisst«, flüsterte Emilia ihr ins Ohr.

»Ich dich auch.«

»Ich freu mich so, dass wir jetzt wieder zusammen sind. Und dass ich dein Leben hier kennenlernen kann. Ich bin schon so gespannt. Konnte kaum schlafen letzte Nacht«, gestand Emilia verschmitzt lächelnd. Ihre Vorfreude war einfach zu groß gewesen.

»Ich auch nicht«, erwiderte Sienna lachend.

»Hab Mo die halbe Nacht vollgequatscht. Der wollte schlafen, weil er nach seinem Eishockeytraining kaputt war, aber ich konnte einfach nicht aufhören zu reden. Es kamen immer noch mehr Worte heraus. Wie jetzt gerade auch«, meinte sie und hielt sich dann beide Hände vor den Mund, um ihren Redefluss zu stoppen. Ihre Mutter lachte herzlich über Siennas Verhalten und dachte: ›Hoffentlich ändert sie sich nie. Sie ist toll so wie sie ist.‹

»Wo ist dein Gepäck, Mum?«, wollte Sienna jetzt wissen. Sie war erleichtert, den Redeschwall in den Griff bekommen zu haben.

»Ähm …«, setzte Emilia an, während sie sich umsah. »Manu«, entfuhr es ihr plötzlich. Ihr Exmann stand neben ihrem Koffer, den er gerade aus dem Gepäckabteil des Fernbusses geholt hatte.

»Hallo Emi. Du nutzt immer noch dieselbe Koffermarke«, sagte er schmunzelnd.

Das war definitiv das Letzte, was sie von ihm zu hören erwartet hatte. Ein entsprechend verblüfftes Lachen entfuhr ihr.

»Das stimmt«, brachte sie hervor, während sie ihn unverwandt betrachtete. ›Er sieht fast noch genauso aus wie damals. Nur die Schläfen sind etwas ergraut. Aber das schadet kein bisschen. Was denkt er wohl über mich? Die Depressionen sind nicht spurlos an mir vorüber gegangen. Bestimmt hält er mein Gesicht für verhärmt. Andere sagen mir oft, wie jung ich noch aussehe. Aber er kennt den Unterschied.‹ Dann schalt sie sich selbst: ›Ich sollte wirklich nicht darüber nachdenken. Hier geht es nur um Sienna. Und darum, endlich ein Teil ihres Lebens zu sein.‹ Die Trennung der letzten Wochen hatte Emilia endgültig vor Augen geführt, dass sie nicht länger ohne ihre Tochter leben konnte. Sie wollte nichts mehr verpassen. Nun musste sie nur noch einen Weg finden, dies Emanuel klar zu machen. Hoffentlich stellte er sich nicht quer. Das war ihre größte Angst. Sie wusste, dass er immer für Sienna da und ihr ein guter Vater gewesen war. Sein Wort hatte Gewicht. Nicht nur, da Sienna auf ihn hören würde, sondern auch, weil jedes Gericht ihm Recht geben würde, sollte er entscheiden, Emilia zu verbieten, ihre Tochter zu sehen. ›Manu hält alle Trümpfe in der Hand‹, dachte sie bitter. Wenn die Hotelbesitzerin eines nicht leiden konnte, dann war es, von anderen abhängig zu sein.

»Lasst uns was essen gehen. Ich sterbe vor Hunger«, unterbrach Sienna die düsteren Gedanken ihrer Mutter.

»Eine gute Idee«, meinte Emanuel sogleich und riss sich endlich vom Anblick seiner Exfrau los. Zu sehr hatte er sich davon ablenken lassen, dass ihr kein Foto gerecht wurde.

Emilia nickte zustimmend und meinte: »Gib mir ruhig den Koffer, ich kann ihn ziehen.«

Er winkte ab. »Kein Problem.«

›Manu war schon immer ein Gentleman‹, erinnerte sie sich wieder. Dass er jetzt keine Ausnahme machte, gab ihr Hoffnung auf einen zivilisierten Umgang miteinander.

»Komm, Mum. Gleich wirst du das beste indische Restaurant der Welt kennenlernen«, versprach Sienna und hakte sich bei ihrer Mutter unter.

Diese fragte aufgeregt: »Du meinst doch nicht etwa den *Indian Palace* in der Nikolaistraße?«

Sienna klappte vor Überraschung der Mund auf. »Woher weißt du das?«

»Den gibt es noch?«, freute sich Emilia und blickte unwillkürlich zu Emanuel. Der erwiderte lächelnd: »Das Geschäft boomt. Wir gehen mindestens einmal im Monat hin. Familientradition.« Er verstummte, als er die Tragweite seiner Worte bemerkte.

Seiner Exfrau blieb diese ebenfalls nicht verborgen. Ihr erstes Date hatte damals in diesem Restaurant stattgefunden. Nachdem sie stundenlang durch den Leipziger Auwald spaziert waren, hatten sie trotz ihres interessanten Gespräches und der guten Gesellschaft den nagenden Hunger nicht länger ignorieren können. Von Weitem hatte sie der würzige Duft frischen Currys angelockt. Bereitwillig waren sie die wenigen Stufen nach oben gestiegen und hatten sich in einem einladenden Gastraum wiedergefunden. Es war ein wundervoller Abend und perfekter Ausklang des Tages geworden. Die beiden hatten abgemacht, sich nicht zum letzten Mal dort getroffen zu haben. Mochte es anfangs nur ein Weg gewesen sein, sicherzustellen, dass man auf ein weiteres Date zusammen ging, hatte es sich doch bald zu einer festen Konstante in ihren Leben entwickelt. Und schließlich auch in den Leben ihrer Töchter, die sie dorthin mitgenommen hatten. ›Manu hat nach unserer Trennung nicht aufgehört, dorthin zu gehen. Was bedeutet das?‹, wunderte sich Emilia.

»Du warst schon mal dort, Mum?«, vergewisserte sich Sienna, die den abwesend-träumerischen Gesichtsausdruck ihrer Mutter zu deuten versuchte.

Emilia schluckte, bevor sie mit heiserer Stimme hervorbrachte: »Viele Male.«

»Okayyy«, sagte Sienna gedehnt und entschied dann, das Thema zu wechseln. Gut, dass auf ihr Geplapper Verlass war, denn ihre Eltern schienen beide etwas neben sich zu stehen.

Wenige Minuten später saßen die drei an Siennas und Emanuels Lieblingstisch und studierten die Speisekarte. So recht wusste Sienna nicht, warum sie das überhaupt taten, immerhin kannten zumindest ihr Paps und sie die Auflistung auswendig. ›Vielleicht wegen Mum. Damit sie sich nicht schlecht fühlt, wenn sie länger mit der Auswahl braucht. Oder nervös wird, weil wir sie anstarren.‹

»Es sind sogar dieselben Gerichte und Nummern«, murmelte Emilia staunend.

»Daran kannst du dich noch erinnern?«, fragte Sienna verwundert.

»Sie ist Restaurantkauffrau«, erwiderte Emanuel im selben Moment, als seine Exfrau sagte: »Ich bin Restaurantkauffrau.«

Die beiden sahen sich an und begannen dann gleichzeitig zu lachen. Sienna beobachtete ihre Eltern fasziniert und auch erleichtert. Wenn sie zusammen lachen konnte, fanden sie vielleicht doch einen Weg, nett zueinander zu sein. Um ehrlich zu sein, hatte Sienna mit Wutausbrüchen und viel Schreien gerechnet, wenn ihre Eltern erstmals wieder aufeinandertrafen. Zumal ihre Mum und deren Familie Siennas Mission in Italien gedeckt hatten, statt umgehend ihren Vater darüber zu informieren. Doch bisher verhielten sich beide ganz friedlich.

»Emi, du bist es wirklich. Dieses Lachen würde ich unter tausenden erkennen«, mischte sich in diesem Moment eine Stimme ein.

Siennas Mutter blickte auf und rief mit einer Mischung aus purem Erstaunen und absoluter Freude: »Lali!« Dann war sie auf den Beinen und stürzte sich in die Arme der älteren Restaurantchefin. Beide Frauen umarmten sich und weinten stumm.

Sienna, die Lali seit Jahren kannte, hatte die Frau noch nie so aufgelöst gesehen. Ein Blick zu ihrem Vater zeigte ihr, dass auch seine Augen nicht trocken geblieben waren. ›Was geht hier ab?‹, dachte sie nur.

Es dauerte einige Minuten, bis sich die Erwachsenen genug beruhigt hatten, um ein normales Gespräch führen zu können. Und was das für ein Gespräch war! Offen und voller Herzlichkeit, ein Schwelgen in gemeinsamen Erinnerungen. Zwischendurch gab Lali die Bestellungen an die Küche weiter, nahm den vierten Stuhl am Tisch in Beschlag und rührte sich für den Rest des Mahls nicht mehr von der Stelle. Siennas Eigenheiten als Baby und Kleinkind wurden wieder ausgegraben, was ihr mehr als peinlich war. Nur gut, dass Mo nicht hier war und das mitanhörte, er würde sie ein Leben lang damit aufziehen. Erst jetzt erfuhr sie, dass ihre Eltern nicht nur zu zweit auf Dates in diesem Restaurant gewesen waren, sondern auch mit Bianca und ihr.

Vorwurfsvoll fragte Sienna: »Lali, du wusstest also die ganze Zeit, dass ich einen Zwilling hatte?«

Die ältere Frau ergriff mitfühlend Siennas Hände und erwiderte: »Ja. Und ich fand es schrecklich, dir nichts davon sagen zu können. Aber ich habe den Wunsch deiner Eltern respektiert. Sie wollten immer nur dein Bestes. Bianca und du – ihr wart euch so nah. Nicht einmal habt ihr unterschiedliches Essen bestellt. Und ihr wolltet immer von der anderen kosten – obwohl ihr dasselbe hattet. Und schon damals war dein Lieblingsdessert Gulab Jamun. Das deiner Schwester auch.«

Lali seufzte schwer und zog die weinende Sienna an sich. Sie ließ es geschehen, zu aufgewühlt, um sich weiterhin an ihrer Wut festzuklammern. Da fiel Lali etwas ein.

»Bin gleich wieder zurück«, verkündete sie und ver-

275

schwand in der Küche.

›Einen tollen Anblick bieten wir‹, schoss es Sienna durch den Kopf, als sie bemerkte, dass ihre Eltern auch wieder weinten. Es erstaunte sie, dass sich Emanuel und Emilia aneinanderklammerten und gegenseitig Halt gaben. Rasch wischte sich Sienna über die Augen.

Schon war Lali zurück, diesmal mit einem gerahmten Foto in der Hand. Sie hielt es Sienna hin. Sienna erkannte sofort, wer darauf zu sehen war: sie selbst und ihre Schwester, frittierte Milchbällchen in den Händen haltend und in die Kamera grinsend. Noch etwas fiel ihr auf: Obwohl beide Mädchen offenkundig mit dem Essen ihres Lieblingsdesserts beschäftigt waren, hielten sie sich doch weiterhin an den Händen. ›Nicht mal dafür haben wir uns losgelassen.‹ Der Gedanke, wie nah sich Bianca und sie einst gestanden hatten, machte Sienna zugleich glücklich und traurig.

»Ich wünschte, ich könnte mich daran erinnern«, flüsterte sie. Ihre Eltern senkten beschämt den Blick.

Doch Lali sagte energisch: »Aber das kannst du. Wir werden dir alles über deine Schwester erzählen. Du brauchst nur zu fragen.«

Erleichterung durchströmte Sienna bei diesen Worten. Endlich konnte sie die langersehnten Antworten bekommen. Instinktiv presste sie das Foto an ihre Brust.

»Behalt es«, murmelte Lali, während sie Sienna eine Träne fortwischte.

»Danke«, flüsterte Sienna aus tiefstem Herzen zurück. Für andere Menschen mochte es eine Kleinigkeit sein. Für sie war es hingegen die ganze Welt. Das Foto würde einen Ehrenplatz auf ihrem Nachttisch erhalten.

»So viel habe ich nicht mehr geweint, seit Manu dir hier den Antrag gemacht hat, Emi«, meinte Lali jetzt lachend und wischte sich die letzten Tränen weg. Das heiterte die Stimmung umgehend auf.

Interessiert hakte Sienna nach: »Hier habt ihr euch verlobt?«

»Schien mir angebracht, nachdem wir so viele tolle Abende im *Indian Palace* und mit Lalis wundervollen Speisen verbracht haben«, bestätigte ihr Vater versonnen lächelnd.

Damit hatte er den Startschuss für eine weitere Runde Anekdoten geliefert. Sienna kam an diesem Abend aus dem Lachen und Staunen gar nicht mehr heraus.

Nachdem Sienna erschöpft ins Bett gefallen war, saßen ihre Eltern noch gemeinsam bei einem Glas Wein auf der Couch im Wohnzimmer.

›Was für einen heimeligen Eindruck wir erwecken‹, dachte Emanuel verwundert. Früher hatten sie das oft gemacht, allerdings noch mit Tetra-Pak-Wein aus dem Discounter. Aber damals hielt er Emilia im Arm und sie legte ihren Kopf auf seiner Schulter ab oder überredete ihn, ihre Schultern zu massieren. Nebenbei hörten sie *Led Zeppelin*. Beiden gingen die Erinnerungen daran durch den Kopf, verbunden mit einer bittersüßen Note. So vieles war seitdem geschehen. Es war ein anderes Leben gewesen.

Der positive Verlauf des Abendessens und der Alkohol gab beiden den nötigen Mut, das zwischen ihnen Stehende anzusprechen.

»Ich möchte mich bei dir bedanken«, eröffnete Emilia das Gespräch.

»Bedanken, wofür?«, hakte Emanuel verwundert nach.

»Dafür, dass du Sienna so ein guter Vater bist. Du warst immer da für sie.«

»Nicht immer«, entgegnete er bitter. Nach wie vor

machte sich der Bildhauer Vorwürfe, nicht gesehen zu haben, dass seine Tochter jahrelang gemobbt worden war.

Emilia fragte sich, wovon er sprach. Allerdings traute sie sich nicht, nachzubohren. Dafür standen sie sich längst nicht mehr nah genug. Das altbekannte Bedauern meldete sich wieder, doch sie ignorierte es.

Laut sagte sie stattdessen: »Dennoch hast du dein Bestes gegeben, was definitiv mehr ist, als ich getan habe.«

Beschämt senkte sie den Blick. Emanuel betrachtete seine Exfrau stirnrunzelnd und wollte wissen: »Du hast Sienna all die Jahre nie vergessen, nicht wahr?«

Emilia schluckte schwer, bevor sie erwiderte: »Nein, nie. Das könnte ich gar nicht. Ich habe keinen von euch vergessen. So oft habe ich überlegt, zurückzukommen. Aber ich hatte Angst. Schreckliche Angst, dass ihr mich abweisen, mich hassen würdet.«

Emanuel sah ihr an, wie viel Überwindung sie dieses Eingeständnis kostete. Deswegen entschied er sich dafür, ebenso ehrlich zu sein. Schonungslos ehrlich. ›Emi muss wissen, woran sie bei uns ist. Und wo die Grenzen sind. Ich werde nicht wie auf Eierschalen um sie herumtänzeln und auf ihre Unterstützung hoffen.‹ Ungewissheit hatte sich noch nie gut mit ihm vertragen.

»Wir hätten dich nicht abgewiesen. Damals nicht und jetzt auch nicht. Sienna mag kein kleines Kind sein, doch das heißt nicht, dass sie nicht nach wie vor ihre Mutter braucht. Aber mich braucht sie auch. Also versuch bitte nicht, sie mir wegzunehmen.«

Bei diesen Worten ließ Emilia ihr Weinglas fallen. Zum Glück hatte sie es bereits ausgetrunken. Der weiche Teppich dämpfte den Fall und verhinderte ein Scherbenmeer. Ihr fiel nichts davon auf, denn sie konzentrierte sich ganz auf das Gesagte.

Fassungslos fragte sie: »Du denkst, ich würde vor Gericht ziehen, um das alleinige Sorgerecht zu beanspruchen?«

Achselzuckend gab Emanuel zurück: »Ich weiß nicht, was du planst. Ich möchte nur, dass du bedenkst, welche Auswirkungen das auf Sienna hätte.«

»Nicht die geringsten, da es dazu nicht kommen wird«, stellte Emilia lauter als zuvor klar.

›Emi ist aufgebracht. Aber ist sie es, weil ich ihren Plan durchschaut habe oder weil ich sie fälschlicherweise beschuldige?‹, fragte sich Emanuel.

Seine Exfrau erhob sich und tigerte wie angestochen im Wohnzimmer herum. Dabei schien sie einen inneren Kampf auszufechten. Stumm beobachtete er sie dabei. Intuitiv wusste er, dass es ein Fehler wäre, sie jetzt zu unterbrechen. ›Wie kann Manu nur so was von mir denken? Kennt er mich denn gar nicht? Oder glaubt er, ich hätte mich in den letzten Jahren so doll verändert, dass ich ihm seine Tochter wegnehmen würde? *Mio Dio*, das kann doch nicht wahr sein!‹, wütete sie innerlich.

Schließlich wandte sich Emilia ihm wieder zu und sagte mit angestrengt ruhiger Stimme: »Glaub mir bitte, ich hatte nie auch nur eine Sekunde die Absicht, dir Sienna wegzunehmen. Wir werden keinen Sorgerechtsstreit haben. Ich hoffe lediglich darauf, dass du mir erlaubst, sie zu sehen. Ich möchte ein Teil ihres Lebens sein.«

Jetzt liefen ihr Tränen übers Gesicht, die sie nicht einmal zu bemerken schien. Da war keine Lüge in ihren Augen.

›Emi ist nicht Natalie. Sie spielt keine Emotionen vor, um mich nach ihrem Willen zu manipulieren‹, rief sich Emanuel ins Gedächtnis. Sein erster Impuls war Misstrauen, gefolgt von Schuldgefühlen, weil er die beiden Frauen kurzzeitig in einen Topf geworfen hatte. Er musste wohl erst lernen, wieder zu vertrauen. Aber wie sollte es anders sein? Er hatte zweimal an die lebenslange Liebe geglaubt und war beide Male bitter enttäuscht worden. Solche Wunden heilten nicht binnen weniger Wochen, wenn sie es überhaupt je taten.

Von seinen eigenen Gedanken abgestoßen, erwiderte Emanuel seufzend: »Ich konnte in den letzten Wochen beobachten, wie gut unserer Tochter der Kontakt zu dir tut. Sie ist regelrecht aufgeblüht. Das werde ich ihr bestimmt nicht wegnehmen. Aber du musst mir versprechen, nicht wieder aus ihrem Leben zu verschwinden. Wenn dir alles zu viel werden sollte, musst du mit mir darüber reden. Oder mit einem Therapeuten. Ganz egal. Nur darfst du deinen inneren Dämonen nicht nachgeben. Sienna würde es kein zweites Mal verkraften, dich zu verlieren. Was sie wirklich braucht, ist Stabilität und die Sicherheit, sich auf dich verlassen zu können. Und auf mich auch. Sie kommt zuerst, egal was passiert.«

Während er dies sagte, taxierte er Emilia. Es durfte hierbei keine Missverständnisse geben.

Erleichtert atmete Emilia aus und versicherte: »Sie kommt zuerst. Verlass dich drauf.« Dann hielt sie Emanuel die Hand hin, um den Vertrag zu besiegeln.

Ein amüsiertes Lächeln stahl sich dabei auf sein Gesicht.

›Manche Angewohnheiten ändern sich nie‹, dachte er und schlug ein.

Kapitel 38

Die nächsten Tage vergingen wie im Flug. Emanuel musste zugeben, dass Emilia, selbst nach all den Jahren, noch immer starken Eindruck auf ihn machte und er sich, seit sie in der Stadt war, um Jahre verjüngt fühlte. Dies hatte er während seiner Beziehung mit Natalie nie empfunden. Obwohl oder gerade weil seine Ex-Verlobte Natalie mehrere Jahre jünger als er gewesen war, hatte er sich in ihrer Gegenwart manchmal wie ein alter Mann gefühlt. Dazu hatten sicherlich auch ihre so unterschiedlichen Interessen beigetragen. Auch wenn Emilia mittlerweile auf die vierzig zuging, war sie so schön wie in den Anfangsjahren ihrer Ehe, bevor die Depressionen sie beinahe zugrunde gerichtet hatten. Davon, dass sie einst unter großer Trauer und nagenden Schuldgefühlen gelitten hatte, war nichts mehr zu bemerken. Sie war vielmehr fröhlich und lebenslustig.

Die Woche, die Siennas Mutter in Leipzig verbrachte, verlief nach dem holprigen Anfang zur Überraschung aller recht harmonisch. Zu dritt gingen sie in Kunstausstellungen, Museen, ins Theater, Kino und zum Bouldern.

Auch half Emilia ihrer Tochter bei den Hausaufgaben. Wie sich zeigte, hatte sie in Mathe weitaus mehr Durchblick, was ihr als Restaurantkauffrau und Hotelchefin zugutekam.

›Wenn Mum mir doch nur ein bisschen von ihrem Zahlentalent vererbt hätte‹, dachte Sienna sehnsüchtig.

»Dir ist schon klar, dass du jetzt immer vor Arbeiten mit mir lernen musst«, entschied sie. Emanuel musste sich ein amüsiertes Grinsen verkneifen.

Emilia konnte an der Idee nichts Schlimmes entdecken.

Ihr gefiel die Vorstellung, etwas so Alltägliches mit ihrer Tochter zu teilen.

Ein Höhepunkt der Woche war zudem, dass sie als Familie eines von Mourice´ Eishockeyturnieren anschauten. Dabei fühlte sich alles zum ersten Mal real für Sienna an. Die restliche Zeit war es ihr zu gut vorgekommen, um wahr zu sein. Dieses aktive Familienleben kannte sie bislang nicht. Aber Mo war die stabile Kraft schlechthin in ihrem Leben. Als er ihr bezeugte, dass die tollen Momente mit ihren Eltern nicht ihrer übergroßen Fantasie entsprangen, glaubte Sienna es endlich. Mit leichter Verzögerung fing sie mitten im Spiel an zu weinen, so glücklich war sie. Emilia bemerkte es und zog ihre Tochter an sich.

»Was hast du denn?«, fragte sie besorgt.

»Freudentränen«, schluchzte Sienna, die gerade nicht mehr herausbekam.

Emilia atmete erleichtert aus. Über den Kopf ihrer Tochter hinweg traf ihr Blick den von Emanuel. Ihm schien auch gerade ein Stein vom Herzen zu fallen.

Im Anschluss an das Spiel lud Emilia Mourice zum Essen in ihrer aller Lieblingsrestaurant ein. Sie wollte endlich den Jungen kennenlernen, von dem sowohl ihre Mutter Francesca als auch ihre Tochter so schwärmten. Sienna befürchtete, dieses Treffen könnte sehr peinlich für sie werden, schließlich war ihre Mutter Mo noch nie begegnet und ihr Vater hegte bekanntermaßen keine große Zuneigung für ihn. Oder sollte sich das inzwischen geändert haben?

›Gründe gäbe es ja genug‹, fand Sienna. ›Keiner ist so für mich da wie Mo.‹

Sie war so aufgeregt, dass sie im Restaurant anfangs kaum ein Wort herausbekam. Mourice bemerkte ihre Unruhe und ergriff unter dem Tisch ihre Hand. Ein kurzer

Seitenblick zeigte ihr, dass er ihr sein berühmtes aufmunterndes Lächeln schenkte. Es gab ihr einfach immer das Gefühl, nach Hause zu kommen. Dankbar drückte sie seine Hand.

Endlich gelang es ihr, sich auf das Gespräch zu konzentrieren. Offenbar war es mittlerweile von Eishockey übergegangen zu Mos Plan, ein Praktikum in Berlin zu machen. Dort hatte die *Skate Society* ihren Sitz.

Kurz hatte Sienna Angst, ihre Eltern könnten über Mos Skate-Begeisterung lachen. Überraschenderweise sagte ihr Vater: »Deine Leidenschaft fürs Skaten muss auf jeden Fall riesig sein, denn du hast Sienna damit angesteckt. Sie strahlt richtig, wenn sie davon spricht. Und ihr Gleichgewichtssinn hat sich spürbar verbessert.«

Das konnte sie so nicht stehen lassen. »Hey, ich hatte schon immer einen tollen Gleichgewichtssinn!«

Emanuel hob die Augenbrauen und setzte zu einer Erwiderung an.

Emilia kam ihm aber zuvor: »Moment, da muss ich dir jetzt leider widersprechen. Warst du schon immer abenteuerlustig? Ja, zweifellos. Aber am Gleichgewicht hat es manchmal gemangelt. Zum Beispiel bist du mal auf dem Rand eines Sandkastens balanciert. Rate, wer reingefallen ist und drei Tage lang überall Sandkörnchen hinterlassen hat.«

»Stimmt«, lachte Emanuel vergnügt. Dann fuhr er fort: »Und von deinen Erfahrungen auf dem Trampolin wollen wir gar nicht erst anfangen. Du saßt mehr darauf, als dass du gesprungen bist.«

»Es ist ein Trampolin. Das bewegt sich. Da ist Umkippen vorprogrammiert«, verteidigte sich Sienna schmollend.

»Ähm … Der Sandkasten hat sich aber nicht bewegt. Und die unzähligen Male, die du einfach beim Gehen hingeplumpst bist …«

»Erinnerst du dich noch, als wir ihr ein Stracciatella-Eis geholt haben, sie es wirklich erst ein paar Sekunden in der Hand hatte und damit direkt in der Wiese gelandet ist?«

»Natürlich. Ihr ganzes Shirt war voll. Schokolade geht richtig schlecht raus«, tadelte Emilia, während sie gleichzeitig aus dem Lachen nicht mehr herauskam. Sie musste sich sogar an Emanuel lehnen, um nicht umzukippen.

»Wer hat jetzt Gleichgewichtsprobleme«, brummelte ihre Tochter. Das wiederum brachte Mourice zum Lachen. Sienna konnte sich ihr eigenes Grinsen nicht mehr verkneifen. Noch war sie sich nicht sicher, was sie davon halten sollte, dass sich ihre Eltern so gegen sie verbündeten. Aber das war tausendmal besser als Streit. Den hatte Sienna die ganze Zeit erwartet, weil ja doch viel zwischen Emanuel und Emilia stand. Umso überraschter war sie von der entspannten Stimmung zwischen den beiden. Wobei sie sich schon manchmal in die Haare bekamen. Nur waren das eher Dinge, bei denen Sienna nur die Augen verdrehte. ›Wen kümmert es, wie der Geschirrspüler eingeräumt wird? Oder wie die Handtücher gefaltet sind? Da kommt Mums Hotel-Erfahrung durch. Aber Paps ist kein bisschen besser. Seine Kaffee-Verrücktheit kommt jetzt noch mehr durch. Irgendwann wird ihm Mum seine Tasse drüberkippen. Nur, damit er aufhört, darüber herzuziehen, dass sie Filterkaffee trinkt. Oder sie benutzt aus Rache seine Kaffeemühle. Besser nicht, sonst gibt's Tote‹, dachte Sienna schaudernd.

Der Abend hätte jedenfalls nicht besser laufen können. Allerdings sprach man auch ernsthaftere Themen an, darunter das Verfahren gegen Erwin Rudolph, das vor zwei Tagen eingestellt worden war, weil der Journalist endlich den lang ersehnten Gegenartikel herausgebracht hatte.

Dieser beschrieb den Tathergang und die Begleitumstände nun wahrheitsgemäß. Emilia schüttelte über diesen Mann nur den Kopf und meinte, in Italien wäre er dafür ins Gefängnis gekommen.

»Pressefreiheit«, brummte Emanuel unwirsch. Auch der Prozess gegen die Höllenritter, deren Mitglieder ausnahmslos alle gerichtlich belangt wurden, wurde besprochen. Es beruhigte Sienna und Mourice, zu wissen, dass ihre Entführer keine zweite Chance bekommen würden.

Emilia mochte Mo sehr. Nicht nur, weil er ihrer Tochter offensichtlich ein echter Freund war, sondern auch, weil er sie als Person beeindruckte. Für sein Alter erschien er ihr ziemlich reif. Sie wusste auch, dass sie ihm Einiges zu verdanken hatte. ›Ohne seinen genialen Einfall, seinen Eltern einen Italienurlaub vorzuschlagen und Sienna kurzerhand mitzunehmen, säße ich heute vermutlich nicht hier.‹

»Apropos Italienurlaub«, begann sie laut. Alle wandten sich von ihren Desserts ab und ihr zu. »Mo, was hältst du davon, wenn du Sienna in den Herbstferien nach Florenz begleitest? Wir könnten dort alle zusammen ihren Geburtstag nachfeiern.«

Mo klappte bei diesem Angebot der Mund auf und Sienna strahlte ihre Mutter an.

»Genial finde ich das«, rief Mourice sichtlich begeistert. »Sollte ich mir ein Bett im Hostel buchen oder …?«

Seine Überlegung wurde durch Siennas entrüstetes »Nein« und Emilias »Du übernachtest im Anwesen meiner Familie« unterbrochen.

»*Unserer* Familie«, korrigierte sie sich selbst und zwinkerte ihrer Tochter verschwörerisch zu.

»Das ist super, vielen Dank!«, bemerkte Mo, während er seiner besten Freundin ein High Five gab. Dann konnte er auch endlich Siennas Cousin Lorenzo kennenlernen.

Auf den Jungen, der quasi seinen Part übernommen hatte, nachdem Mourice frühzeitig nach Deutschland zurückkehren musste, war er sehr neugierig. Und die Vorfreude auf köstliches *gelato* schadete natürlich auch nicht.

Als die Woche endete und Emilia in den Bus zurück nach Rom stieg, erweiterte sie ihre Einladung, indem sie Emanuel fragte, ob er in den Herbstferien ebenfalls nach Florenz kommen wollte.

Ohne darüber nachdenken zu müssen, sagte Emanuel zu.

Epilog

»Denkst du, ich kann mich so nach draußen wagen?«, fragte Emanuel und konnte dabei die leichte Unsicherheit nicht aus seiner Stimme heraushalten.

»Klar. Mum wird's lieben. Besonders die Krawatte«, versicherte ihm Sienna, die gerade besagte Krawatte richtete. Innerlich amüsierte sie sich darüber, dass er überhaupt solchen Aufwand betrieb. Es war doch nur ein Abendessen mit anschließendem Theaterbesuch. Nichts, was Mum und er nicht schon öfter gemacht hatten.

Aber es war eben doch etwas anders als sonst. Denn Emanuel hatte seine Exfrau Emilia um ein Date gebeten. Lange hatte er mit sich gerungen. Eigentlich bei jedem ihrer Telefonate in den vergangenen Wochen. Seit Emilia in den Fernbus zurück nach Italien gestiegen war, hatten Emanuel und sie täglich Kontakt. Oft zusammen mit Sienna beim Video-Call, aber eben nicht immer. Es tat gut, wieder Anteil an Emilias Leben zu haben und umgekehrt seine Tage in gewisser Weise mit ihr zu teilen. Natürlich war nicht alles Sonnenschein zwischen ihnen. So vieles war in der Vergangenheit schiefgegangen und er wusste nicht, ob überhaupt noch genug Gemeinsamkeiten zwischen ihnen bestanden. Doch er wollte es herausfinden und hatte deswegen den sprichwörtlichen Sprung ins kalte Wasser gewagt. Und dafür war er belohnt worden, denn Emilia hatte ohne zu zögern zugesagt.

Sienna hatte ihrem Vater beim Aussuchen eines passenden Outfits geholfen, wobei das nicht gerade ihr Steckenpferd war.

In diesem Moment klopfte es an der Tür. Mourice und Lorenzo standen davor.

»*Sei bellissimo, zio*«[1], lobte Lorenzo das Aussehen seines Onkels. Der lächelte leicht.

»Francesca lässt fragen – und ich zitiere sie hier – wie lange du ihre Tochter eigentlich noch warten lassen willst?«, meinte Mo und musste sich dabei offensichtlich das Lachen verkneifen. Bewusst schaute er nicht zu seiner besten Freundin, weil er den Kampf sonst verloren hätte. Sienna wandte sich rasch ab, da sie genauso struggelte. Sie ergriff den Blumenstrauß, den Emanuel für Emilia gekauft hatte, und hielt ihm ihn hin.

»Danke«, brachte der Bildhauer hervor und atmete dann tief durch.

»Das wird gut, Paps«, versprach Sienna, die ahnte, was in ihm vorging. Stumm nickte er, küsste sie dann auf die Stirn, flüsterte ihr ein »Ich hab dich lieb« zu und eilte, nachdem sie die Worte erwidert hatte, aus dem Zimmer.

Die drei Jugendlichen ließen es sich nicht nehmen, Emanuel nachzuschleichen und, halb versteckt hinter dem Treppengeländer, nach unten ins Foyer zu spähen. Offenbar waren sie nicht die einzigen Neugierigen in dieser Villa, denn weitere Familienmitglieder hielten sich gerade »rein zufällig« dort auf und bezeugten, wie Emanuel Emilia die Blumen übergab, ihr ein Kompliment zu ihrem Aussehen machte und sie ihm umgekehrt eines zurückgab.

»Wie kitschig. Schlimmer als im Film«, murmelte Sienna angewidert und schüttelte sich.

»Das denkst du nur, weil es deine Eltern sind«, meinte ihr Cousin Lorenzo.

»Nee, so denkt sie wirklich. Sienna hasst Romantik«, entgegnete Mo sofort. Dafür war er jeden Tag von Neuem dankbar. Ihre Freundschaft wäre nämlich auf eine harte Probe gestellt worden, wenn sie ihn in kitschige Filme

1 *Du siehst wunderbar aus, Onkel.*

schleifen würde.

»Aber du bist Italienerin«, rief Enzo aufgebracht. Mittlerweile waren Emilia und Emanuel zu ihrem Date aufgebrochen, sodass er nicht mehr leise sein musste.

»Halb-Italienerin«, verbesserte Sienna. »Und das eine hat doch mit dem anderen nichts zu tun.«

»*Sì, naturalmente!*[1] Die Leidenschaft liegt dir im Blut. Und außerdem kannst du dich nicht damit rausreden, in Deutschland aufgewachsen und deswegen unromantisch zu sein. Tanja kommt genau wie du aus Leipzig und ist super romantisch.«

Als er über seine feste Freundin sprach, bekam Lorenzo wieder diesen Blick, über den sich Sienna und Mourice stundenlang amüsieren konnten. Sie sahen quasi die Herzchen in seinen Augen. ›Mist, er durchschaut mich‹, dachte Sienna ertappt.

»So bin ich halt einfach nicht«, meinte sie dann achselzuckend.

»Und das ist auch total okay«, versicherte Mo und verdiente sich damit ein dankbares Lächeln.

»Ja, das stimmt«, grummelte Enzo. Ihm war das zwar nach wie vor ein Rätsel, allerdings mochte er seine Cousine dadurch nicht weniger. »Aber wie findest du denn, dass deine Eltern heute ein Date haben?«, wollte er dann neugierig wissen.

Dieselbe Frage hatte sich Sienna selbst mehrfach gestellt, seit sie davon erfahren hatte.

»Es ist auf jeden Fall ungewohnt. Keine Ahnung, ob was draus wird. Aber im Weg stehen werde ich ihnen nicht. Das hab ich beiden auch gesagt.«

»Ach, du bist einfach zu ihnen hin und hast das gesagt«, wiederholte ihr Cousin fassungslos.

---

1 *Doch, natürlich!*

289

»Nee, andersrum. Mum und Paps sind zu mir gekommen und wollten wissen, ob ich ein Problem damit habe. Sonst hätten sie es nicht gemacht. Und sie wollen auch nie wieder ein Geheimnis vor mir haben«, korrigierte Sienna.

»Krass«, fand Mo. Er kannte zwar schon sämtliche Details dieses seltsamen Gesprächs aus Siennas Erzählung, aber es überraschte ihn nach wie vor. Nicht nur, dass Siennas Eltern wieder Interesse aneinander entwickelten, sondern auch, dass sie ihre Tochter quasi um Erlaubnis gebeten hatten. Zugleich wusste er, wie viel es Sienna bedeutete, so einbezogen zu werden.

»Ja, mal sehen«, meinte Sienna achselzuckend und schloss damit unwissentlich an seinen Gedankengang an.

Er musste lachen.

»Was geht bei dir?«, fragte Lorenzo neugierig. Schnell erklärte Mo: »Mir ist gerade eingefallen, dass ich noch eine Überraschung für euch hab. Aber sie ist versteckt.«

»Na, das kriegen wir doch hin«, behauptete Lorenzo selbstsicher.

»Definitiv. Ich bin voll gut im Finden!«, stimmte Sienna zu und machte sich sogleich auf die Suche. Aber nichts könnte jemals den Fund der Muschelkiste vor einigen Monaten toppen. Dadurch hatte sie ihre Mutter, die italienische Verwandtschaft und ihre Paten kennengelernt. Niemanden von ihnen wollte Sienna jemals wieder in ihrem Leben missen. Sie alle halfen ihr dabei und einander, mit dem schrecklichen Unglück, das ihnen Bianca geraubt hatte, ein wenig besser zurechtzukommen.

Inzwischen glaubte Sienna nicht mehr, all das nur zu träumen. Stattdessen genoss sie diese unerwarteten Neuerungen, sogar die Streitereien, die manchmal unweigerlich aufkamen.

Sienna hatte endlich das Gefühl, dazuzugehören.

Du willst wissen, wie es weitergeht?
Dann lies auch Band 2, *Spanisches Blut*.